Della stessa autrice in edizione Garzanti:
Il sentiero dei profumi
La custode del miele e delle api
Il giardino dei fiori segreti
La rilegatarice di storie perdute
La stanza della tessitrice
La casa degli specchi
Il profumo sa chi sei
La via del miele

CRISTINA CABONI

LA RAGAZZA DEI COLORI

Garzanti

Prima edizione: settembre 2021
Prima ristampa: ottobre 2021
Seconda ristampa: novembre 2021
Terza ristampa: gennaio 2022
Nuova edizione: settembre 2022

ISBN 978-88-11-00539-1

Printed in Italy

www.garzanti.it

LA RAGAZZA DEI COLORI

Ai coraggiosi,
a chi non accetta le ingiustizie,
a chi con il sorriso e un fiore in mano
cambia il futuro e regala speranze.
Questo libro è per voi.

«Cos'è l'essere rispetto al colore del mondo?
Il colore del mondo è più grande del sentimento umano.»

JUAN RAMÓN JIMÉNEZ

La storia narrata dall'autrice è di pura fantasia. Il riferimento in modo esplicito al luogo Nonantola e alla vicenda di Villa Emma è stato comunque condiviso con il comune di Nonantola.

PROLOGO

Gli è sempre piaciuto il tramonto. Anche adesso, nelle sue ultime ore, Orlando Morosini lo trova incantevole.

Ma ciò che lo affascina davvero è l'energia che sente vibrare, la sua promessa.

Non potrebbe essere diversamente, riflette. La fine del giorno deve essere gloriosa.

Il cuore perde un battito. Trattiene il respiro, la mano su quell'improvviso dolore, come a volerlo placare.

Ma sa che è inutile.

Odia vedere il tremore delle mani un tempo forti e decise, detesta la propria debolezza.

Ma il desiderio e la realtà spesso sono due cose diverse. Chiude gli occhi un istante.

Che cosa troverà dall'altra parte? Ci sarà redenzione per lui? Ci sarà perdono? Le sue mani sono macchiate di sangue. È stato un soldato, ha combattuto una guerra. È stato arbitro, giudice e carnefice.

Ci sarà un posto per lui in paradiso?

Ride di quella parola.

Lui lo ha conosciuto in terra, il paradiso.

La sua donna, il suo amore.

Un brivido lo riporta al presente, a quella vita che scorre inesorabile verso la fine. Ma non ha paura, non prova altro che una sorta di pigra curiosità. Se non fosse per lei, se ne sarebbe già andato da un pezzo.

Le ha fatto una promessa e l'ha mantenuta. Ma adesso che il tempo è finito sa di aver commesso un errore. Avrebbe dovuto essere più forte, avrebbe dovuto resisterle, ma non è mai riuscito a negarle nulla.

Lei è il suo amore, la metà della sua anima. Il resto non ha importanza.

Non ha mai dimenticato la prima volta che l'ha vista.

Non ha mai dimenticato il suo profumo di viole e pioggia. È dolce quel sapore sulle sue labbra, come il loro primo bacio di lacrime e risate.

Il dolore lo strappa ai ricordi, la mano nuovamente sul cuore, la pulsazione lo sorprende. È come un conto alla rovescia, pensa. Quanti battiti gli saranno rimasti?

Non ha importanza, ha fatto ciò che doveva. Quando lei scoprirà di essere stata tradita, lui non ci sarà più.

«Che fai qui fuori?»

Si volta lentamente. Anche adesso che il tempo impietoso le ha imbiancato i capelli e segnato il viso, è comunque la donna più bella che abbia mai visto.

Lo è per lui.

«Vieni, stammi vicino.»

Lo raggiunge in silenzio. Lui le sorride, vorrebbe alleviare la sua preoccupazione. Ma sarebbe inutile. Sente che lei sa. Lo avverte nel tremore delle dita che si intrecciano alle sue. Nelle braccia che lo stringono quasi a volerlo trattenere.

«Dovresti riposare.»

Gli sfugge una risata, il dolore adesso è insopportabile. «Ne avrò tutto il tempo, credimi.»

«Smettila di dire assurdità, è solo un po' di debolezza, domani starai meglio.»

Domani. La parola che più di tutte regala speranza.

Le sfiora il viso, le accarezza i capelli.

«Grazie.»

Gli occhi di lei si spalancano e, mentre li guarda riempirsi di lacrime, è consapevole di quanto la vita gli abbia donato. «Ho scritto a Stella.» Legge la sorpresa nel suo sguardo. «Quando arriverà dovrai ascoltarla.»

Lei scuote la testa, allarmata. «Che hai fatto, sciocco che non sei altro?»

Le sorride. *Ciò che avrei dovuto fare da molto tempo.* Ma sono altre le parole che le rivolge: «Ti amo, Letizia».
«Per sempre, Orlando. Per sempre, amore mio.»

1.

Arancio. Colore additivo e sottrattivo
sinonimo di alba e tramonto, rappresenta l'allegria, il sole,
la forza interiore che domina i sensi.
È il colore della saggezza e della consapevolezza.

Il bambino era piccolo, riccioli neri, occhi grandi, pantaloncini rossi al ginocchio e una giacca verde che aveva visto giorni migliori.

Si guardava intorno come se cercasse qualcuno all'interno della stazione. Il naso per aria, le braccia allargate in un volo immaginario.

A Stella Marcovaldi ricordava i colibrì.

Li aveva visti in Brasile quando era andata a trovare suo padre. Piume iridescenti orlate di un verde brillante posato sul viola intenso delle ali, un lungo becco delicato.

Le erano piaciuti, come tutto quello che aveva visto laggiù.

Dopo era dovuta tornare in Italia.

Era stato meglio così, in fondo. Scacciò il pensiero e riportò l'attenzione sul bimbo.

Possibile che fosse solo? Attese ancora un po', gli occhi sull'ingresso deserto. Non c'era nessun altro.

Si posò in grembo l'album da disegno, seguendo il bambino con lo sguardo. Lui la sorprese a fissarlo, le sorrise e agitò la manina in un saluto prima di scomparire dietro una fontanella.

All'improvviso si udì uno strillo.

Stella si precipitò verso il punto in cui l'aveva visto l'ultima volta. Una risata improvvisa arrestò la sua corsa. La testolina ricciuta del piccolo spuntò oltre il muro di contenimento delle rotaie.

«Birbante», borbottò. Sorrise sollevata e tornò alla panchina.

Quando aprì l'album appoggiandolo sulle ginocchia, il suo sguardo vagava ancora irrequieto intorno a lei e il cuore le batteva forte per lo spavento. Quella mattina aveva indossato le scarpe rosse con il tacco, le sue preferite. Si concentrò su di esse un istante, poi risalì con gli occhi verso il soffitto.

Un raggio di sole, basso sull'orizzonte, penetrò i vetri del lucernario che, come un prisma, scisse la luce, catturando la sua attenzione.

Mentre il fascio iridescente si riversava come una cascata intorno a lei, sospirò di piacere. Allungò il braccio, le dita tese nel tentativo di sfiorarlo.

Quanto le sarebbe piaciuto catturare l'essenza di quella bellezza! Quanto le sarebbe piaciuto interpretarla, riprodurla. Invece restò immobile, incapace di fare altro che non fosse guardare. Le dita inerti, la mano vuota.

La sua vita era come il foglio bianco che teneva sulle ginocchia.

Una folata di vento le sollevò l'ampia gonna riportandola alla realtà.

Aveva ancora tempo. La sua coincidenza sarebbe partita nell'arco di una mezz'ora.

Riportò lo sguardo sul bambino.

Era troppo piccolo per restare da solo, chissà dov'erano finiti i suoi genitori. Sperò che non fossero partiti senza di lui. Un paio di volte le era capitato di leggere una notizia simile: *Genitori distratti salgono sul treno e dimenticano il figlio.* Cose che, però, accadevano in stazioni grandi, chiassose e molto frequentate. Lì invece c'erano appena due binari e i passeggeri si potevano contare sulle dita di una mano.

Un'altra occhiata, altre domande senza risposta. Infine si arrese, infilò l'album nella borsa a tracolla e lo raggiunse.

«Ciao, io sono Stella, e tu come ti chiami?»

Aveva occhi grandi, neri. Sotto la massa di riccioli un timido sorriso rivelava una fessura tra gli incisivi.

«Karim.»

Quel nome fu l'unica cosa che riuscì ad afferrare nel fiume di parole in un francese stretto, dalla cadenza chiusa. Per lei che sapeva dire solo *bonjour* e *merci* era davvero impossibile capire.

«Dove sono i tuoi genitori?» provò nuovamente.

Lui indicò l'ingresso.

Oltre le vetrate, Stella intravide un gruppo di persone che si era fermato nell'atrio. Forse Karim si era stancato di aspettare, probabilmente i suoi lo stavano tenendo d'occhio e in quel momento si stavano chiedendo che cosa volesse quella sconosciuta curiosa.

«Fai attenzione ai binari, è pericoloso.»

Karim sembrò capire e annuì.

Tornò a sedersi e riaprì l'album ma, nonostante cercasse di concentrarsi sul foglio, continuava a tenere d'occhio il piccolo.

«Potrebbe farsi male, sa?»

La voce era cupa, profonda. Stella sollevò gli occhi e incrociò lo sguardo di un uomo.

Lo sconosciuto era alto, bruno, elegante. Si muoveva come se seguisse una linea immaginaria tra lui e il bambino, come se in caso di bisogno potesse intervenire.

«Non credo si possa fare altro che sorvegliarlo.»

«Non sono d'accordo.»

Le sembrò di percepire un certo biasimo nel suo tono, in quella singolare inflessione.

O forse era semplice apprensione, pensò.

Anche lei, d'altronde, era preoccupata che si avvicinasse troppo alla locomotiva in attesa sul binario.

«Dovrebbe fare qualcosa», insistette lo sconosciuto.

Stella lo osservò con più attenzione. Era senza bagaglio e, in quel mercoledì sera di ottobre, era probabilmente l'unico altro possibile passeggero del treno che andava a Bardolino, la sua meta.

«Lei cosa proporrebbe?»

L'uomo si voltò nella sua direzione. «Se lo tenga vicino, basterà.»

Karim aveva smesso di svolazzare da una parte all'altra e adesso tracciava disegni su un foglio immaginario. Stella sorrise tra sé. Un lampo di tenerezza le illuminò il viso. Se solo anche lei avesse potuto lasciarsi andare alla stessa magia! Era così semplice, pensò. Bastava sollevare un dito, posarlo sul foglio e questo prendeva vita. Così semplice... almeno in apparenza.

Lei però non ci sarebbe riuscita e quella consapevolezza la rattristò.

«Non posso», rispose ignorando la tentazione di afferrare la mano del bambino e di tenerlo al sicuro, accanto a lei.

No, la cosa era fuori discussione.

Già in passato aveva superato i confini imposti dalle convenzioni sociali, e le conseguenze l'avevano portata dritta a quella sala d'attesa in una piccola stazione ferroviaria di provincia. Aveva perduto il lavoro, la casa e la possibilità di trovarne un'altra. In quella zona perlomeno. Ma quello che le dispiaceva di più era il fatto che i nipoti di Flaminia Valenti, la sua anziana datrice di lavoro, avessero frainteso le sue intenzioni.

Prima che l'uomo potesse replicare, guardò ancora l'orologio e cercò il suo treno. Si stupì di quanto fosse modesto in confronto a quelli partiti in quelle lunghe ore di attesa, giusto una motrice e una carrozza. Ma tutto, in quel luogo, era differente.

L'edificio che ospitava la stazione era decisamente antico. Altissime pareti sormontate da un soffitto a volta dipinto di rosso e di giallo. Lampadari in ferro battuto, persino vasi colmi di gerani di cui qualcuno si prendeva cura, dato che le foglie erano di un verde brillante e i boccioli freschissimi. Le finestre dalle cornici decorate davano sulla strada. Tutto era tenuto in perfetto ordine. C'era persino un buon odore. Di mosto, se non si sbagliava. Stella rammentò le colline ricoperte di vigneti che aveva visto mentre raggiungeva il paese.

«Sa per caso se ci sono altre corse per Bardolino?» gli chiese.

«Quello è l'ultimo treno. Il prossimo parte domattina.»

Mancava davvero poco alla partenza.

«È sempre così deserto?»

«No, in genere c'è molta più gente. Ma adesso siamo in bassa stagione.»

Erano arrivate giusto un paio di persone che stavano accanto alla carrozza, sul marciapiede opposto, a cui si accedeva tramite un unico sottopassaggio.

Lo sconosciuto era ancora al suo fianco, gli occhi su Karim.

Cullata dal brusio in sottofondo, Stella lasciò vagare lo sguardo intorno a sé. Iniziava a sentire la stanchezza. Non solo del lungo viaggio che aveva alle spalle.

Era qualcosa di più intimo.

Di più profondo.

I binari che lasciavano la stazione si perdevano in lontananza, in un orizzonte immaginario. Sembravano sentieri immobili senza fine, di quelli che puoi percorrere per ore senza incontrare nessuno. Una leggera nebbia aleggiava sui campi circostanti. Un confine o un passaggio. Dipendeva da quello che si andava cercando. C'era qualche alto albero solitario, ombre più che altro. Era come se qualcosa avesse assorbito i colori lasciando un lieve grigio lattiginoso. Un paesaggio triste e malinconico in contrasto con la piccola graziosa stazione che sembrava uscita dalle pagine di un libro.

Essenza e apparenza, pensò. Una dentro l'altra. Erano affini, ma differenti. Si agitò, nervosa.

Quella similitudine la inquietava. Non voleva pensarci, così si concentrò su ciò che la circondava.

Era la prima volta che ci entrava, in quella stazione.

In genere raggiungeva la casa di Letizia, la sua prozia, in macchina, ma quella era una circostanza eccezionale. Mesi prima aveva ricevuto in dono l'album da disegno e un buono per acquistare il biglietto del treno. Un regalo bizzarro da parte di suo zio Orlando, il marito di Letizia, mancato da poco. Un lascito, più che altro, visto che le era stato consegnato poco prima della sua morte.

Aveva agito d'impulso e aveva finito per utilizzarlo.

E comunque aveva venduto la sua Citroën un paio di settimane prima.

Un'ombra passò nel suo sguardo, offuscandolo.

Lisciò le pieghe della gonna, inspirò profondamente e raddrizzò le spalle. Lanciò un'occhiata all'uomo al suo fianco.

Uno strano tipo, pensò Stella. Uno di quelli che non ti aspetti di vedere sui mezzi pubblici.

Così quello era l'ultimo treno, rifletté. Calcolò mentalmente le sue opzioni, non erano molte. Non poteva perderlo e allo stesso tempo temeva di lasciare incustodito il bambino.

Non sono affari tuoi.

Quante volte le avevano ripetuto quella frase? Innumerevoli, pensò.

Invece lo erano.

Era fatta così. Il mondo che la circondava era qualcosa con cui interagiva completamente. Non ci poteva fare nulla e, a essere sinceri, non ci *voleva* fare nulla.

In quel momento lo sguardo si soffermò sulla stoffa della gonna. Le righe gialle sottili si alternavano con quelle rosa e blu, più larghe. Giallo per l'allegria, rosa per il conforto, blu per stare sereni.

Una volta, i colori erano una bussola, li sentiva sotto la pelle, li vedeva sulle persone. La circondavano.

Adesso invece che cos'erano? Non lo sapeva con certezza, così cercava di non pensarci.

Con la punta delle dita sfiorò, pensierosa, il motivo della stoffa.

L'uomo era ancora lì, a pochi passi di distanza.

Solo.

Come lo era lei.

«I turisti non sanno cosa si perdono», disse sottovoce, poi sollevò lo sguardo su di lui, come a voler riprendere il loro discorso. «Il lago cambia, in autunno. È diverso da ogni altro periodo dell'anno. Si trovano cose sorprendenti, dove nessuno guarda. I colori si scaldano mentre il sole diventa gentile.»

Lo sconosciuto le rivolse un'occhiata perplessa. «*Gentile*... una strana definizione.»

La voce era bassa e fremeva di qualcosa che lei non riusciva a riconoscere. Incuriosita, lo studiò con calma: era alto, elegante, l'espressione distaccata, quasi severa. Aveva in mano una vecchia borsa di pelle. Fissò per un istante le dita serrate intorno al manico. Doveva tenerci davvero molto, pensò.

Si alzò sfregandosi le braccia intirizzite e vide una coppia di ragazzi vicino a Karim. All'improvviso sorrise. «Finalmente!» esclamò. «Iniziavo a temere che non sarebbero mai arrivati!»

Sollevata, Stella ricambiò il saluto di Karim.

Un istante dopo, il bambino lasciò la stazione mano nella mano con quelli che, a giudicare dalla somiglianza, dovevano essere i suoi genitori.

Lo sconosciuto, sbalordito, si voltò verso di lei. «Non è suo figlio?»

«Ovviamente no.»

«E perché non me lo ha detto?»

«Perché lei non me l'ha chiesto. E comunque non ci conosciamo abbastanza per parlare di una cosa così personale come un figlio, non crede?»

Lui la guardò come se fosse impazzita.

Era consapevole che le sue parole, nel migliore dei casi, apparissero bizzarre, ma non era riuscita a trattenersi dal prenderlo un po' in giro. Sembrava che non ridesse da una vita. Un vero peccato.

Un fischio acuto si levò, allertandola. Mentre si guardava intorno, un gruppo di persone appena entrato nella stazione si precipitò verso il binario opposto e salì sull'unica carrozza.

«Oddio! Il treno sta partendo!»

«Dobbiamo raggiungerlo, mi lasci la sua valigia, la porto io.»

Stella stava già correndo verso il sottopassaggio, non voleva neppure immaginare di dover trascorrere lì la notte.

Ecco, ce l'aveva quasi fatta. Doveva solo coprire un piccolo tratto e salire un'altra rampa di scale. Con un po' di fortuna sarebbe riuscita a raggiungere il treno prima che lasciasse la stazione. Continuò a correre. Poi si fermò, ansante e stremata.

Il convoglio era già partito. Lo seguì con lo sguardo mentre acquistava velocità.

«Non ci posso credere!» esclamò.

L'aveva mancato per un soffio.

Esasperata, allargò le braccia. Un gesto a metà fra l'irritazione e l'ilarità. La borsa le scivolò, cadendole ai piedi.

«Sta bene?»

«Come?» chiese sollevando lo sguardo.

«Cerchi di respirare profondamente. Sembra sul punto di svenire», le disse l'uomo con calma, pacato.

Stella in effetti aveva le vertigini. Fece per recuperare la borsa, ma lui la precedette.

«Lasci, faccio io.» Si chinò. «Non avrebbe dovuto lanciarsi per le scale in quel modo, avrebbe potuto farsi male», le disse indirizzandole un'occhiata dal basso, mentre ancora inginocchiato terminava di radunare le sue cose.

«Anche lei.»

«Non ho avuto altra scelta che seguirla. Cercavo di impedirle di ammazzarsi.»

«Così lei è un eroe.»

L'uomo restò un istante senza parole.

«Si sbaglia. Non c'è nessuno più ordinario e comune di me.»

«Io credo di no», sussurrò Stella. «Altrimenti sarebbe su quel treno, comodamente seduto in attesa di giungere alla sua destinazione.»

«Intervenire era mio dovere.»

«Quando ho visto il bambino ho pensato la stessa cosa.»

Lui scosse la testa. «Per me è diverso, è il mio lavoro. Sono vincolato.»

«Lo sono tutti davanti a un bimbo smarrito, non crede?»

«Poteva chiamare qualcuno.»

«Ho chiesto a Karim, perché è così che si chiama, dove fossero i suoi genitori, e lui me l'ha detto. Non era impaurito, aveva solo voglia di giocare in un posto poco sicuro.»

L'uomo sembrava contrariato.

«Potevi dirmelo, non credi?»

All'improvviso era passato a un tono più confidenziale e sembrava più rilassato, quasi in lieve imbarazzo. Stella si strinse nelle spalle, un lieve sorriso sulle labbra.

«Eri così preoccupato... È stato divertente indovinare i tuoi pensieri.»

«Immagino... Ho fatto una pessima figura.»

«Ti sbagli, sai? Ho apprezzato molto il tuo interessamento. La maggior parte della gente non si sarebbe curata di Karim.»

Lui la studiò in silenzio per un lungo istante, poi si alzò e le porse la borsa. «Tieni.»

«Grazie.»

«Dovremo cercare un posto dove mangiare qualcosa e decidere cosa fare, che ne dici?»

Non che ci fossero molte alternative, pensò Stella guardandosi attorno.

Le indicò l'uscita. «Andiamo?»

«Sì», gli rispose affiancandolo. «E comunque perché ti sei infastidito così tanto? Nel mondo che conosco io quando uno ti dà dell'eroe al massimo ti fai una risata.»

«Non vivo nel tuo mondo, non sono un eroe e odio quella parola.»

Stella, che non si aspettava una tale animosità, rallentò. «Mi dispiace», disse cauta. Guardò indietro, incerta se proseguire.

«È complicato», aggiunse lui dopo un istante. «Ti ho vista così spensierata, come se non avessi un problema, come se non ti rendessi conto.»

Si stava scusando? si chiese stupita.

Non era abituata a sentire delle scuse. Non era abituata a riceverle.

«È per via della gonna... fa a tutti questo effetto.» Lo disse d'impulso, prima di riflettere. Ma era vero. I vestiti erano la sua armatura, la corazza dietro la quale si nascondeva. Colorati, allegri, quasi frivoli.

«La gonna?» chiese lui sbalordito.

Stella chinò la testa. «La gente ha dei parametri per tutto, compresi i vestiti. O sei dentro o sei fuori. Io in genere sono fuori.» Agitò una mano. «Non ci faccio più caso, non fa nulla.»

Per un istante lui sembrò cercare una via d'uscita, ma invece di andarsene, come a quel punto avrebbe fatto chiunque, restò.

Stella ne fu lieta. Pensò che fosse un tipo coraggioso. Uno che non si fermava alle apparenze. E un po' del suo dispiacere per aver perso il treno sparì.

«Non capisco.»

No, certo! Come avrebbe potuto...

«Io... spesso ho difficoltà a cogliere i confini.»

«Immagino sia un problema di tutti, ma mi chiedo quanto sia realmente importante l'opinione degli altri.»

Stella aveva sempre pensato che non fosse tanto ciò che diceva la gente a significare qualcosa, quanto *come* lo diceva. La voce di lui era ferma, calma in apparenza.

Le sembrava di conoscere quell'uomo da sempre. Di capirlo. L'intensità di quella consapevolezza la spaventò. Perché invece era uno sconosciuto. Non sapeva nemmeno quale fosse il suo nome.

Rabbrividì nella giacca. Erano arrivati nello spiazzo antistante la stazione.

La fioca luce dei lampioni illuminava appena l'asfalto, e la strada, a parte qualche insegna ancora accesa e un paio di passanti, era deserta.

«È tardi per trovare una macchina a noleggio?» mormorò.

«Decisamente tardi.»

«Taxi?» gli propose allora speranzosa.

Lui scosse la testa. «A quest'ora non vengono da Verona, e gli hotel sono chiusi per la bassa stagione.»

«Un bel guaio.»

Cosa avrebbe fatto? pensò preoccupata. Esaminò rapidamente le sue opzioni. Non c'era nessuno che potesse chiamare, nessuno che la potesse aiutare. Dopo un istante di sgomento raddrizzò le spalle. Se la sarebbe cavata come aveva sempre fatto. Almeno non era sola. Lanciò un'occhiata al suo accompagnatore. Anche lui la stava guardando.

Il silenzio tra loro era fatto di respiri, sguardi, frasi non dette. E molte domande. Il genere di cose che Stella detestava.

«Perché non ti piacciono gli eroi?»

Lui sollevò gli occhi al cielo, poi sospirò. «Se prometti di cambiare discorso ti offro la cena. Poi vediamo di trovare un posto in cui passare la notte, che ne dici?»

Tutto sommato poteva andarle peggio, pensò lei.

«Va bene. Comunque io li amo gli eroi. Il mondo ne ha davvero tanto bisogno.»

2.

Avorio. Colore additivo ottenuto dal bianco,
con una lieve sfumatura gialla che attenua la brillantezza.
Elegante, evoca ciò che è stato, induce alla calma.
È il colore dell'accoglienza.

«Sono un medico.»

Ecco, quello spiegava molte cose. Stella iniziava a capire il suo comportamento e si rilassò.

«Mi chiamo Alexander, e tu?»

«Stella.»

«E cosa fai nella vita, Stella?»

Sollevata che non avesse attinto al vasto repertorio di luoghi comuni legati al suo nome, gli sorrise.

«Cosa faccio... cosa facevo, o meglio, cosa farò...»

Ci pensò su un istante. La domanda era semplice, apparentemente. Rispondergli tuttavia avrebbe significato sollevare una serie di questioni penose...

«Io... è complicato.»

«Non sei obbligata a rispondermi.»

«No, non è quello. Non fraintendermi, è che sto attraversando un momento difficile, imprevisto.» Si coprì il viso con le mani e lo guardò attraverso le dita. Alexander non si era mosso, l'espressione attenta, come non attendesse altro che udire la risposta.

«Non ho detto a nessuno di questi ultimi spiacevoli mesi», sussurrò.

Non una parola con la madre, di certo non con il padre. Si era tenuta tutto dentro, lasciandosi scivolare addosso frasi, persino insulti. Aveva sperato in una riconciliazione con i nipoti di Flaminia, un chiarimento che, nonostante i suoi tentativi, non era arrivato.

Lui le sorrise, incoraggiandola a proseguire.

Stella si rilassò. «Gestivo un negozio per artisti. Ero l'assistente personale della proprietaria... si chiama Flaminia, un bel nome, vero?» Fece una pausa, pensierosa. Lui continuava a guardarla in silenzio. «Sbrigavo anche i suoi affari. Pensavo a tutto e lei si fidava di me.» Si rese conto di quanto fosse confuso il suo discorso. Di quanto lo fosse lei. Ma tutto era accaduto così in fretta, e ancora non si raccapezzava. Per lei era stato più di un semplice incarico. Voleva bene a Flaminia e non smetteva di preoccuparsi per lei. «Non so come lo si possa definire...» Sollevò lo sguardo, incontrando quello di lui. Serio, attento.

«Parli al passato.»

«Mi hanno licenziata», disse a voce bassa.

Dopo aver lasciato la stazione avevano camminato finché la fame, il freddo e un improvviso scroscio di pioggia li avevano spinti a cercare un riparo. Avevano mangiato un panino, verdure grigliate e patatine fritte in una tavola calda. Erano gli unici clienti del modesto ristorante. Ogni tanto il cameriere si affacciava in sala: la sua impazienza era evidente.

Non sarebbero potuti restare lì ancora per molto.

«All'inizio ero una semplice commessa», continuò. «Più che altro vendevo tele, cartoncini, pianificavo gli eventi. Consigliavo quali tecniche adoperare, quali fossero i colori più adatti per realizzare un'opera.»

«Poi che cosa è successo?»

Stella si rattristò, le dita corsero sulla tovaglia a caccia di una briciola. «Ho dimenticato quale fosse il mio posto, ho svolto compiti non richiesti.»

Ho pensato di essere qualcuno che non ero.

Ho frainteso.

Ma quello non lo disse. Il dolore era in fondo alla sua gola, così lo mandò giù insieme alla limonata. Era deliziosa. Il cameriere aveva detto che la preparavano loro, fresca.

«Non capisco.»

No, nemmeno lei, se per quello. Non capiva come fosse potuto andare tutto a rotoli.

«La mia ex datrice di lavoro è un'artista. Ha girato il mondo ritraendo personalità di ogni genere. Donne, soprattutto.» Sorrise mentre i ricordi affluivano con il loro carico di emozioni. «Per lei la creatività è la medicina per ogni problema, e ha finito per contagiarmi. Organizzavo persino delle lezioni di pittura. Niente di troppo tecnico, sai. Alla portata di tutti.»

«Sei una pittrice?»

Colta alla sprovvista spalancò gli occhi. «Cosa? No! Che assurdità! Come ti salta in mente! Io… no. Non sono una pittrice.» Si rese conto di aver alzato la voce, chinò la testa, le dita che tremavano. Doveva controllarsi.

Un silenzio improvviso, imbarazzato, calò tra loro. Stella si agitò nervosamente sulla sedia, lo sguardo lontano, l'espressione tesa.

«Ho detto qualcosa di sbagliato?» sussurrò Alexander.

«Come? No, certo che no.»

Lui continuava a fissarla, perplesso. «Possiamo cambiare discorso, se preferisci.»

Stella indugiò un istante prima di riprendere a parlare. «È accaduto tutto da un giorno all'altro. I nipoti di Flaminia hanno… ritenuto che le mie competenze non fossero adeguate. Dopo aver chiuso il negozio, hanno preso in mano ogni cosa e si sono trasferiti da lei in attesa che io sgombrassi. Vivevo in un appartamento adiacente al suo. L'ho dovuto lasciare in tutta fretta.»

«E la signora non ha avuto voce in capitolo?»

Stella sentì gli occhi inumidirsi e si sforzò di sorridere. «È anziana. Sono i suoi familiari che prendono le decisioni, adesso. Sanno cos'è meglio per lei.»

«Ma ci stai male.»

Oh, ben più di quello.

«È questo il motivo del tuo viaggio?»

Lo era? si chiese Stella. «Non esattamente. Desidero qualcosa di diverso, di nuovo. Sono in partenza.»

«E dove andrai?»

Restò un istante senza parole, ma si riprese subito. «Il treno che ho perso mi avrebbe condotta alla prima tappa del mio viaggio. Poi voglio andare all'estero. Non so ancora di preciso dove. Mi è sempre piaciuto viaggiare.»

Alexander le sfiorò una mano con la propria. Pochi secondi, sufficienti a catturare la sua totale attenzione.

La sua pelle era calda. Il palmo ruvido, ispessito.

Ne fu sorpresa.

«Lasciarsi i problemi alle spalle può sembrare una buona idea, all'inizio», le disse piano.

Non era una semplice affermazione, la sua. Il tono, l'inflessione della voce, lo sguardo, la tensione delle spalle. Si chiese da cosa potesse mai fuggire un uomo come lui.

«Invece non lo è?»

Alexander scrollò le spalle, ma non c'era nulla di casuale nel suo gesto. Non c'era condiscendenza. Era tutto misurato. Ogni gesto, ogni parola.

Non sapeva perché ne fosse così certa, d'altronde lo conosceva da poche ore. Eppure non riusciva a togliersi di dosso la sensazione di capirlo intimamente, di sapere che cosa provasse.

«Dipende da quanto uno riesce a mentire a sé stesso. Alcuni ci riescono più di altri.»

Cinico. «Perché sei così duro?» gli chiese.

«Perché vedo le cose per ciò che sono. Gli arcobaleni non funzionano nel mio caso. Senza offesa.»

Stella avvampò. «Qualche volta un arcobaleno può darti la forza di mettere un piede davanti all'altro, sai? È semplice, alla portata di tutti. Un colore nuovo, diverso. Un colore che ti illumina e la giornata cambia.»

Tacque sorpresa da sé stessa.

Ma che stava dicendo?

Non era più così nemmeno per lei. Non lo era più da tanto tempo.

Alexander sorrise, più un lieve fremito delle labbra che altro. Non c'era allegria nella sua espressione.

«Non per tutti, non per me.»

Era così triste, così angosciato. Lei allungò un braccio e, a sua volta, gli sfiorò la mano. Quando lui sollevò lo sguardo, la ritirò, lasciandola ricadere lungo il fianco.

Tra loro si creò una tensione forte, palpabile.

«Ti va di raccontarmelo?»

Lo sentì irrigidirsi, mettere distanza tra loro. Anche i suoi occhi, che fino a quel momento erano posati su di lei, la lasciarono, perdendosi in un punto imprecisato dietro le sue spalle.

Forse si era spinta troppo in là, pensò Stella. Forse avrebbe dovuto mantenere la conversazione su temi banali, insignificanti. Ma lei odiava sprecare le parole. Odiava le banalità. Un po' delusa, si guardò intorno.

Alexander continuava a ignorarla, l'espressione tormentata. All'improvviso si passò le mani sugli occhi, come a voler scacciare un sonno pesante.

«Nella mia professione spesso devi prendere decisioni che riguardano la vita di un'altra persona. Non c'è spazio per la fantasia.»

La voce era piatta, gli occhi freddi, duri.

Stella trattenne il respiro. Le dita si chiusero tra loro come in cerca di conforto.

C'era molto di più in fondo a quella frase.

C'era un grande dolore.

La sensazione che stesse per alzarsi, per andare via, la paralizzò. Rimase in attesa. Sperò che restasse.

Lui appoggiò la schiena sulla sedia, lo sguardo distante oltre l'oscurità della notte. «Uno sbaglio può essere fatale. All'improvviso la parola "definitivo" acquista un significato al quale non puoi sottrarti.»

Non c'era nulla che potesse dire per smorzare la gravità di quella affermazione, così Stella restò in silenzio.

«Non è un granché come argomento di conversazione. Scusami, non so perché te lo sto dicendo.» Sembrava più teso, e a disagio.

«Non ci conosciamo, ci siamo scambiati giusto i nostri nomi, probabilmente non ci rivedremo mai più. È più facile aprirsi, non credi? Anzi, è liberatorio. Non temiamo giudizi, né rimproveri», suggerì lei. «Non ha nessun senso fingere tra noi, Alexander.»

Si chiese se lo stesse dicendo a lui o piuttosto a sé stessa. Il silenzio tra loro vibrò come una corda tesa.

«Mi dispiacerebbe.»
«Cosa?» chiese perplessa.
«Non rivederti più.»
Stella fece per replicare, ma lui le sfiorò i capelli, aggiustandole una ciocca. Poi, come se si fosse reso conto di quello che aveva fatto, si irrigidì. «Sono imperdonabile, scusa.»
Lei lo ignorò. Le sembrava di sentire ancora il calore della sua pelle, la sensazione delle dita gentili tra i capelli. Non voleva delle scuse. Desiderava... altro.
«Credi nel destino?» gli chiese.
Alexander scosse la testa. «No, siamo noi a determinare il nostro futuro.»
«È triste, non credi? Voglio dire: è triste pensare che le cose brutte che ci accadono siano colpa nostra, conseguenze e responsabilità nostre. È ingiusto.»
«La giustizia è un'utopia.»
Le dispiaceva per lui. «Sei molto duro.»
Lui fece una smorfia. «Non abbastanza, fidati.» Guardò verso la notte ormai inoltrata, la tenue luce che entrava dalle vetrine affacciate sulla strada. «È una bella serata», disse.
«Abbiamo perso il treno, gennaio si è scambiato di posto con ottobre e non abbiamo dove trascorrere la notte. È un po' singolare definirla *bella.*»
«Ha smesso di piovere e il vento è calato, che ne dici se proseguiamo la nostra conversazione fuori di qui?» Alexander inclinò la testa di lato, un lieve sorriso sulle labbra.
In realtà Stella avrebbe preferito restare al caldo ancora un po', ma era certa che la pazienza del ristoratore fosse ormai agli sgoccioli: li avrebbe buttati fuori di lì a poco. Ormai la cucina era chiusa da un pezzo.
«Se proprio dobbiamo...»
Lui parve divertito, e per la prima volta più sereno.

L'aria all'esterno non era poi così gelida. Stella inspirò profondamente guardandosi intorno. Era come se la pioggia avesse smorzato il freddo, come se avesse lucidato il selciato, le stelle e persino l'aria. Alexander si era allentato il nodo della cravatta, l'espressione rilassata.

Stella ripensò a quello che le aveva confidato. Cosa significava avere la responsabilità della vita di un altro essere umano?

La sola idea la terrorizzò.

Sentì come uno spostamento. Qualcosa si mosse dentro di lei e trovò una nuova collocazione. Guardò Alexander che le camminava accanto, le mani affondate nelle tasche. Era un medico, le aveva detto. Lei riusciva a vedere l'uomo generoso e gentile che c'era dietro.

Uno che si preoccupava degli altri e che era capace di farsi carico delle proprie responsabilità senza sbarazzarsene.

«Il tuo è un nome singolare», gli disse all'improvviso.

Alexander alzò lo sguardo e le sorrise distrattamente. «I miei nonni vivevano da queste parti, io però sono nato e cresciuto in Inghilterra.»

Avevano parlato a lungo, ma sapeva ancora poco di lui.

«Sei in vacanza?»

«Come? No. Lavoro all'ospedale provinciale, qui vicino. In realtà sostituisco un collega che ha chiesto un periodo di aspettativa. Quando faccio tardi prendo i mezzi.» Fece una pausa, poi la guardò. «Si fanno incontri interessanti in treno.»

Stella rise insieme a lui.

«Sto provando... un cambiamento», continuò, all'improvviso serio. «Mi piace il lago, mi distende. È bello.»

Nonostante morisse dalla voglia di sapere qualcosa di più, Stella non gli fece altre domande. Mentre camminavano pensò a quanto fossero belli quei viali illuminati, a quanta tristezza avesse avvertito nella sua voce.

Lo guardò ancora, ma questa volta lui la colse sul fatto e sorrise.

«Vieni, andiamo per di là.»

Davanti a loro c'era una piazza con una giostra per bambini, coperta da un telo. Una di quelle immuni allo scorrere del tempo, dove cavallini, unicorni e nuvole erano ingranaggi di un carillon, come quello che aveva da bambina.

«Da quella parte», indicò.

I rintocchi di una campana spezzarono il silenzio, segnando il tempo.

Stella li contò.

«Incrocia le dita», aggiunse lui sorridendo.

«Conosci un posto aperto a quest'ora?» gli chiese stupita.

«Te l'ho detto, sono un medico. Faccio i turni. Un caffè caldo è in cima alle tue priorità. Per trovarne uno che sia anche buono non badi nemmeno alla distanza.»

L'insegna splendeva nell'oscurità appena sbiadita dal principio di un nuovo giorno: CAFFETTERIA PASTICCERIA RINALDI. Quando entrarono, Stella si meravigliò di quante persone ci fossero. Alcuni scambiarono un cenno di saluto con Alexander, un uomo si alzò e gli strinse la mano. Anche il proprietario lo conosceva, e, dal modo in cui gli parlava, doveva avere una grande considerazione di lui. Lei di certo l'aveva.

Sussultò a quel pensiero improvviso e, come se lui potesse leggerle nello sguardo, chinò la testa.

«Vuoi un dolce?»

Non avrebbe dovuto, ma la cena era ormai un ricordo. Avevano trascorso ore a parlare e passeggiare. Era stanca, esausta, e persino sorpresa di sé stessa. Non era una persona che parlava tanto, soprattutto con un estraneo appena conosciuto. Ma con lui era facile. Fin troppo, pensò.

Il tempo era volato, era passata una notte intera ma non le sembrava affatto.

«Sì, grazie. Uno con la marmellata.»

«Anch'io.»

Un ragazzo assonnato ma sorridente servì il caffè, accompagnato da una varietà di pasticcini che, se fossero stati buoni la metà di quanto erano belli, avrebbero spiegato il successo del locale.

Stella inspirò il vapore profumato e si tranquillizzò.

Avevano scelto un tavolo accanto alla vetrina e, mentre l'alba si tingeva di rosa, i clienti si facevano sempre più numerosi.

«Per essere giusto un paesino c'è tanta affluenza.»

«L'ospedale non è lontano e qui fanno la migliore colazione dei dintorni.»

Si guardarono un istante. «Di cosa ti occupi di preciso?» gli chiese.

Alexander giocherellò con il cucchiaino. Poi rispose. «Sono un chirurgo.»

Non avrebbe dovuto insistere, pensò Stella. Lui non voleva parlare del suo lavoro.

«Tu invece hai già un'idea di cosa ti piacerebbe fare in futuro?»

Un po' sorpresa dalla domanda, lei scosse la testa. «No. Le mie competenze sono vaghe.» In realtà, per quanto la riguardava, erano praticamente nulle. Non sapeva che cosa avrebbe fatto, non aveva progetti, ambizioni. Si sentiva smarrita, vuota.

«In un certo senso è meglio così. Puoi esplorare e poi decidere. Io invece ho sempre saputo che sarei stato un medico. Lo era mio nonno, lo sono i miei genitori.»

«Entrambi?»

«Sì. Anche mia sorella. Vedi, nella nostra famiglia è una specie di vocazione.»

«Una specie?»

«Una tradizione, una necessità... mettiamola così.»

Oh, lei sapeva tutto sulla «necessità», sul bisogno che ti spinge a fare qualcosa solo perché in quel modo tutto va al suo posto. Eppure doveva esserci dell'altro. Le sarebbe piaciuto che ci fosse qualcosa di più. Forse un giorno l'avrebbe trovata, quella spiegazione... forse. «Spesso ci si deve arrangiare, mettere da parte i propri desideri e tirare avanti.» La sua voce suonava spenta, senza convinzione persino alle sue orecchie. Ma era la verità e non ci poteva fare nulla.

«È strano che tu dica così», osservò Alexander dopo un istante di silenzio in cui l'aveva fissata intensamente.

Stella si accigliò. «Non capisco.»

«Tu non sei così.»

«E come sono?» lo provocò vagamente irritata.

«Forte, generosa, allegra. Chi tira avanti e si accontenta è passivo.»

Lei batté le palpebre, incredula.

L'aveva trovata, pensò Stella. Nelle poche ore che aveva trascorso insieme ad Alexander aveva capito su di lei molte più cose di chiunque altro. Ma quella non era più lei, era la vecchia Stella, piena di fiducia nel mondo, capace di trovare il lato positivo della vita. La realtà era ben diversa. E lei lo aveva scoperto nel peggiore dei modi.

«Non mi avevi detto che leggevi nel pensiero», gli disse con voce più dura di quanto avrebbe voluto.

Alexander inarcò un sopracciglio, ma non replicò.

Tra di loro scese un silenzio teso.

«È ora di andare. Il primo treno parte alle sette», mormorò lui alzandosi.

Stella annuì. Le scuse le morirono sulle labbra. «Sì, certo.»

Tornarono verso la stazione in silenzio, ognuno perso nei propri pensieri.

Quando entrarono, il vocio sommesso dei passeggeri li circondò. Saluti, risate, avvisi che si levavano metallici dagli altoparlanti. Tutto sembrava sollevare una barriera tra loro.

L'atmosfera era molto diversa dalla sera precedente, pensò Stella. Piena di vita, rumorosa. Si concentrò sui viaggiatori, ma non riusciva a ignorare la presenza di Alexander al suo fianco. Ne percepiva il calore, il profumo. Il disappunto.

Si fermarono al binario, i motori della locomotiva che vibravano piano, in attesa.

Sollevò lo sguardo e incontrò quello di lui che la fissava intensamente.

«Potremmo rivederci... se ti va. Abito a Sirmione, non è poi così lontano.»

Spiazzata dalla proposta, Stella restò un istante in silenzio.

Si concesse un altro lungo sguardo e questa volta non distolse l'attenzione dai suoi occhi.

«Sei molto gentile.»

«Gentile? Credi che sia per questo?» Era genuinamente stupito. «No, non lo sono, Stella. Non faccio mai nulla che non desideri, non dico mai niente che non pensi.»

Continuò a fissarla intensamente, poi le sorrise. Il suo interesse era chiaro, limpido, come il suo sguardo. D'altronde era stato diretto e franco sin da subito. Non avrebbe dovuto sorprenderla, quella sincerità.

«Mi è piaciuto parlare con te.»

«Anche quando ti ho lasciato credere di essere una madre distratta?»

Lui rise e Stella lo imitò. Era così facile, pensò. Così facile.

«Grazie. Anch'io sono stata bene.» Non aggiunse altro. Da quanto tempo non si sentiva così coinvolta da qualcuno? Forse non lo era mai stata, e quello era ridicolo.

La mattina precedente nemmeno lo conosceva.

Ma davvero era il tempo trascorso con qualcuno a consolidare un legame? O era una scintilla, qualcosa di incomprensibile, di irrazionale e totalmente illogico?

«Dico davvero, Alexander.»

Lui attese che aggiungesse qualcosa, poi sospirò. «Tuttavia...»

La stava aiutando a uscire da quella situazione imbarazzante, pensò Stella. Si inumidì le labbra. «Devo vedere una persona. Te l'ho detto, questa per me è una tappa.» Si sforzò di sorridere. «Sto lasciando l'Italia. Non ho nessuna prospettiva qui.»

Lui si guardò intorno, le mani affondate nelle tasche, l'espressione insondabile. «Capisco.»

Un po' a disagio, Stella gli indicò il treno. «Saliamo in carrozza?» Non aveva nessuna intenzione di perdere anche quello. Era stanca e aveva voglia di fare una lunga doccia calda. Una volta a casa di Letizia sarebbe andato tutto bene.

Alexander annuì. «Perdona la mia franchezza, non volevo metterti in imbarazzo.» Posò il trolley nel vestibolo del vagone.

«Non l'hai fatto, non fraintendermi. È piuttosto complicato.»

«Ti chiederei di spiegarmelo perché mi interessa, mi interessa molto. Ma ora proprio non posso.» Scese dal treno, indietreggiò e tornò sulla banchina, senza mai perderla di vista.

Adesso le sorrideva, ma nel suo sguardo c'era come un'ombra che Stella prima non aveva notato.

Stupita, restò un istante senza parole. «Credevo che andassimo nello stesso posto.»

«Ieri. Oggi ho degli impegni. Questo è il tuo treno, io devo prenderne un altro.»

Stella credeva che avrebbero avuto più tempo. All'improvviso si rese conto che quello era un addio.

Alexander le sorrise.

Lei ricambiò.

Si guardarono un istante, poi lui le porse una mano e quando lei ci posò sopra la propria, l'attirò a sé.

La sua pelle era calda.

Il suo bacio lieve. Appena uno sfiorare di labbra sulla guancia.

Avrebbe potuto cambiare idea. Tutti lo facevano di continuo. Bastava una parola. Bastava che gli restituisse quel bacio.

Stella tremò.

Di una paura antica, forte.

Di un ricordo spiacevole, di pietra. Un monito.

La paura l'assalì all'improvviso. Un passo indietro e poi un altro.

Quello che era accaduto era bello. Qualcosa che era iniziato e sarebbe finito senza mai davvero finire. Un incontro speciale. Un incontro perfetto. Come lo sguardo di Alexander, il suo sorriso, le dita che aveva intrecciato alle sue mentre camminavano insieme o mentre si chinava su di lei per raccontarle qualcosa.

O l'espressione dei suoi occhi un istante prima di baciarla.

«È meglio che mi affretti», gli disse con un gesto della mano.

Stava salendo sulla carrozza quando lui la richiamò.

«Il mio numero, se ti viene voglia di fare due chiacchiere...»

Meravigliata, afferrò il pezzo di carta che lui le porgeva. Lo aveva scarabocchiato su ciò che restava del sacchetto dei croissant. Stella riusciva a leggere a malapena le cifre.

Non gli rispose, ma restò a guardarlo mentre il treno partiva, e ancora dopo, finché fu troppo lontano per distinguerlo.

Prese posto, i pensieri che correvano in un'unica direzione. Sapeva come sarebbe andata a finire. Come sempre... Chiuse gli occhi e strinse nel pugno la carta sgualcita. La trattenne ancora un istante, poi riaprì il palmo lasciandola cadere in fondo alla borsa.

3.

Bianco. Colore di elevata luminosità,
è ottenuto dalla sintesi di tre primari.
Rappresenta la purezza, la forza e la fermezza.
È il colore ideale, offre conforto e ristoro.
Induce alla riflessione e alla ricerca interiore.

Le acque del lago si distendevano davanti a lei come un lenzuolo turchese, placide e sonnacchiose. Stella si era fermata sulla riva e ammirava i riflessi dorati accesi dal sole.

Sembrava danzassero lungo una scia immaginaria.

Quando era piccola credeva che, proprio sotto la superficie, vivesse un drago. Uno di quelli delle favole che le raccontava suo padre.

Lo aveva persino detto allo zio Orlando.

Lui non aveva riso della sua fantasia, non lo faceva mai. Invece le aveva raccontato di come in molti avessero avuto la sua stessa intuizione: si diceva infatti che nel lago di Garda vivesse una creatura antica, che proteggeva gli abitanti della zona tenendo a bada le acque durante le tempeste.

Un custode.

A Stella era sempre piaciuta quella favola e, nonostante crescendo avesse scoperto che suo zio l'aveva modificata apposta per lei, non ne era rimasta delusa, anzi, glielo aveva fatto sentire ancora più caro.

Lui la capiva. L'aveva sempre amata come se fosse stata sua figlia e non una pronipote acquisita. Anche verso la fine, quando aveva iniziato a entrare e uscire da quel suo mondo immaginario, Orlando l'aveva sempre riconosciuta.

Le aveva fatto molti regali. Oggetti semplici, privi di un reale valore. Come l'album da disegno che teneva sempre con sé, o il buono regalo per il biglietto del treno, quello che aveva appena usato per raggiungere Bardolino. Un giorno le sarebbe tornato tutto utile, le aveva detto in quel suo modo di strascicare le parole. Le sembrava trascorso un mese da allora, invece Orlando era morto da quasi un anno.

Stella non avrebbe mai immaginato che quel dono in apparenza banale si sarebbe rivelato tanto importante. Insieme al biglietto lo zio le aveva regalato un sogno. Una notte che avrebbe ricordato, un bacio lieve, casto, che l'aveva riempita di emozione.

Si chiese se Alexander fosse già tornato in ospedale. Si chiese... come avrebbe potuto essere. Poi sollevò la mano assaporando il vento che accarezzava le dita.

Riprese a camminare; la casa della zia era ancora lontana – colpa sua che aveva preso la strada più lunga –, ma andava bene così. Aveva bisogno di riflettere.

Accelerò il passo, i pensieri che si fondevano con le ultime parole che lui le aveva rivolto.

Non era interessata a una relazione occasionale.

Alla fine, era sempre una questione di scelte.

Il pensiero corse ai suoi genitori.

La loro era stata una storia tormentata. Entrambi alla fine si erano rifatti una vita ai due capi opposti della terra e tra di loro non c'era più alcun legame.

A parte lei.

Presto sarebbe nato il suo fratellino.

Ogni volta che ci pensava, Stella sentiva qualcosa che le svolazzava dentro, una gioia istintiva, un calore che le si diffondeva dentro, come una carezza sul cuore.

L'ultima volta che l'aveva sentito al telefono, suo padre era pazzo di gioia.

Era fatto così, Alberto Marcovaldi.

Le emozioni, in lui, erano deflagrazioni. Pittore e artista di fama, era un uomo preso da sé stesso e dal proprio genio. Da quando Stella aveva memoria, era sempre stato innamorato.

Di qualcosa.

Di qualcuno.

Sperò che l'età lo avesse cambiato, lo desiderò per il bene del suo fratellino. Crescere senza il padre non era stato facile.

Lei, come d'altronde sua madre, non faceva più parte della

vita di Alberto da ormai molto tempo; era una consapevolezza con la quale era venuta a patti molto presto, quando da bambina aveva capito di essere l'unica ragione per cui due persone che in realtà si detestavano restavano insieme.

Aveva imparato a tenere a bada e a ignorare quel dolore, ma c'erano giorni – come quello – in cui non ci riusciva.

C'erano giorni in cui avrebbe voluto essere spregiudicata, coraggiosa e un po' folle. Avrebbe voluto saper cogliere l'attimo, ricambiare il bacio di Alexander, assecondare il proprio desiderio di scorrergli sopra la pelle, dentro, finché tutto di lui le fosse diventato familiare. Avrebbe voluto trovarlo.

Come lui aveva fatto con lei.

Desiderio e azione, però, sono spesso due cose ben diverse.

Non aveva senso rimuginare su ciò che era accaduto. O meglio, su ciò che non era accaduto. Eppure, non poteva ignorare la mancanza che provava, quel senso di vuoto al centro del petto, lieve come il profumo che aleggiava nell'aria e un istante dopo era scomparso.

Come Alexander.

All'improvviso si era alzato un vento lieve che arricciava le onde. L'aria sapeva ancora di pioggia, nonostante il cielo limpido. Dal punto in cui si era fermata, Stella riusciva a vedere le strade che si inerpicavano sulle colline restrostanti e dividevano i quartieri in riquadri più o meno regolari.

Si riavviò lungo la strada. Era molto che non vedeva la prozia: troppi pensieri, troppe difficoltà. Adesso, però, avrebbe avuto a disposizione tutto il tempo che le serviva.

Oltre l'alto muro di cinta, la villa dei Marcovaldi si elevava su tre piani più la mansarda. I terrazzi addolcivano la linea severa della dimora, conferendole il fascino delle antiche residenze. Le finestre erano chiuse, come sempre. E, come sempre, il tetto, sostenuto da spesse travi di legno scurito dal tempo e dagli anni, ospitava grassi piccioni.

L'edera aveva prosperato tra le sbarre del cancello in ferro battuto.

Ecco, quella era una novità, pensò Stella.

La zia aveva sempre tenuto parecchio alla sua edera screziata, potandola accuratamente. Da quando l'aveva vista l'ultima volta era così cresciuta da aver quasi inghiottito l'inferriata.

Ferma davanti all'ingresso, Stella non riusciva a decifrare l'intensa sensazione di disagio che provava. La casa di Letizia era sempre stata un rifugio per lei, un luogo di gioia e di risate.

Forse era a causa di quello che le aveva detto Luciana l'ultima volta che si erano sentite al telefono. L'amica della zia era molto preoccupata.

"È decisamente trascurata", disse tra sé studiando la villa come se si trattasse di una vecchia conoscenza. E forse un po' lo era, perché tra quelle mura Stella si era sempre sentita accolta e felice.

Vistose crepe sulla facciata si allargavano in sottili incrinature che poi si congiungevano in punti in cui l'intonaco era crollato facendo affiorare una pietra scura, muscosa.

Il giardino, da sempre l'orgoglio di Letizia Marcovaldi, non era in condizioni migliori. Il roseto era un groviglio di alti sterpi spinosi. Il cancello non voleva saperne di cedere: lo spinse finché si aprì completamente. Quell'edera andava tagliata subito, decise.

Con un po' di fortuna riuscì a trascinare il trolley dall'altra parte. Percorse il viale e si rese conto che anche la vasca dei pesci era ricoperta dalle alghe. Quando bussò alla porta pensò nuovamente a Luciana e alla sua telefonata.

Attese ancora un istante, poi frugò nella borsa alla ricerca della chiave. L'aveva appena infilata nella toppa quando la porta si spalancò.

«Stella? Che diamine ci fai tu qui?»

«Ehm... Ciao, zia.»

«La prossima volta che ti viene l'idea di farmi una sorpresa, sei pregata di avvisarmi prima.»

Stella batté le palpebre. «Anch'io sono felice di vederti. Comunque, se è un brutto momento posso tornare un'altra volta. Sono solo passata a salutarti, non mi trattengo.»

Il sole del mattino iniziava a scaldare l'aria.

Stella se lo sentiva sulle spalle attraverso la stoffa della giacca, lo guardava riflesso sul viso rugoso della prozia che aveva sollevato una mano per proteggere gli occhi. L'altra la teneva poggiata pesantemente sul suo bastone.

«Smettila di dire sciocchezze e vieni dentro. Se hai intenzione di offenderti, abbi la compiacenza di farlo un'altra volta.» Si fece da parte per lasciarla passare. «Oggi non sono dell'umore adatto. E tu», disse rivolgendosi al grasso carlino che le era inciampato sui piedi, «smettila di abbaiare. Non vedi che è la nostra Stella?»

C'era decisamente qualcosa che non andava nella zia, pensò Stella. A parte l'accoglienza che le aveva riservato, ansimava vistosamente, come se quel breve scambio di battute le fosse costato ogni grammo della sua forza.

«Zia...»

L'anziana signora si risollevò e subito allungò una mano, accarezzandole il viso.

«Devi avere pazienza con Aristide. Lo so che non è stato gentile da parte sua abbaiarti contro, ma la sua vista peggiora sempre di più, bambina mia, non posso mica fargli mettere gli occhiali, non credi?»

A quel povero cane mancavano solo gli occhiali! Stella rise.

«Ecco, appunto! Chiudi la porta, oggi c'è freddo.»

«Subito.» Fece come le aveva detto e dopo la seguì lungo il corridoio.

L'andatura della zia era sempre stata un po' claudicante, ma era progressivamente peggiorata con gli anni. Da giovane aveva avuto un incidente che le aveva lasciato quello strascico. Stella non aveva idea di cosa le fosse accaduto, ma quando era piccola aveva sentito i suoi genitori parlarne sottovoce.

Letizia e Orlando non avevano avuto figli e si erano presi cura di Alberto accogliendolo in casa. Erano sempre stati molto uniti. Ancora adesso, nonostante ci fosse un oceano di mezzo, la zia e suo padre si sentivano regolarmente.

«Avvicinati al fuoco, devi essere congelata.»

«Sono passata dal lungolago, oggi c'è il sole. È bellissimo, ne avevo proprio bisogno.»

Letizia chinò la testa, poi, dopo averla studiata un lungo istante, le sorrise.

«Sei sempre stata capace di vedere quello che agli altri

sfugge», continuò Letizia. «Mi sei mancata, tesoro. In un modo che non riesco nemmeno a esprimere.»

«Anche tu, molto.»

All'improvviso Letizia tacque, gli occhi lucidi. Stella si accorse che tremava.

«Stai bene, zia?»

«Come? Oh sì, certamente. Ma dimmi di quella.» Indicò la valigia.

«Parto, mi trasferisco all'estero. Sono passata a trovarti prima di lasciare l'Italia.»

Letizia la osservò pensierosa. «Dunque non sei riuscita a sistemare le cose con i familiari di Flaminia?»

Stella scosse la testa. «È arrivato il momento di cambiare.»

«Resta con me, allora. Questa è casa tua, lo sai. Puoi restare quanto vuoi. Se poi fosse per sempre, ne sarei felicissima.»

C'era una tale urgenza in quella richiesta, quasi una preghiera, da preoccupare Stella. La sensazione che ci fosse qualcosa che non andava si faceva sempre più forte. Di rado la zia era tanto sentimentale.

Eppure, a un primo sguardo, le sembrava tutto normale.

L'ampio salone circolare era illuminato da una serie di finestre a quadri. Le tende di pizzo erano tirate per far entrare il sole. Il camino era acceso e un bel fuoco riscaldava l'ambiente. Sul tavolo c'era un solitario lasciato a metà.

Riportò l'attenzione sulla zia.

Letizia si era lasciata cadere sulla sua poltrona preferita, aveva afferrato un lembo dello scialle di lana tirandoselo sulle ginocchia. Un istante dopo Aristide le si era accucciato accanto. Allora lo aveva accarezzato distrattamente, gli occhi sul pavimento, come se all'improvviso si fosse dimenticata di lei.

Accanto alla porta, Stella teneva tra le mani la giacca, il trolley posato con cura in un angolo. La sciarpa ripiegata sulla sedia.

«Che succede, zia?» le chiese dolcemente.

Lei si strinse nelle spalle, continuando ad accarezzare il mantello del carlino. «È vecchio… gli piacciono le attenzioni.»

«Sai che non mi riferisco a quello. Parlami. Dimmi cosa c'è che non va.»

I capelli argentati a cui lei teneva tanto erano sparsi sulle spalle in una massa informe. Indossava una vecchia giacca del marito sopra una camicetta di seta viola.

Aveva ancora i pantaloni del pigiama e portava un collier di perle, lo stesso che un tempo sfoggiava nelle grandi occasioni.

«Se avessi saputo che arrivavi mi sarei data una sistemata.» Si raddrizzò il colletto, poi passò le dita tra i capelli aggrovigliati. All'improvviso si coprì il volto con le mani.

Allarmata, Stella corse da lei.

«Ci sono qua io, zia, tranquilla, andrà tutto bene.»

Le posò una mano sulla spalla, accarezzandole la schiena. L'intensa fragilità che percepì la colse di sorpresa, riempiendole il cuore di una pena mista a tenerezza. Era dimagrita, sembrava quasi che si fosse ritirata in sé stessa.

Letizia sollevò lo sguardo su di lei. «Sono contenta che tu sia qui, tesoro. Davvero. Sono solo di malumore. E, prima che tu ti faccia strane idee, non c'è niente di diverso dal solito. Niente di cui tu debba farti carico. Adesso lasciati guardare.»

I loro occhi si incrociarono e quando la zia le sorrise Stella sentì sciogliersi un po' della preoccupazione che l'aveva attanagliata al suo arrivo.

«Scusa se non ho chiamato prima», sussurrò.

«Non dirlo neppure. Hai la tua vita a cui pensare, i tuoi problemi. Dovresti conoscermi abbastanza bene da non fare caso a me: sai perfettamente che quando sono di malumore non penso nemmeno la metà delle sciocchezze che escono dalla mia boccaccia.»

Stella le si inginocchiò accanto. Letizia sapeva di viole e di abbracci pieni di affetto. Sospirò, posandole il capo in grembo. Mentre Aristide ne approfittava per leccarle una gamba, la vecchia signora le accarezzò i capelli.

«Sono felice che tu sia qui, piccola mia, davvero.»

«Lo so, zia.»

Il silenzio tra loro era uno spazio comodo nel quale riposare. Restarono un po' così, immerse nei propri pensieri, poi Letizia sospirò.

«Sono stanca, sai? Lui mi manca in un modo che non so nemmeno spiegare. La vita continua, certo. Ma non è uguale a prima. Ho un vuoto dentro. Non mi basta l'aria, non c'è riposo, né cibo sufficiente a colmarlo. È assenza. Pura e semplice mancanza. Resta solo la consapevolezza che niente sarà come prima.»

Stella le strinse una mano. Avrebbe voluto confortarla, ma non c'era nulla che potesse fare. Nessuna parola né frase avrebbero avuto quel potere. Era così quando si aveva il cuore spezzato. Niente poteva aiutare per davvero.

«Non dovrei lamentarmi, siamo stati insieme per tanti anni, in fondo.» Letizia si schiarì la voce, recuperando il contegno. Sorrise e inspirò profondamente. «Dove hai lasciato la macchina?»

«Sono venuta in treno. Lo zio mi aveva spedito un biglietto. L'ho utilizzato per venire da te.»

«Uno di quei suoi strani doni?»

«Sì.» Anche Stella sorrise. Avevano parlato parecchio nei mesi precedenti di quella mania che era presa a Orlando prima della sua morte. Non c'era una logica. O almeno, loro due non l'avevano ancora decifrata.

«Ne ha lasciati altri sparsi per casa, sempre avvolti nella carta per dolci. C'è sopra il tuo nome.» La sua espressione si fece sfuggente. «Vedeva qualcosa e mi diceva: "Mi raccomando, Letizia, fallo avere a Stella".» Tacque, poi scosse la testa. «Chissà quante volte te l'ho già raccontato.»

«Mi piace ascoltarti, continua», la incoraggiò.

Con un altro lungo sospiro Letizia posò la nuca sul cuscino della poltrona, lo sguardo rivolto a un punto imprecisato del soffitto. «Quando sei venuta l'ultima volta, per il suo funerale, ho dimenticato di darteli. Li troverai esattamente dove li ha lasciati. Mi aveva detto che saresti venuta, sai?» Un'enorme tristezza traspariva dalla sua espressione. «Mi raccontava cose strane, diceva che tutto si sarebbe sistemato. Non era in sé, nell'ultimo periodo.»

«Oh sai, zia. Non saprei proprio. Era strano, certo. Ma in

lui c'era qualcosa di speciale. Era come se vedesse oltre. Come se sapesse cose che gli altri ignoravano. Mi manca moltissimo.» Una fitta di dolore le attanagliò il petto. Era così definitiva la morte, così inappellabile. A tutto il resto, invece, c'era rimedio...

«Manca molto anche a me, tesoro.»

Lo sguardo di Letizia si fece sognante. Rimase così un istante prima di riportare l'attenzione su Stella. Puntò l'indice verso il corridoio. «Hai fatto un lungo viaggio e devi essere esausta. Un bagno caldo e un buon pranzo sono quello che ci vuole. Prendi la camera rosa, quella con il terrazzo. È pronta.»

«Posso dormire nella mia solita stanza, non voglio disturbare.»

«No, in quella ci dormo io, e smettila di dire assurdità! Se c'è qualcuno che non mi ha mai causato un fastidio, sei tu.»

La zia dormiva nella stanza sul retro?

«Non ti è mai piaciuta.»

Letizia agitò una mano. «Non è poi così fredda.»

«Ma...»

«Non ho voglia di discutere, tesoro. Fai come ti dico, per piacere. Ci vediamo in cucina appena ti sei sistemata.»

«Certo.»

Stella salì le scale pensierosa.

Letizia Marcovaldi era sempre stata imprevedibile, irriverente, persino prepotente.

Ma adesso era tesa, affaticata e gracile. Se aveva deciso di stare al piano terra, in una camera scomoda, era solo per un motivo, pensò.

Le tornò in mente la conversazione che aveva avuto con Alexander. Lui le aveva chiesto se la ragione del suo viaggio fosse ciò che era accaduto con Flaminia.

Lei aveva negato. Lo aveva escluso.

Era andata da Letizia perché lei era l'unica altra persona con la quale aveva sempre potuto parlare, che non l'avrebbe mai giudicata. Al contrario, la zia l'avrebbe capita, le avrebbe offerto il sostegno e la forza di cui aveva bisogno.

Letizia e Orlando erano sempre stati un punto fermo della

sua vita, forse l'unico. Aveva bisogno della vitalità di sua zia. Aveva bisogno di lei.

Non ha senso fuggire.

I problemi ti seguono, e non c'è nulla di più tenace.

Ripensò alle parole di Alexander, che le tornarono alla mente limpide e chiarissime.

Era stordita, perplessa. Aveva messo a punto una strategia, un piano per il futuro che adesso, alla luce degli eventi, stava vacillando.

Perché non era un vero piano.

Era una fuga.

4.

Blu. Colore primario, mistico, rappresenta l'infinito.
È il colore dell'anima più profonda,
e come tale induce alla calma e alla serenità.
In oltre cento sfumature descrive il mare e il cielo,
evocandone l'immensità.

Stella aveva sempre amato la villa.

Era stata progettata da Zeno Marcovaldi due secoli prima. Il suo antenato era stato un artista, un sognatore. La sua impronta era impressa nell'edificio in molti piccoli particolari che lo rendevano unico. Ogni ambiente aveva qualcosa di speciale, e la camera rosa non faceva eccezione. La chiamavano così perché sul soffitto, tra gli altri decori, spiccava un roseto.

Era la sua preferita.

Forse perché dava sul terrazzo o forse perché nei giorni in cui l'aria era più limpida da lì si poteva vedere il lago.

O forse non esisteva una ragione precisa. La bellezza in fondo non necessitava di nessuna spiegazione.

Lasciò il trolley in un angolo e si sedette sul letto, gli occhi sulla finestra da cui si vedevano i tetti delle altre case.

La coperta era soffice sotto le sue dita, i pensieri correvano cullati dalla sensazione di pace che provava.

Si chiese perché suo padre non le avesse detto che Letizia stava tanto male. In realtà non avrebbe dovuto stupirsi. Lui era il centro del proprio mondo. Gli altri erano pensieri di cui si dimenticava subito, come un bambino distratto da ciò che lo circondava. Lo conosceva, sapeva com'era fatto. Avrebbe dovuto capire. Non sapeva se fosse più delusa da suo padre o da sé stessa che ci aveva messo così tanto a decidersi di andare a trovare la zia. Era logico che stentasse a riprendersi.

D'altronde lei e Orlando erano stati insieme per oltre settant'anni. Quasi il triplo della sua vita, pensò mentre si spogliava. Sbadigliò, la stanchezza le chiudeva gli occhi.

Ripose i vestiti nel cesto della biancheria sporca ed entrò in bagno. Si fece una lunga doccia calda e si cambiò d'abito. Poi lo vide. Era un pacco voluminoso, ricoperto da carta per dolci trasparente. Si avvicinò al comò e ne seguì il profilo con la punta delle dita. Il suo nome spiccava nitido. Riconobbe la grafia dello zio e, suo malgrado, sorrise. Era uno dei regali che le aveva lasciato. La zia l'aveva avvisata, pensò. Si soprese per non averlo notato subito. Lentamente tirò via la carta, piegandola con cura. Sorrise riconoscendo lo specchio.

Sorpresa, cercò con lo sguardo la parete da cui era stato staccato e lo rimise al suo posto mentre un ricordo affiorava nella sua mente.

Guarda sempre dentro di te, piccola Stella, è lì che troverai le risposte alle tue domande.

Commossa, ebbe l'impressione di percepire la presenza di Orlando al suo fianco.

Quante volte le aveva ripetuto quella frase?

Glielo aveva anche mostrato, in quei terribili ultimi mesi. Anche allora, affaticato, tremante, lo zio si era trascinato lì davanti e le aveva detto che non doveva fermarsi alle apparenze. Lei lo aveva assecondato, promettendolo.

Sfiorò il bellissimo oggetto con la punta delle dita.

Era molto antico, con screpolature argentate che restituivano un'immagine addolcita. Lo aveva sempre adorato. Si guardò a lungo. Al sole i suoi capelli erano un intreccio di riccioli più rossi che castani. Le lentiggini e gli occhi verdi, la pelle olivastra e il profilo deciso si mescolavano in lei tradendo le origini nordiche dei Marcovaldi e quelle mediterranee degli Usai.

La famiglia di sua madre non aveva mai visto di buon occhio suo padre e, dopo la separazione, non aveva nascosto la propria soddisfazione.

Quanto a lei, le poche volte che si erano incontrati per qualche ricorrenza, aveva avuto l'impressione di essere costantemente sotto esame.

«È un vero peccato che la bambina abbia ereditato i colori di quel buono a nulla di Alberto.»

Il ricordo emerse all'improvviso.

Sua madre le stava spazzolando i capelli, lo faceva ogni sera prima di metterla a letto. Era un momento tutto loro, quello. Nel silenzio dolce della notte, scandito dal fruscio della spazzola, Stella sentiva tutto l'amore di Roberta. L'intromissione della nonna l'aveva disturbata.

Assunta era immobile sulla porta, l'espressione indecifrabile. Ma d'altronde Stella non l'aveva mai davvero capita, quella donna sempre vestita di nero.

«Nella nostra famiglia i colori sono normali. Nero, nel peggiore dei casi castano. Ma dignitosi. Nessuno degli Usai si è mai sognato di avere capelli biondi, figurarsi rossi.»

«Per me lei è perfetta!» aveva commentato seccamente sua madre.

La nonna le aveva lanciato un'ultima occhiata penetrante, poi le aveva lasciate sole.

Stella si era guardata allo specchio e si era sentita sbagliata. Aveva letto la disapprovazione nelle labbra tirate di sua nonna, aveva riconosciuto il disprezzo.

Il bacio della buonanotte e la raccomandazione di non fare caso alle sue parole non avevano smorzato il dispiacere.

Sua madre le aveva detto che gli adulti spesso sbagliano.

Stella però sapeva che la nonna aveva ragione.

Perché lei era esattamente come suo padre.

E non poteva farci niente.

Quando scese di sotto, la zia aveva già apparecchiato la tavola, si era cambiata e aveva indossato un abito elegante, in lana rosa, che le donava molto.

«Stai benissimo.»

«Grazie, tesoro. È passata Luciana. Per caso vi siete già incontrate oggi?» le chiese con un'occhiata sospettosa.

Stella si illuminò pensando alla vecchia amica di famiglia. Non vedeva l'ora di riabbracciarla.

«No, non l'ho vista. Perché me lo chiedi?»

Si sedette a tavola, il profumo era delizioso.

«Niente, così. Comunque, giusto per mettere le cose in chiaro, sappi che sono perfettamente capace di salire le scale», borbottò. «Ho giusto una momentanea difficoltà che sparirà a breve.»

«Capisco.» Stella fece finta di nulla, anche se la preoccupazione montava a ogni parola. «Il dottore a cosa attribuisce questa... *difficoltà*?» chiese calcando sull'ultima parola.

Letizia si strinse nelle spalle, un gesto casuale che in realtà, Stella lo sapeva bene, era accuratamente calcolato.

«Quando ne sentirò davvero la necessità, lo interpellerò.»

Tutto iniziava ad avere un senso. «La minestra è buona», disse guardandola di sottecchi.

«Lo so. È la tua preferita. Vedi che non mi sono dimenticata? Non c'è bisogno di nessun dottore che mi dica che sto invecchiando. Capita a tutti coloro che hanno la fortuna di arrivare alla mia età, sai?»

Stella le lanciò un'occhiata, e quando Letizia le strizzò un occhio, scoppiò a ridere.

«Mi dicevi che non sei riuscita a trovare un accordo con i nipoti di Flaminia...» riprese la zia.

«No. Non hanno voluto sentire ragioni.» Posò il cucchiaio, all'improvviso non aveva più fame.

«Ah!» Letizia ignorò le sue proteste e le versò un altro mestolo di minestra nel piatto, invitandola a riprendere a mangiare. «Non credi che ci vogliano motivazioni più valide di un licenziamento per lasciare tutto e cambiare non solo città ma persino paese?»

«Sono giovane, devo fare esperienza.»

Letizia sbuffò. «C'è qualcosa che non mi hai detto, vero?»

Stella le sorrise anche se non ne aveva voglia. Non le avrebbe detto che i nipoti di Flaminia le avevano negato le referenze e avevano fatto in modo che non trovasse un altro lavoro nella zona. L'avevano screditata e nessuno si sarebbe più fidato di lei e della sua onestà. Non riusciva a capire quell'accanimento e non aveva nessuna voglia di condividerlo con la zia. Ci sarebbe venuta a patti da sola.

«Ti sembra davvero così strano che io mi sia stancata di tutto e voglia ricominciare da un'altra parte?»

«No, affatto! Ma una cosa è desiderare di fare qualcosa, un'altra non avere scelta. Non sopporto che tu possa pensare una cosa simile.»

«Ti lamenti perché mi comporto in modo razionale?»

Letizia si strinse nelle spalle. «Certo che sì, sei troppo giudiziosa.»

Suo malgrado, Stella sorrise.

«Ecco, brava, sei bellissima quando ridi. C'è qualcosa di speciale in te.»

«Dici così perché mi vuoi bene.»

Il sorriso di Letizia all'improvviso si spense. «Sei sempre controllata. E questo mi preoccupa. Non ti capita mai di avere voglia di urlare?»

Certo che le succedeva! Ma non lo avrebbe fatto. «Non è proprio bello mettersi a strillare, ma se ti fa sentire meglio potrei provarci.»

Letizia ignorò la sua battuta e agitò una mano. «È colpa di tua madre. Tutti quei discorsi su ciò che è giusto e sbagliato. Sono deprimenti, non trovi?»

«Smettila di incolpare mia madre. Lo sai che non mi piace sentirti parlare così di lei. Giuro, zia, che alle volte non riesco a capirti.»

«Mah! Io credo invece che tu sappia benissimo a cosa mi riferisco. Tua madre sa perfettamente cosa penso dei suoi metodi educativi, abbiamo discusso più di una volta.»

Spalancò gli occhi. «Discusso? È così che chiami i vostri litigi?»

Letizia scrollò le spalle. «Suvvia, litigi... non esageriamo.» Le sorrise nuovamente e Stella pensò che in quel momento, con quell'espressione maliziosa, sembrava proprio la Letizia di quando era bambina, che si nascondeva insieme a lei in giardino per poi saltare fuori all'improvviso spaventando il povero malcapitato di turno con grande soddisfazione.

«Ti farà bene stare con me qualche giorno. Magari una settimana o due?» chiese speranzosa.

Che imbrogliona, pensò Stella ridendo. «Vedremo. Non ho ancora deciso dove andare.»

«Lo sai che questa è casa tua, vero?»

Avevano parlato fin troppo di lei, pensò. Non era così ingenua da non capire che sua zia le aveva appena dato una bella strapazzata, e allo stesso tempo era riuscita a farsi un'idea abbastanza precisa di cosa l'avesse spinta a decidere di lasciare l'Italia.

Erano problemi suoi e li avrebbe risolti da sola.

«Lo zio ha staccato lo specchio dalla parete e me lo ha lasciato sul comò del bagno, impacchettato. L'ho rimesso al suo posto.»

Dopo un iniziale momento di sorpresa, Letizia scoppiò a ridere.

«È sempre stato capace di stupirmi. Le cose che si inventava... non hai idea.»

«Mi chiedo se ci sia una motivazione dietro il suo gesto o se lo abbia fatto ubbidendo all'impulso del momento. Tu ne sai qualcosa?»

Lei scosse la testa. «Non lo so. Vediamo, quali regali hai ricevuto finora?»

«Un album da disegno con una selezione di matite e colori, una serie di vecchie fotografie di voi due, uno stradario di Zurigo degli anni Cinquanta. E naturalmente il buono per acquistare il biglietto del treno.»

Letizia sembrò soppesare la sua risposta. «Voleva che tu avessi un ricordo di noi e che tornassi più spesso, è evidente. Per il resto non saprei... te l'ho detto. Non era completamente in sé.»

Stella si chiese perché la zia all'improvviso apparisse così nervosa. «Probabilmente hai ragione.»

Eppure, aveva la sensazione che ci fosse qualcosa di più. Era come se lo zio le stesse raccontando una storia attraverso gli oggetti che aveva lasciato. Ma perché avrebbe dovuto farlo? Non sarebbe stato più semplice parlare chiaro? O scrivere? Scosse la testa. Forse aveva ragione la zia: si stava facendo ingannare dalla propria immaginazione e lui nei suoi ultimi giorni era solo molto confuso.

«Che ne dici se mentre mi trattengo a Bardolino facessi qualche cambiamento alla casa?»

«Di che tipo?» chiese Letizia.

«Vorrei organizzare gli spazi in modo che tu debba usarle il meno possibile.» Indicò le scale. «Ti affatichi per niente, mentre qui al pianterreno hai davvero tanto spazio.»

Per un istante Letizia restò in silenzio. «Lo faresti per me, tesoro?»

«Con molto piacere. Mi piace trasformare le cose, lo sai.»

Stella amava prendersi cura di ciò che la circondava. Era come avere sempre qualcosa di nuovo intorno. «Inizieremo domani, e ci divertiremo moltissimo.»

«Sono davvero felice che tu sia qui.»

La mattina seguente, mentre Letizia era in giardino, Stella decise di sgombrare la stanza accanto al salotto. C'erano vecchi mobili, libri, lampade, persino un mappamondo e una scala. Là dentro, da bambina, aveva trovato gli oggetti più strani che anche adesso, nonostante il velo di polvere, continuavano a esercitare un grande fascino. Li osservò con attenzione, esaminandoli da vicino. Erano tutte cose «in bilico»: troppo nuove per la discarica, o inutilizzate da anni ma con una qualche futura utilità. Custodi di ricordi.

O semplicemente belle.

Stella amava la bellezza. Era importante quanto il resto, anzi forse anche di più, perché riempiva l'anima di gioia. Quegli oggetti bellissimi, e praticamente inutili, erano davvero molto speciali.

La funzionalità non era stata contemplata mentre venivano costruiti; chi li aveva realizzati aveva ben altro in mente.

Eppure, erano indispensabili.

«È incredibile la quantità di cose che uno accumula durante il corso di una vita, vero Aristide?»

Il carlino uscì da uno dei vecchi armadi a parete e le trotterellò accanto.

«Ecco, appunto», disse Stella chinandosi ad accarezzarlo. «Forza, diamoci da fare.»

Trasferì le sedie in salotto e trovò una collocazione per un vecchio grammofono che funzionava ancora perfettamente. Il resto dei mobili lo trascinò in un'altra stanzetta senza finestra dove lo zio aveva ricavato una camera oscura per sviluppare le sue fotografie.

Un po' stanca ma soddisfatta, si guardò intorno.

Finalmente vedeva le pareti libere.

Una mano di pittura e la stanza sarebbe stata perfetta, pensò. Avrebbe appeso quadri allegri, tende di pizzo leggero. Ce n'erano in abbondanza nel guardaroba della biancheria al piano superiore. Adesso doveva liberare gli armadi dai libri e trasferire le cose di Letizia. Fece le scale un'infinità di volte trasportando i preziosi volumi di Orlando, gli occhi lucidi e un nodo in gola.

La prima volta che glieli aveva mostrati con orgoglio, era solo una bambina. In quell'occasione, Stella si era sentita molto importante. Allo zio interessava la sua opinione. Le aveva sempre parlato con rispetto e considerazione.

Accarezzò il dorso dell'ultimo volume con un sorriso. Mentre lo riponeva in una delle librerie della camera rosa ripensò ai bei momenti trascorsi con quell'uomo adorabile. Le mancava da morire. Le mancava la sensazione di sicurezza che provava quando lui le teneva la mano stretta nella propria mentre esploravano i dintorni di Bardolino, lungo i canneti e gli acquitrini, in cerca di soggetti per le sue fotografie. In silenzio, acquattati sotto qualche cespuglio, Stella e lo zio avevano visto un mondo scandito esclusivamente dai tempi della natura.

Le mancava il suono della sua voce.

Le mancava guardarlo mentre stringeva Letizia tra le braccia e la convinceva a ballare con lui.

Si asciugò le lacrime e si accorse che sopra i dischi c'era un altro pacchetto per lei. Ridacchiò: chissà che cosa conteneva questa volta. Accarezzò il biglietto, liberò la custodia dall'incarto e sorrise. Era la *Csárdás* di Vittorio Monti. Posò con delicatezza il disco in vinile sul grammofono. Quando la melodia iniziò, spandendo nell'aria un suono lento e struggente, Stella si lasciò travolgere dal ritmo della musica e poi prese a volteggiare per la stanza.

«Che melodia meravigliosa», sussurrò.

Con gli occhi che le brillavano, ansante e un po' meno triste, riprese il lavoro.

«Ecco, così va bene», disse dopo un po' guardandosi intorno soddisfatta.

Aveva quasi finito, mancava davvero poco.

Lanciò un'occhiata attraverso le vetrate, ma non c'era traccia della zia. Stava per andare a vedere dove si fosse cacciata quando udì un clangore di pentole provenire dalla cucina.

Chissà che cose buone avrebbe preparato. Stava morendo di fame.

«Pensi che riusciremo a finire prima di pranzo?» chiese al carlino.

Aristide le lanciò un'occhiata, poi si infilò tra l'armadio e le gambe di un vecchio comò e guaì. Stella lo tirò fuori prima che finisse per incastrarsi sotto il mobile e lo posò sul ripiano.

«Non puoi fare queste cose, caro mio. Non sei più un giovincello, sai?» Gli controllò le zampe, sperando che non si fosse ferito.

Aristide, offeso dal rimprovero, si accucciò in un avvallamento del ripiano, accanto a una valigia di pelle. Un istante dopo prese a grattarne con foga la superficie.

«Così la rovinerai.» Lo spostò sul pavimento, ma il cagnolino continuava a saltare, cercando di tornare dov'era.

Stella riportò lo sguardo sulla valigia. «Ho capito, adesso la apro, contento?»

Era di pelle marrone, gli angoli screpolati, la serratura ossidata.

«Vediamo cosa c'è dentro.»

La serratura era bloccata ma lei non si perse d'animo. Dopo aver insistito un po', riuscì a farla scattare aiutandosi con la punta di un coltello.

«Oh, ma è assurdo!» esclamò leggendo il suo nome. Era un altro dei bizzarri doni dello zio. Appoggiò le mani sull'involto, come se toccandolo riuscisse a comprendere cosa ci fosse all'interno. Lentamente lo liberò dalla carta.

«Che bella!» esclamò.

All'interno c'era una grossa e robusta scatola di cartone,

di quelle che ormai non si vedevano quasi più, avvolta da un nastro nero che terminava con un fiocco. Stella lo sciolse con delicatezza, posandolo al suo fianco, poi sollevò lentamente il coperchio e restò senza parole.

«Mio Dio!»

Un'esplosione di colori come non ne aveva mai visti la riempì di meraviglia. Verde brillante, giallo e arancio. Il blu più profondo, il rosso maestoso, il viola e il celeste. Sfiorò le pagine, emozionata.

«Chi ha fatto questi disegni?» sussurrò completamente rapita. Li sfogliò uno dopo l'altro. Mentre sfiorava le pagine con la punta delle dita, il cuore prese a batterle forte.

Erano paesaggi, case, ruscelli, laghi e fiori. Erano ritratti, impronte di piccole mani.

Così intensi, così forti, che per un istante si sentì risucchiare al loro interno, immersa in un'emozione profonda.

I colori la investivano, l'accoglievano e lei, all'improvviso, li sentì scorrere dentro, come un tempo.

Erano come racconti.

Erano i colori del mondo.

5.

Ciano. Colore primario sottrattivo,
vivace e stimolante, è il colore della creatività.
Complementare al rosso, aumenta la concentrazione
e al contempo induce alla calma.

Stella sapeva tutto sul colore.

Sapeva che nasceva dalla luce, ovviamente.

Sapeva che era generato dalla rifrazione della stessa su una superficie. Ma la spiegazione scientifica, secondo lei, non era in grado di contenere la vastità del concetto.

Perché il colore era anche, e soprattutto, percezione.

Era come un desiderio, come un genio: appariva solo se veniva evocato.

Esisteva quando qualcuno lo osservava.

In quel momento si sentiva strana, come se in un istante, dopo anni di grigiore, la sua percezione della realtà fosse mutata. Come se avesse finalmente aperto gli occhi.

Inginocchiata sul pavimento, non riusciva a distogliere lo sguardo dai disegni adagiati sul suo grembo. Li aveva sfogliati incantata e ognuno di essi le aveva suscitato una reazione. Aveva percepito i sentimenti dell'artista: allegria, divertimento, inquietudine. Ma c'era anche dell'altro. Un'ombra, un ricordo sopito, un timore tenuto a bada. Aveva sentito sotto le dita un pizzicore, il ricordo di qualcosa che l'aveva turbata e che istintivamente aveva respinto.

No, era stato ben più di quello, pensò.

Ben più di quello.

Riportò l'attenzione sui disegni, seguendo le linee, ascoltando ciò che dicevano. C'erano paura, rabbia, ma anche speranza. C'era gioia nonostante tutto. Emozioni contraddittorie, le percepiva chiaramente. E quello non riusciva a spiegarselo.

«Chissà chi li ha realizzati?» si chiese per l'ennesima volta. Alcuni erano elementari, l'espressione di sentimenti e desideri semplici, altri invece oltrepassavano la realtà. Erano frammenti di immaginari complessi, indefiniti. Anche la densità delle pennellate, la stesura del colore e la forma dei disegni erano differenti.

"Sono opere di mani diverse, espressioni ingenue, infantili, immediate, che fanno pensare a dei bambini", disse tra sé stupita.

Ne era certa.

Troppi particolari discordanti, troppo marcate le differenze.

Stella si chiese se i soggetti fossero reali o se invece scaturissero dall'immaginazione; se, mentre dipingevano, i misteriosi piccoli artisti fossero guidati dal bisogno di riprodurre fedelmente l'oggetto che aveva catturato la loro attenzione, o se invece si fossero concentrati sull'impressione che provavano, e su come la luce accarezzava le forme che rivelavano i singoli dettagli.

Ognuno si esprimeva in modo diverso. Era una relazione, una sorta di sinergia che scaturiva nell'anima, ma esisteva grazie a ciò che aveva innescato l'emozione iniziale.

Stella lo sapeva bene.

Qualcosa si agitò dentro di lei. Un ricordo lontano, un desiderio, un bisogno acuto. Un rimpianto.

Mentre tornava a concentrarsi sentì un tremito, una sorta di ribellione interiore; turbata, faticò a riallacciare il filo del pensiero, ma i disegni esercitavano un'attrazione così profonda su di lei, che dopo un po' riuscì a calmarsi.

Voltò i fogli alla ricerca di qualcosa che nemmeno sapeva; ma non c'era niente che identificasse gli autori, non un segno, né numeri o date.

Aristide le posò la testa sulla gamba e uggiolò. Stella gli rivolse un'occhiata affettuosa. «Sei stato bravissimo. Non avrei mai scoperto questa scatola se non fosse stato per te! Chissà perché lo zio la teneva in quella vecchia valigia.»

Gli grattò la pancia. «Mi chiedo se la zia ne sappia qualcosa, sono davvero meravigliosi, non trovi?»

«A cosa ti riferisci cara?»

Stella sollevò la testa. Letizia era appena entrata nella camera. Alle sue spalle, Luciana si guardava intorno meravigliata.
«Ciao, tesoro, tua zia mi ha detto che sei arrivata ieri così ho pensato di venire a salutarti.»
«Che bello rivederti, Luci!» Stella posò i disegni e le corse incontro, abbracciandola.
«Ti ho portato un dolce. Ci ho messo sopra i tuoi cioccolatini preferiti.»
Stella trattenne un sorriso. Quelle due la trattavano come se fosse ancora una bambina. Ma le piaceva farsi viziare.
«Somigli sempre di più a tua zia!»
Letizia sollevò un sopracciglio. «Ero così bella anch'io?» scherzò. «Dici davvero?»
Stella sorrise, poi rivolse uno sguardo distratto alle mani della zia, aggrappate al bastone: tremavano, e non era un buon segno.
«Guarda qui, Luciana. Stella vuole trasformarla nella mia camera da letto, ti piace?»
«Molto, che cambiamento!»
«Ho pensato di spostare un po' di cose in modo che la zia possa muoversi più agevolmente.»
«Dunque ti trattieni per un po' questa volta?» chiese Luciana.
«Io continuo a sperare che sia per sempre», borbottò Letizia, «ma lei è così testarda.»
In quel momento Stella si accorse di come la stavano guardando le due donne e seppe di essere nei pasticci. Se da sole quelle due erano formidabili, insieme mettevano paura. Non si sarebbe fatta convincere, ma non voleva dare loro un dispiacere. Dopo quanto era accaduto con Flaminia, lasciare l'Italia per cambiare vita era l'unica soluzione: non aveva che quell'idea e aveva bisogno di crederci.
«Vedremo.»
Illustrò le modifiche che intendeva apportare alla stanza, sperando di distrarle. Adesso che l'aveva liberata dai mobili inutili, era molto spaziosa e sembrava anche più luminosa. Il

giorno seguente avrebbe dato una mano di tinta e sistemato gli arredi, decise.

Al piano superiore, aveva adocchiato una poltrona che sarebbe stata d'incanto davanti alla vetrata, mentre il letto era già addossato a una parete. Avrebbe dovuto ordinare un materasso nuovo e dei cuscini confortevoli.

«Questo era lo studio di Orlando.»

«Sì, mi ricordo», rispose Luciana con un sorriso malinconico.

«Ogni volta che ritornava da un viaggio si portava dietro qualcosa. Diceva che gli oggetti lo avrebbero aiutato a non dimenticare. Era il suo palazzo della memoria.»

Commossa, Stella pensò ai disegni che le aveva lasciato lo zio. Chissà dove li aveva acquistati.

«Hai trovato qualcosa di interessante?» chiese Letizia rivolgendole un sorriso.

«Oh, zia, molto di più. Guarda!»

Dopo aver preso la scatola, tornò da lei mostrandogliela. «Non sono bellissimi? Potrei farne incorniciare alcuni...»

Paralizzata, Letizia spalancò gli occhi. «Oddio! Ma come? Do... dove li hai presi?»

Stella le lanciò un'occhiata perplessa. «Sopra quel vecchio comò. In realtà li ha trovati Aristide.» Ridacchiò. «Erano avvolti nella solita carta, con il mio nome sopra. Probabilmente non li hai notati perché lo zio li aveva infilati in quella vecchia valigia.» La indicò con un gesto della mano, poi riprese a sfogliare i disegni. Dopo averne scelti un paio li mostrò alla zia. «Guarda qui.» Il dipinto più grande ritraeva la parte anteriore di una dimora aristocratica. «La nitidezza dei dettagli è impressionante, non trovi? E che colori. E questo?» le porse il foglio. «Non è adorabile?»

Era il ritratto di un bambino di una decina di anni. Il sorriso era appena abbozzato, lo sguardo limpido, spensierato. Biondissimo, con occhi grandi e celesti, mostrava la rotondità del viso tipica dell'infanzia.

«Lo conosci?» chiese senza distogliere lo sguardo dal ritratto. «Mi piace moltissimo.»

Letizia ci mise un po' a rispondere. Stella, incuriosita dalla sua reazione, sollevò lo sguardo su di lei.

«Sì. Io... credevo fossero andati perduti. Orlando mi aveva detto di averli bruciati.»

Bruciati? Sconcertata, Stella spostò l'attenzione dalla zia ai disegni e viceversa. «E perché mai?»

Non poteva nemmeno pensare a una cosa del genere. Anzi, non voleva proprio farlo.

Qualcosa si agitò nella sua memoria, rapidamente lo respinse.

«Non capisco, sono così belli!» sussurrò.

«Sono più che belli. Sono meravigliosi... come lo erano...»

Stella attese, ma Letizia non concluse la frase. La zia chinò il capo. Sembrava come rimpicciolita, triste.

«È tutto ciò che mi è rimasto di loro», disse piano.

All'improvviso il bastone cadde, Letizia allungò la mano per raccoglierlo, ma i suoi gesti erano scoordinati. Barcollò. Stella fece appena in tempo ad afferrarla prima che crollasse sul pavimento. I disegni si sparsero ai suoi piedi, come petali di un fiore calpestato.

«Zia, che ti succede? Appoggiati a me.»

«Erano qui tutto questo tempo... erano qui», mormorò lei, gli occhi chiusi, il respiro che all'improvviso si era fatto rapido. «Erano qui e io non lo sapevo», continuò come se non la sentisse, immersa in una bolla di sofferenza. La voce si era abbassata, quasi un lamento.

Spaventata, Stella allungò il braccio verso Luciana.

La donna, ammutolita, fissava Letizia.

«Portiamola al caldo, in salotto.»

«Certo! Aspetta, ti aiuto.»

Stella ringraziò il cielo per la sua presenza; insieme adagiarono la zia sulla poltrona e, mentre Luciana correva a prendere un bicchiere d'acqua, Stella le strofinò con forza le mani. «Respira profondamente, zia. Va tutto bene. Sono qui con te.»

Pallida e tremante, Letizia scuoteva la testa. Stella si accorse che aveva iniziato a piangere. In tutta la sua vita non l'aveva mai vista in lacrime, nemmeno al funerale dello zio.

Ma che cosa stava accadendo? si chiese.

«Lui mi aveva detto che li aveva distrutti. Perché mi ha fatto questo? Perché mi ha mentito?» chiese afferrandosi a lei.

«Risolveremo tutto. Te lo prometto zia, ora però calmati.»

Non l'aveva mai vista in un tale stato di ansia. «Sono solo disegni», aggiunse. «Non agitarti, ti prego. Qualsiasi cosa sia accaduta, ne verremo a capo.»

Finalmente il pianto si quietò. A capo chino Letizia fissava le dita nodose strette l'una all'altra.

«Mi hai sentito? Qualunque cosa sia successa non ha la minima importanza.»

Lentamente Letizia sollevò la testa.

Stella incontrò il suo sguardo e rabbrividì. Gli occhi della zia erano opachi, pieni di qualcosa che non riusciva a definire.

«Ti sbagli. *Io* non ho mai contato nulla. E quelli là dentro», disse indicando la camera attigua, «sono tutto.»

Cosa voleva dire? Stella si voltò, gli occhi verso la porta spalancata: i disegni erano sparsi ovunque, riusciva a vederli anche da lì. Ma ora, insieme alla strana attrazione che avevano esercitato fin da subito su di lei, provava qualcos'altro: una sorta di fascinazione differente, perché quei disegni rimandavano al passato di Letizia. A qualcosa di oscuro e doloroso.

E quello era assolutamente incomprensibile.

Perché Orlando li aveva lasciati proprio a lei?

Aveva sempre pensato a sua zia come a un caldo sole estivo, una luce pura, dolce e avvolgente. Invece c'era dell'altro, qualcosa di cui non sapeva assolutamente nulla.

Luciana tornò da loro. «Il medico è fuori per una visita, verrà appena possibile, ma non prima di qualche ora. La portiamo in ospedale?»

«Sì. È meglio andare lì per un controllo. Ce la fai ad alzarti, zia?» le chiese. Letizia la respinse.

«No, lasciami. Voglio stare da sola!»

Si stava ancora agitando. Stella, sconcertata, le posò il dorso di una mano sul viso. Era gelida e respirava a fatica. Non poteva assecondarla, ma non voleva nemmeno insistere, correndo il rischio di peggiorare la situazione. Tuttavia non aveva nessuna intenzione di restare a guardare.

C'era una persona che avrebbe potuto aiutarla.

«Restale accanto e falle compagnia, chiamo un amico.»

«Conosci qualcuno che possa aiutarci?» le chiese Luciana prendendo il suo posto a fianco di Letizia, che aveva ripreso a piangere sommessamente.

Lo sperava. «Sì, torno subito.»

Stella salì i gradini a due a due, afferrò la borsa e rovesciò il contenuto sul letto. «Dove sei?» borbottò tra sé. «Eccolo!» Con le dita che tremavano lisciò il pezzetto di carta che le aveva dato Alexander e compose il numero.

«Rispondi, dai, rispondi.»

«Sì, pronto.»

C'era chiasso, rumori, persone che parlavano, ma era lui! Sollevata, Stella lasciò andare il respiro che aveva trattenuto fino a quel momento.

«Alexander.»

Si udì una porta che sbatteva e poi silenzio.

«Ciao, Stella.»

«Dio, ti ringrazio!»

«Che succede? Stai bene?»

«Sì, sì, non è per me. Puoi venire a casa di mia zia?»

«Calmati, e spiegami cos'è successo.»

«Lei è... è molto anziana. Stavamo guardando una cosa insieme e si è alterata, ha avuto un mancamento e adesso non riesco a farla smettere di piangere.»

«Scrivimi l'indirizzo in un messaggio, prendo la borsa e arrivo, sarò da te in poco più di mezz'ora. Se le sue condizioni dovessero peggiorare chiama un'ambulanza.»

Fece come le aveva detto, il cuore che le batteva forte e la paura che le dilagava dentro. Si sedette sul bordo del letto e respirò profondamente. Non poteva cedere alla paura. Letizia aveva bisogno di lei. Quando le sembrò di aver recuperato il controllo, scese le scale e tornò in salotto.

«Come sta?» chiese a Luciana, avvicinandosi.

«Non smette di piangere.»

Stella si inginocchiò ai piedi della zia, le sollevò il viso scrutandola attentamente. «Sono qui con te, parlami, ti prego. Mi stai spaventando.»

Letizia scosse la testa. «Lo hanno portato via. È solo colpa mia, capisci, Stella? Tutta colpa mia, perché lo volevo per me. Non mi è rimasto nulla di lui, solo quei disegni.»

Un brivido gelido le serpeggiò su per la schiena.

«È tutto passato, non fare così. Adesso calmati. Lo affronteremo insieme e sono sicura che ne verremo a capo.»

Ma Letizia aveva smesso di ascoltarla e si dondolava con le mani serrate in grembo.

Stella, disperata, si guardò intorno in cerca di un suggerimento. C'era una foto di lei bambina, e allora le venne un'idea: iniziò a raccontarle del fratellino in arrivo, un argomento che a Letizia piaceva moltissimo. Le confidò che non vedeva l'ora che nascesse, e che allo stesso tempo temeva un po' quel momento. Chissà se a lui sarebbe piaciuta. Avevano così tanti anni di differenza. Parlò e parlò, finché sentì la bocca asciutta. Le sembrava fosse passata un'eternità da quando aveva telefonato ad Alexander. Pregò che lui facesse in fretta.

Il campanello finalmente suonò. Luciana corse alla porta.

Era di certo lui, pensò Stella. «Andrà tutto bene, zia.» Sistemò la coperta sulle sue ginocchia e le strinse le mani.

«Non andartene, non lasciarmi.»

Era solo un sussurro, ma a Stella non era sfuggito. Non era certa che si riferisse a lei, o a Luciana, quella preghiera. Anzi, era abbastanza sicura che quella supplica fosse rivolta a Orlando, in una sorta di soliloquio.

Ma lei era lì, presente, mentre lui non c'era più.

«Stai tranquilla, ci siamo noi con te.»

Letizia però aveva smesso di ascoltare.

Il passato era lì, davanti a lei, vivido, vibrante.

La stava chiamando, la stava inchiodando alle sue responsabilità. Alla sua colpa.

Cercò nuovamente di scacciarlo, ma era troppo forte, e lei ormai era solo una povera vecchia. I ricordi affiorarono in superficie prepotenti e lei non aveva la forza di respingerli; si agitò, cercò di tenerli a bada, ma le immagini si susseguivano come fotogrammi che lei non poteva far altro che guardare.

6.

Grigio. Colore neutro, convenzionale, freddo.
Induce al raccoglimento prima di un'azione.
Accogliente, è al contempo mutevole
grazie alla sua capacità di adattamento.

❋ Letizia, Verona 1934 ❋

C'erano momenti in cui Letizia Marcovaldi aveva come l'impressione che tutto intorno a lei rallentasse, fino a fermarsi.

In quel tempo diverso, tutto cambiava: forma, colore e persino la consistenza delle cose, e lei finalmente riusciva a comprendere.

Le era accaduto la prima volta che aveva visto il mare; a portarcela era stata suor Fiammetta, sua zia, che però non lo era per davvero.

L'immenso, fino a quell'istante, era stato un concetto vuoto, lontano. Qualcosa che non aveva una reale dimensione.

Da lì in poi il mare, per lei, sarebbe stato l'immagine del blu oltre l'orizzonte.

In quel momento, seduta sotto uno degli alberi del giardino davanti a casa, con il suo barattolo della felicità in grembo, aspettava.

Aspettava che il tempo si fermasse ancora.

Aspettava di capire.

I fili che pendevano dai rami, quelli che aveva appeso insieme ai suoi genitori quella mattina, oscillavano spinti da una brezza leggera, pungente.

Aveva inspirato l'odore che scendeva dalle montagne; aveva visto sentieri di erba fresca calpestati da lepri e caprioli; aveva sentito la dolcezza dei fiori di biancospino appena sbocciati.

Presto sarebbe giunta la primavera, succedeva ogni volta.

Quello lo sapeva.

Era il resto che non riusciva a comprendere.

Un fruscio le rivelò che non era più sola. Si alzò in piedi, scrollandosi la gonna. Il barattolo, che fino a quel momento era stato al sicuro, rotolò via. In un altro momento, Letizia avrebbe cercato di fermarlo, invece restò a guardare mentre si infrangeva ai suoi piedi. Il liquido cangiante si allargò in una pozza, rivelando i grani brillanti delle collane che conteneva. Paralizzata, sentì come uno strappo. Al posto del senso di perdita che avrebbe dovuto provare, però, c'era uno spazio. Qualcosa di insolito e nuovo.

«Piangere non serve a nulla.»

La voce di Fiammetta era aspra e spigolosa, come il suo viso.

«Io non piango mai!»

Non era vero, naturalmente. Qualche volta, di nascosto, anche lei piangeva. Soprattutto quando il temporale sembrava voler spaccare le montagne illuminando la notte di gelo e furore e il vento sbatteva forte le imposte. Ma quello Fiammetta non poteva saperlo.

«Nella mia scuola starai bene, ci sono molte ragazze della tua età, ti farai tante amiche.»

A Letizia tremò il labbro. «Perché non posso restare con la mamma?»

«Sai bene che non è possibile.»

Un sospiro, e un fruscio. Suor Fiammetta le indicò una panchina.

«Vieni, spostiamoci.»

Si sedettero insieme, l'una accanto all'altra come avevano fatto tante volte. Ma in quel momento Letizia sentiva qualcosa di diverso dal consueto affetto che aveva sempre provato. La zia prima di allora era stata una compagnia costante, rassicurante. Un di più. Adesso invece minacciava l'ordine della sua esistenza, quello che vedeva lei al centro e i suoi genitori uno per lato.

«Tua madre ti ha raccontato di come ci siamo conosciute?»

Letizia aveva sentito quella storia così spesso da saperla a memoria. Tre amiche del cuore: sua madre Anna, Maria la studiosa e Fiammetta, la più giovane. Una maestra, un medico e una suora. Avevano studiato nello stesso collegio. Sua mamma le aveva raccontato che era stata la sua nascita, lieta quanto inaspettata, a riunirle dopo anni in cui si erano solo scritte. Dal momento che né Maria né Fiammetta avevano avuto figli, il suo compleanno era stato scelto come un giorno speciale, e quasi sempre le tre amiche riuscivano a mettere da parte i propri impegni e incontrarsi.

«Ognuno di noi ha un compito da svolgere nel mondo, Letizia. Adesso sei grande, è ora di iniziare a costruire il tuo futuro.»

«Costruire?»

Conosceva il significato di quella parola. Lei «costruiva» tante cose insieme alla mamma. L'idea che avrebbe dovuto farlo da sola la riempiva di terrore.

Letizia aveva faticato a distogliere lo sguardo da ciò che restava del suo barattolo della felicità. Non le erano mai piaciute le bambole, ma si incantava a guardare l'acqua che vorticava spinta dal movimento delle sue mani. I cristalli che conteneva, un tempo i grani delle collane di sua madre, riflettevano la luce. Come in quel momento, mentre lei si sentiva proiettare verso il cielo.

«Esatto. Nel bene e nel male, oserei aggiungere.»

Suor Fiammetta – così l'avrebbe dovuta chiamare d'ora in poi, la zia si era tanto raccomandata – frugò tra le ampie pieghe della gonna e, quando trovò quello che stava cercando, sorrise. Il fiammifero brillò un istante mentre lei si accendeva una sigaretta.

Affascinata, Letizia non riusciva a distogliere lo sguardo dall'intensa espressione di beatitudine di quel viso che conosceva da sempre.

Dopo aver aspirato lunghe boccate, Fiammetta fissò il fluttuare del fumo, poi si voltò verso di lei. «È deciso, ormai. Le tue cose sono pronte, ma ti consiglio di scegliere qualcos'altro di speciale, qualcosa che vuoi portare con te. Indosserai una divisa, ma quello che metterai sotto lo deciderai tu. Bisogna rispettare le apparenze, lo sai bene.»

Letizia sapeva che cos'erano le «apparenze». Per lei, erano come abiti imposti che avevano il pregio di renderla uguale a tutti gli altri bambini e dunque invisibile. Come in uno dei racconti di sua madre. L'elmo di Ade, per esempio.

Quando uno era invisibile gli altri non badavano a lui, così poteva fare ciò che desiderava.

Il suo sguardo tornò ai vetri infranti sparsi sul terreno, doveva raccoglierli. All'imbrunire gli animali del bosco scendevano a valle in cerca di cibo. Non voleva che potessero ferirsi.

Fiammetta le posò una mano sulla spalla.

«È sempre difficile lasciar andare qualcosa a cui abbiamo tenuto molto, ma sai che c'è di bello quando si perde quel qualcosa, bambina mia?»

Stordita, Letizia scosse la testa.

«Si cambia. La perdita è l'*ouverture* del cambiamento. E questo spesso è positivo. Adesso vai a salutare la tua mamma.»

Letizia fece come le era stato detto. Si accoccolò sulle ginocchia di Anna e, mentre sua madre le accarezzava i capelli, parlandole dolcemente, inspirò il suo profumo per serbarne il ricordo nel cuore.

«Sei il mio tesoro, non dimenticarlo mai. La mamma ti vuole bene.»

Era il loro modo di lasciarsi. «La mamma ti ama, Letizia.» Quante volte glielo aveva sentito dire? In quel momento si rese conto che in quegli ultimi giorni sua madre non aveva fatto altro che ripeterglielo. Istintivamente si aggrappò a lei.

«Anch'io, mammina.»

«Sono molto orgogliosa di te, gioia mia. Adesso vai, è ora.»

Annuì, un nodo che le chiudeva la gola. Ma fece come le aveva chiesto.

Suo padre l'accompagnò fuori e, quando la prese in braccio deponendola sul sedile della vettura, Letizia dovette sforzarsi di lasciare andare le braccia calde e sicure che fino a quel momento erano state i confini del suo mondo.

Il collegio che dirigeva zia Fiammetta era un edificio arroccato sul versante della montagna. Letizia lo aveva visto da lontano crescere sempre di più, fino a diventare enorme. A occhi spalancati, fissava le torri e i bastioni merlati.

«È un castello?» sussurrò.

Fiammetta sollevò gli occhi dal quaderno su cui aveva scritto nell'ultima mezz'ora. «Lo era in passato. Adesso è una scuola, te l'ho detto, ricordi?»

Oh sì, Letizia lo ricordava bene. Ma quell'edificio non assomigliava nemmeno un po' alle scuole che aveva visto fino ad allora. E sì che ne aveva frequentate diverse.

Sua madre l'aveva portata con sé fin da piccola. Non l'avevano fermata la pioggia né tantomeno la neve, che a suo parere, con le opportune precauzioni, rinvigoriva il fisico. Così Letizia aveva girato in lungo e in largo per la provincia in un cestino della bicicletta. Lo aveva costruito suo padre Filippo affinché Anna potesse trasportarla ovunque senza troppa fatica.

Sua madre preparava le lezioni in cucina: matematica, geografia, italiano e storia, ma anche disegno e musica. Voleva che fossero interessanti affinché gli alunni imparassero con piacere. Per quello la sua prima allieva era proprio sua figlia: se una bambina così piccola fosse riuscita a cogliere i concetti fondamentali delle sue lezioni, allora lo avrebbero fatto anche gli altri. Tra uno sformato di patate e una minestra di ceci, una teglia di lasagne e un ragù, Letizia imparava i nomi dei re di Roma e come separare il rosso dell'uovo dall'albume; che il bianco è il prodotto dell'unione di tutti i colori, mentre il suo opposto è il nero; che la terra ruota su sé stessa e intorno al sole. Anna era convinta che il latino andasse d'accordo con la scala musicale e che la geometria e la matematica fossero più comprensibili se toccate con le dita, così, ispirandosi alle teorie di Maria, aveva realizzato piccole figure di cartone, e adattato abachi e regoli.

«E se non mi piacesse?» chiese Letizia all'improvviso, cedendo alla paura che non l'aveva abbandonata un istante da quando avevano lasciato la casa dei genitori.

Fiammetta non le rispose, limitandosi a una lunga occhiata ammonitrice.

La vettura si fermò nel piazzale, proprio davanti al portone spalancato, dove attendevano due religiose dell'ordine. La zia le salutò con un gesto della mano.

Letizia si ricordò appena in tempo che non avrebbe più

dovuto chiamarla a quel modo e le tremò il labbro. «E se non mi piacesse?» sussurrò.

Suor Fiammetta radunò i fascicoli e li ripose con cura nella borsa ai suoi piedi. Poi si strinse nelle spalle.

«Conosci le ragioni che hanno spinto i tuoi genitori a iscriverti alla mia scuola. Non si sarebbero mai separati da te, ma Anna avrà bisogno di tutte le sue forze per affrontare la malattia e tuo padre dovrà starle vicino. Sei libera di fare ciò che credi, ovviamente. Ma ricordati che se deciderai di ritornare a casa, tua madre lascerà l'ospedale per starti accanto. La decisione è tua.»

Un calore fortissimo le bruciò il viso e la vergogna le ingarbugliò le parole. Uscì dalla vettura senza attendere che l'autista le aprisse lo sportello e poi si paralizzò davanti alle occhiate severe delle due suore che l'attendevano accanto al portone. Invece di rispondere al loro saluto, chinò il capo con gli occhi inondati di lacrime. Mentre entrava trascinando i piedi pesanti, una mano si posò sulla sua spalla.

«Ogni difficoltà, se affrontata nel modo giusto, diventa un'opportunità.»

Spalancò gli occhi. Come poteva essere? si chiese.

Non era molto brava a dare i nomi alle cose, ma era capace di riconoscere le emozioni. In quel momento si sentiva attratta dalla frase di Fiammetta come quando scopriva un nido nel bosco e si nascondeva per spiare i pulcini. Temeva di essere vista, ma non poteva fare a meno di stare lì.

Allora raddrizzò le spalle e sollevò il mento, anche se aveva paura, anche se avrebbe dato qualsiasi cosa per tornare a casa con i suoi genitori. Doveva solo mettere un piede davanti all'altro.

L'atrio della scuola era immenso, con un soffitto a volta sostenuto da grosse colonne; al centro, pendeva un pesante lampadario di cristallo. Le gocce erano grappoli trasparenti che scindevano la luce in un immenso arcobaleno. Ma ciò che incantò Letizia furono le vetrate: grandi e opalescenti, ritraevano colline verdi, volti stilizzati, occhi grandi, abiti scarlatti e mani giunte.

Aveva visto le figure sui libri e sapeva che le cattedrali e i castelli custodivano simili tesori, ma niente l'aveva preparata a una tale bellezza.

Girò su sé stessa e, ovunque guardasse, qualcosa la riempiva di meraviglia. Finché notò qualcosa che catturò completamente la sua attenzione: ai piedi dell'enorme scalinata una bambina più o meno della sua età si dondolava sul corrimano. Quando i loro occhi si incontrarono, subito lei interruppe il gioco e le corse incontro.

«Ciao, tu devi essere quella nuova.»

"Nuova?" pensò Letizia. Nonostante il disappunto, le strinse la mano. La bambina era magra, la pelle pallida, quasi trasparente. Aveva gli occhi celesti così sporgenti che Letizia pensò alla bambola che le aveva comprato suo padre per il compleanno, quella che era rimasta sopra il suo letto a casa. I capelli le cadevano intorno al viso come una nuvola, soffici e bianchi.

«Signorina Hoffmann, perché non è in classe?»

La bambina trasalì spostando il suo sguardo oltre le spalle di Letizia.

«Buona mattina, superiora, bello oggi?»

Aveva un accento aspro e duro, come se mordesse le parole. Era strana, pensò Letizia. Ma in modo carino. Da quando le aveva preso la mano pochi istanti prima, non gliel'aveva più lasciata. Le piaceva la sensazione di calore che le trasmetteva.

«Sì, grazie. Oggi è una bella giornata, Teresa. Nonostante ciò, lei non mi ha ancora spiegato perché invece di seguire la lezione di italiano gironzola nell'atrio.»

Letizia sapeva che sua zia poteva essere terribile quando voleva. Ma sapeva anche che era solo apparenza. La stessa di cui avevano discusso durante il viaggio.

«La bambina nuova è mia amica», disse lei. «Vero, *Fräulein*?»

Nonostante sostenesse la sua posizione con la zia, Letizia sentì la mano della bambina fremere nella sua, e allora gliela strinse più forte.

Si scambiarono un sorriso lieve e misterioso, di quelli così grandi da racchiudere più di mille parole.

«Certamente, signorina Hoffmann, voi due diventerete buone amiche.»

Fiammetta lanciò un'occhiata a Letizia e per un momento le sembrò che sua zia le avesse fatto l'occhiolino.

Teresa le si avvicinò, tenendo sempre la mano stretta nella sua.

«Fame? Sete? Io vado a cercare del cibo in cucina se tu vuoi.»

Fiammetta alzò gli occhi al cielo ma, quando li riabbassò sulle bambine, stava sorridendo.

«Mostri alla signorina Marcovaldi la vostra camera e poi vada alla sua lezione, signorina Hoffmann. E questa volta niente scuse.»

«*Danke, Fräulein.*»

Dopo un rapido e buffo inchino la bambina tirò la mano di Letizia, che si affrettò a seguirla. Mentre salivano insieme i gradini di pietra, Letizia continuava a spostare lo sguardo tra la ragazzina e ciò che la circondava. Si chiese quanto potesse essere antica quella costruzione; ne percepiva l'età sotto le suole, nell'avvallamento al centro della pedata. Chissà quanti passi c'erano voluti per consumare la pietra di quei gradini.

«Ci stanno ancora guardando?» le chiese la sua nuova amica.

Si voltò, sporgendosi oltre la balaustra. La zia stava parlando con altre due suore al centro dell'atrio; una le aveva posato la mano sulla spalla. Il gesto la sorprese. Fiammetta era sempre stata forte, era lei che aiutava gli altri: perché quella donna la stava consolando?

«No, no. Adesso parlano.»

«Lo fanno sempre. Bene, vieni, facciamo la corsa!»

Teresa le lasciò la mano e schizzò in avanti con un gridolino.

Incantata, Letizia pensò che la sua nuova amica fosse davvero bella e, in quel momento, molto simile a una libellula. Le sue braccia erano come ali spiegate. Se il sole le avesse illuminate, l'arcobaleno si sarebbe riflesso su di esse. Fece per seguirla, ma all'improvviso si voltò.

La zia e le consorelle erano ancora insieme ma si erano

spostate ai piedi della scalinata. Continuavano a parlare, le teste chine, i sussurri appena percettibili.

Letizia sentì Teresa che la chiamava. Girò su sé stessa e si paralizzò.

C'era una terza suora in un angolo, poco distante dalle altre. Qualcosa in quella donna la colpì. Letizia non avrebbe saputo decifrare la sensazione spiacevole che sentiva, ma quando i loro occhi si incrociarono, rabbrividì. La religiosa si fece avanti continuando a fissarla.

Letizia si ritrasse di scatto, obbedendo all'istinto.

«Allora? Non corri con me?»

Il richiamo di Teresa la convinse a muoversi.

«Eccomi!» esclamò.

Mentre la raggiungeva si chiese chi fosse quella donna nell'ombra. Non era come le altre, non aveva mai sorriso, non era felice, pensò.

«Vinco io!» gridò Teresa.

Letizia faticò un po' a starle dietro. Le gambe lunghe e magre dell'amica sembravano volare sul lucido pavimento di marmo. Pensò ai caprioli che aveva visto sulla montagna.

«Ti prendo!» disse.

Accelerò e un po' dell'ansia che le aveva stretto il respiro in gola svanì.

Quando si fermò ansante davanti alla porta della camera che da quel momento in poi avrebbe diviso con quella bambina che tanto sembrava volerle essere amica, sentì che c'era qualcosa di nuovo in lei. Aveva preso il posto di quel nulla a cui non era riuscita a dare un nome.

Era come una promessa.

7.

Giallo. Colore primario sottrattivo.
Potente e brillante rappresenta il sole, e dunque la vita.
È il colore dell'azione e della concretezza.
Induce al buonumore e alla positività.

«Alexander, grazie di essere venuto!»

«Ci sono stati cambiamenti da quando mi hai chiamato?»

«No. Continua a piangere e non mi risponde.»

Lui le rivolse uno sguardo veloce e la rassicurò con una rapida stretta di mano, poi rivolse la sua attenzione su Letizia.

«Ci penso io adesso, passa dall'altro lato, Stella, ma senza allontanarti.»

Lei fece come le aveva detto, il cuore in subbuglio.

«Buonasera, signora, posso sapere il suo nome?» le chiese.

Lei lo guardò come se solo in quel momento si fosse accorta della sua presenza. «Io... mi chiamo Letizia», rispose. La voce impastata, lo sguardo opaco.

«Oh, ma che bel nome, anche mia madre si chiama così! Io sono Alexander, sono un medico, e sono qui per aiutarla. Dove sente male?»

Anche in quel caso Letizia rispose a stento, ma lui sembrò non farci caso, continuò a parlarle, rassicurandola. Pacato e gentile. Le aveva sollevato il mento e la scrutava con attenzione.

«Riesce a muovere la testa?»

«Io... sì.»

«Ottimo, segua la luce con lo sguardo», le chiese muovendo una piccola torcia.

«È fastidiosa.»

«Lo so, farò prestissimo, glielo prometto. Ecco vede? Abbiamo già terminato. È stata molto brava.»

Alexander si guardò intorno e dopo aver individuato un

divano glielo indicò. «La dovrò spostare in modo che stia più comoda, va bene?» chiese con dolcezza.

Stella avrebbe voluto abbracciarlo. Sapeva che era un uomo gentile, ma vedere come trattava la zia glielo fece apprezzare ancora di più.

«È lontano», sussurrò Letizia, le esili spalle ancora scosse da sussulti.

Almeno aveva smesso di piangere, pensò Stella, al suo fianco.

«Si fida di me?» le chiese Alexander.

Letizia sollevò lo sguardo su di lui. «Dovrei?»

Le sorrise. «Le prometto che non la farò cadere.»

«Sarà meglio», borbottò strappandogli un sorriso.

Alexander la sostenne e l'aiutò a sdraiarsi sul divano.

Stella prese la mano della zia tra le sue, accarezzandola dolcemente.

Nel frattempo, Alexander le posò lo stetoscopio sul torace. Dopo qualche minuto, lo ripose nella borsa.

«Non è nulla di grave. Le farò preparare una tisana, ma lei deve promettermi che la berrà tutta, siamo d'accordo?»

«Dipende», gracchiò.

«Zia, ti prego!» sussurrò Stella con un filo di esasperazione nella voce.

Alexander sorrise. «Si rilassi, Letizia. Posso chiamarla così?»

«Forse...»

Un altro sorriso. «È ancora troppo agitata, il suo cuore è affaticato. Posso farle un'iniezione se preferisce, ma non è meglio una semplice tisana?»

«Iniezione? Non credo proprio... Vada per la tisana», mugugnò.

Alexander si alzò e scambiò qualche parola con Luciana che si precipitò in cucina. Stella ne approfittò per sistemare alla zia il colletto della camicia. «Sei stata bravissima.»

Letizia sollevò lo sguardo su di lei. «Non è vero. Mi sono comportata in modo orribile. Perdonami, piccola mia.»

«Non dire sciocchezze.» La accarezzò e fece spazio ad Alexander che attendeva poco distante. Lui si avvicinò e le prese entrambe le mani.

«Letizia, adesso voglio che mi ascolti attentamente. È molto importante che lei stia tranquilla, va bene? Niente forti emozioni, niente strapazzi. Niente serate danzanti o feste fino all'alba.» Le strizzò un occhio e lei soffocò una risata.

«Le prescriverò degli esami. Se preferisce può venire da me in ospedale. Li faremo in day hospital.»

Letizia lo scrutò con attenzione. «Come ha detto che si chiama, dottore?»

«Alexander Zoller.»

«Ha un viso conosciuto», mormorò. «Però non ricordo nessuno Zoller tra i miei alunni.»

«È un'insegnante?»

«Lo sono stata per oltre cinquant'anni.»

«È una delle più nobili professioni.»

«La sua non è da meno.»

Il sorriso di Alexander si spense. «Già. Allora siamo d'accordo. L'aspetto tra qualche giorno. Non oltre una settimana.» Tirò fuori il ricettario dalla borsa e dopo aver compilato le prescrizioni le porse a Stella.

«È importante che si riposi, Letizia. Per qualsiasi cosa non esiti a farmi chiamare. Buona serata a tutti.»

«Grazie, dottore.»

Alexander le sorrise, indossò la giacca e prese la borsa.

«Ti accompagno», gli disse Stella. «Luciana, resti tu con la zia?»

«Certo.»

Gli fece strada lungo il corridoio. Una volta fuori si chiuse la porta alle spalle.

«Scusami se ti ho chiamato, ma il medico di mia zia non era disponibile e lei non voleva andare in ospedale. Sei la prima persona che mi è venuta in mente. Grazie per essere venuto subito.»

Alexander inclinò la testa di lato. «Hai fatto bene, anche se avrei preferito rivederti in circostanze… diverse.»

Stella non avvertì alcun rimprovero, solo un lieve dispiacere che la fece sentire anche peggio.

«Io… mi dispiace.»

«Perché mai?» Alexander indietreggiò di qualche passo.

La sua espressione era impenetrabile. «Fai in modo che non si agiti. Deve fare degli accertamenti. Non posso fare una diagnosi precisa con così pochi elementi. Se dovesse avere un altro attacco chiamami immediatamente, la farò ricoverare.»

«Grazie.»

«È il mio dovere. Abbi cura di te e auguri per il tuo futuro, Stella.»

Lo guardò allontanarsi finché scomparve, poi rientrò in casa.

Il giardino era sempre stato fonte di pace, per Stella. Era come un luogo sospeso, infinito, quasi una dimensione a sé stante. Da sempre era capace di alleviare le sofferenze e lenire il dolore. Anche in quel momento, mentre rimuginava sugli eventi delle ultime ore, Stella beneficiava del suo semplice e immenso potere.

Si sentiva meglio, pensò, e anche Letizia. Anzi, era probabile che lei si sentisse meglio proprio perché la zia si era ripresa e riposava serena.

Era quasi morta di paura quando aveva pensato che potesse accaderle qualcosa di brutto.

Sollevò gli occhi verso il cielo che, da terso e azzurro, si faceva ogni istante più viola e più blu. Era la sera che seguiva al giorno. Immutabile, come sempre.

Alexander era andato via da qualche ora. Lei non lo aveva fermato, né lo aveva chiamato.

Una folata di vento sollevò un mucchio di foglie secche catturandone alcune; il piccolo vortice si infranse contro il tronco di un pioppo. Una dopo l'altra le foglie ripresero vita in balia del vento.

L'immagine la colpì nel profondo.

Era così che si sentiva. Come una foglia scaraventata di qua e di là.

Quella era la sua vita... esattamente così.

Stella si coprì il viso con le mani. All'improvviso si sentiva in trappola, senza via d'uscita. Aspirò profondamente l'aria fresca un paio di volte, finché la morsa che le serrava la gola si sciolse. Lentamente riacquistò il controllo. Il respiro si fece più regolare, il tremito delle mani meno evidente. Sollevò il viso asciugandosi con i palmi. Fece appena in tempo a ricomporsi prima che la porta d'ingresso si aprisse.

«Cara, eccoti qui. Vuoi che mi trattenga per la notte?» Luciana le posò uno scialle sulle spalle e si sedette sulla panchina accanto a lei.

Scosse la testa. «No, vai pure a casa. Resto io con la zia.»

«Non è un disturbo, davvero.»

«Lo so, ma io... è tutto così difficile.»

Luciana le posò una mano sulla sua. Un gesto gentile, che si irradiò in lei vincendo le sue difese. Si rese conto di essere al limite. Lo era ormai da tempo.

«Che succede, Stellina? Non è solo per tua zia, vero?»

Com'era possibile, si chiese, che certe persone riuscissero a leggere dentro gli altri con tale accuratezza? Fu tentata di confidarsi con lei, di buttar fuori il dolore accumulato in quei mesi. Ma non era giusto, non poteva farlo. Con Alexander era stato diverso, era stato facile. Ma lui era andato via e lei non lo aveva fermato. Era tutto così assurdo, così difficile.

Doveva reagire, doveva alzarsi e andare avanti. Però niente le impediva di indugiare ancora un altro istante tra quelle braccia calde e amorevoli. Restò così finché fu abbastanza certa di farcela da sola. E poi tornò alla realtà.

«Hai idea di cosa intendesse dire la zia con quella storia dei disegni?»

Luciana scosse la testa. «No.»

«Da quanto vi conoscete?»

Lei sorrise. «Da una vita. Si trasferì a Bardolino dopo il matrimonio. Riaprì la villa e la ristrutturò. Lei veniva dalle parti di Verona, però da ragazza aveva insegnato a Bologna e provincia.»

Quelle erano tutte cose che Stella sapeva già.

«Mi chiedo cosa significhino quei disegni e perché ne sia stata così sconvolta. Perché lo zio avrebbe dovuto distruggerli? Perché glielo aveva promesso? Cosa significano per lei?» Non le piacevano i segreti, e scoprire che Letizia era coinvolta in qualcosa di doloroso le piaceva ancora meno.

Era come se all'improvviso il mondo avesse abbandonato il suo asse. E lei si sentiva più smarrita di prima.

«Sei sicura che si riferisse al signor Orlando?»

La domanda di Luciana la sorprese.

«Lui l'adorava, non le avrebbe mai dato un dispiacere, non l'avrebbe mai ingannata. Non lo so... c'è qualcosa che non mi torna.»

Tutti commettevano errori, pensò Stella. Si chiese quali fossero quelli di Orlando, quelli di Letizia. In quel momento si rese conto che Luciana non sapeva nulla degli strani doni di Orlando. Avrebbe dovuto informarla.

«Quando le sue condizioni sono peggiorate, lo zio ha iniziato a farmi dei regali; oggetti che aveva in casa, di nessun apparente valore, fino al ritrovamento di oggi.»

«Cosa vuoi dire?»

«I disegni che hanno sconvolto la zia sono uno dei suoi regali. Erano in una vecchia valigia, sul comò.»

«Ma che significa? Come poteva sapere che l'avresti aperta?»

Stella si strinse nelle spalle. «Non ne ho la più pallida idea. Mi sembra di essere tornata bambina e di partecipare a una caccia al tesoro. Lui le adorava, ricordi?»

«E chi può dimenticarlo? Metteva a soqquadro l'intera villa, per non parlare del giardino.»

Un sorriso nostalgico addolcì l'espressione cupa di Stella. Era stato un uomo molto speciale. Letizia le aveva mostrato le fotografie di Orlando da giovane. In uniforme di gala o in smoking mentre presenziava a qualche festa nei saloni dei palazzi veneziani, sembrava un divo del cinema. Era bellissimo. Lo erano entrambi, una coppia affiatata. Lo erano stati per ben più di mezzo secolo.

Frugò nella memoria, ma non trovò nulla che potesse corrispondere allo scenario che gli avvenimenti di quella sera avevano tracciato. Però una cosa la sapeva per certo: suo zio aveva amato profondamente la moglie.

«Perché mi avrà lasciato quei disegni?»

Luciana scrollò le spalle.

«La domanda che ti devi fare, secondo me, è un'altra, Stellina: perché Letizia ne ha così paura? Il resto non ha più importanza. Saranno trascorsi decenni, e il tempo aggiusta tutto.»

Quello era vero, qualunque cosa fosse accaduta, ormai che importanza poteva avere?

«Hai ragione.» Tuttavia, non riusciva a liberarsi dall'impressione che nel passato della zia dovesse esserci qualcosa di molto grave. Letizia era la donna più coraggiosa che Stella conosceva, a parte sua madre naturalmente.

«Era sconvolta», sussurrò. «Ma perché?»

«Questo lo devi chiedere a lei.»

«Alexander... ha detto che non deve agitarsi.»

Luciana le lanciò un'occhiata penetrante. «Lo conosci da tanto il tuo dottore?»

Stella si voltò di scatto. «Non è il mio dottore.»

«Come mai?»

«Non so cosa tu voglia dire.»

Luciana ridacchiò. «Non le hai mai sapute dire le bugie.»

Suo malgrado Stella sorrise. «È complicato.»

«Quando mai non lo è in questioni di cuore?»

Non si era aspettata quella risposta. Le rivolse un'occhiata perplessa.

Lei le sorrise con una punta di tristezza. «Anch'io sono stata giovane, un tempo. Ho avuto le mie storie, cosa credi? Un giorno ho capito che non mi sarei potuta mai accontentare, e visto che l'uomo che amavo era sposato con un'altra ci ho messo una pietra sopra. Forse sarò più fortunata nella prossima vita... almeno me lo auguro. Questa non è che sia stata poi così male, sai? Ma lui era... ah, non saprei proprio come spiegarlo.» Fece una pausa, lo sguardo sognante. Poi lo riportò su Stella. «Mi faceva ridere.»

«Lui ti ricambiava?»

Luciana si strinse nelle spalle, ma c'era una profonda malinconia nella sua espressione. «Forse. Ma, vedi, al mondo ci sono due generi di persone. Chi costruisce e chi distrugge. Io appartengo alla prima categoria. Non sarei stata felice con i frammenti di qualcun altro tra le mani.»

Stella si sentì male per lei, allungò un braccio e le accarezzò una mano.

Luciana si alzò con un sospiro. «Sta diventando freddo, è ora di rientrare.»

La cucina le accolse con i suoi profumi familiari. Era uno spazio del quale conoscevano i confini, dove si sentivano a loro agio.

«Che hai deciso di fare con i disegni?» le chiese Luciana dopo aver apparecchiato.

Stella era ancora accanto al camino, i palmi protesi verso le fiamme. Rabbrividì nuovamente. Era abbastanza sicura che il gelo che sentiva dentro non fosse dovuto alla serata umida.

«Non so...»

Quella domanda la costrinse a ripensare alle parole di Letizia. Scrollò le spalle. «Parlerò con la zia. Se proprio non li sopporta temo che non ci resti altro da fare che bruciarli. Non voglio che stia male.»

Luciana la fissò per un momento. «Se è quello che vuoi... Alla fine potrebbe rivelarsi la decisione migliore. Faremo come se non fossero mai esistiti.»

«Sì.»

Cenarono in silenzio, ognuna immersa nei propri pensieri, tra loro la consapevolezza che, per quanto uno ci provasse, non si poteva mai tornare indietro.

Dopo aver accompagnato alla porta la vecchia amica, Stella riordinò la cucina, rivolgendo ogni tanto uno sguardo in direzione dello studio. Aveva raccolto i disegni e li aveva rimessi al loro posto. Adesso erano di nuovo al sicuro, legati con il nastro, all'interno della scatola di cartone. Come erano stati negli ultimi... chissà quanti anni. Non ne aveva la più pallida idea.

Finì di sciacquare i piatti e si asciugò le mani. Inviò un messaggio a sua madre e verificò la posta. Si preparò per la notte. Prima di coricarsi voleva vedere un'ultima volta la zia. Entrò nella sua camera in punta di piedi. Si sedette sul letto, vegliandola per qualche momento. I capelli erano sparsi sul cuscino, la luce della luna filtrava dalle imposte socchiuse illuminandoli di riflessi d'argento. Nel sonno Letizia sembrava serena. Le posò un bacio sulla testa, quando uscì accostò la porta senza però chiuderla. Così, se la zia si fosse svegliata e avesse avuto bisogno di lei, l'avrebbe sentita.

Stanca come non le capitava da tempo, si lasciò andare sul letto. Ma non ci fu verso di addormentarsi. Erano accadute troppe cose, e i pensieri roteavano su sé stessi in vortici che le impedivano di rilassarsi. Accese la luce. Era troppo agitata per prendere sonno. Allungò la mano verso il suo album. La matita era là. La prese e, prima di rendersene conto, iniziò a tracciare delle linee. Da quanto non disegnava? Ma non voleva andare in fondo a quel pensiero. Se lo avesse fatto le sarebbe mancato il coraggio. Così si lasciò trasportare dalla parte di sé che aveva tenuto a bada e che adesso si era come liberata. Piegò le dita e poi le chiuse del tutto. L'odore della grafite le fu subito familiare, come quello della carta. La mano trovò la posizione. Si chiese se sarebbe riuscita ad andare avanti. Poi, con un vago senso di stupore, osservò la matita solcare il foglio, tracciando una linea incerta. Aggiustò la forma, e continuò.

Mentre il ritratto prendeva forma, le sembrò di sentirsi più leggera. Gli avvenimenti delle ultime ore erano stati travolgenti. Aveva pianificato ogni cosa, peccato che niente fosse andato come avrebbe dovuto. Continuò a disegnare finché si rese conto che Alexander la guardava dal foglio.

Ritoccò la linea delle labbra, risalì su verso il naso, poi fu la volta degli occhi e delle sopracciglia. Si fermò un istante a esaminare il ritratto.

Era lui, ed era triste, pensò.

Condivideva quello stato d'animo. E si sentiva responsabile.

Anzi, peggio, si sentiva colpevole.

Verso di lui, verso sé stessa. Perché lei lo era di certo, triste.

Era rimasta ai margini anche questa volta.

Era rimasta a guardare. Si chiese perché. Perché agisse così. Qual era il reale motivo che la spingeva a evitare ogni cosa. A lasciare che la vita le scorresse davanti senza desiderare di diventarne protagonista. No, si stava sbagliando. Lei lo voleva.

Con gli occhi sul soffitto e nel cuore una pena così profonda da farle sperare di trovare un po' di sollievo nel sonno, si lasciò andare.

Tuttavia, non riuscì a addormentarsi. C'era una domanda che continuava a tormentarla: cos'era successo tra lo zio e la zia?

E che significato avevano realmente quei disegni? Perché lui li aveva avvolti in quella carta e glieli aveva lasciati? Cosa significavano?

Cosa sapeva lei del passato dei suoi zii?

Poco, se non assolutamente nulla.

Quel pensiero la sconcertò profondamente.

Chiuse gli occhi, doveva calmarsi, doveva smetterla. Rallentò il respiro, finché le sembrò di aver riacquistato una parvenza di calma. E allora li vide. Era come quando le apparivano da bambina, con la vecchia filastrocca dei colori primari.

Uno, due, tre.
Blu è il cielo
giallo il sole
rosso il cuore.

Li visualizzò sul cerchio cromatico, più colore veniva aggiunto, più la luce veniva assorbita; per questo si chiamavano «sottrattivi». Continuò a cercare.

Ecco i secondari, che nascono dall'unione dei primari: arancio, verde e viola. Poi i complementari, opposti nella posizione del cerchio. Basta usarne una piccola quantità per smorzarne a vicenda la brillantezza, ma bisogna fare attenzione o si otterrebbe come risultato il grigio.

Il cerchio cromatico si compose nella sua mente, ordinando i suoi pensieri, trasportandola in un mondo di sfumature e pace. Il cuore le batteva forte. All'improvviso fu come se tutto avesse trovato una collocazione, come se ciò che era stato fuori asse si fosse raddrizzato. All'improvviso i colori si erano riversati in lei, inondandola, riempiendola, amici e compagni come un tempo, quando li osservava all'interno di un piccolo cilindro giocare con lei, chiamarla, affascinarla. Incantarla.

Lentamente, Stella si addormentò.

8.

Indaco. Colore della spiritualità, favorisce la meditazione.
Utilizzato fin dai tempi più antichi,
è uno dei colori che rilassa.
Coinvolgente, induce alla calma e alla serenità.

Qualcosa era cambiato.

Stella lo sèntiva sotto la pelle, intorno a sé. Lo leggeva negli occhi della zia, nell'atteggiamento guardingo di Luciana che, dal giorno in cui avevano rinvenuto i disegni, causa del malore di Letizia, era diventata una presenza costante alla villa.

Non che le dispiacesse, naturalmente, ma questo non cambiava il suo stato d'animo.

C'era anche un'altra cosa che la sconcertava.

Aveva scoperto un nuovo regalo dello zio.

Lo aveva trovato avvolto nella solita carta e con il medesimo biglietto, mentre terminava di sistemare la camera di Letizia. Giaceva tra le sue cose, come dimenticato.

Stella si era chiesta quando avesse deciso di fargliene dono.

Gli scacchi di Lewis erano pezzi unici che aveva acquistato in Scozia durante uno dei suoi viaggi. Erano stati realizzati da un artigiano locale, fedele riproduzione degli originali del XII secolo rinvenuti sull'omonima isola: pezzi bianchi e rossi invece che neri. La regina pensierosa, il re con la spada, i cavalieri in sella al cavallo. Al posto dei pedoni, dei monoliti. Aveva sentito la storia di quegli strani scacchi così tante volte da conoscerla a memoria. Ma ogni volta l'ascoltava rapita.

Era con quelli che aveva imparato a giocare.

Nei lunghi e caldi pomeriggi d'estate, lo zio Orlando l'aveva sfidata a scacchi e lei aveva imparato quanto avere una strategia fosse indispensabile anche nella vita.

Tutto segue uno schema. È importante comprenderlo se si vuole arrivare alla soluzione. Nessun problema è irrisolvibile per quanto lo sembri, ricordalo, Stella.

Ogni regalo portava con sé un ricordo.

Si chiese per l'ennesima volta il senso di tutto ciò.

Lanciò un'altra occhiata alla zia. Era sulla sua poltrona, lo sguardo fisso sul giardino, oltre l'ampia finestra. Per un istante pensò di andare da lei, di chiederle nuovamente se desiderasse fare una passeggiata. L'ultima volta che ci aveva provato, le aveva risposto che era troppo stanca, che voleva solo chiudere gli occhi e addormentarsi.

«Che guaio hai combinato, zio», si disse. Ma per quanto fosse tentata di adirarsi con lui, proprio non ci riusciva.

Si chiese ancora come potesse strappare Letizia al torpore in cui era scivolata.

L'unica altra persona a parte Luciana con la quale poteva parlarne era Alexander.

Chissà cosa stava facendo in quel momento.

Probabilmente era in ospedale con i suoi pazienti.

Non lo avrebbe chiamato, pensò. Non era giusto, e comunque, quando aveva accompagnato la zia a fare gli esami che lui le aveva prescritto, non si erano incontrati. Aveva chiesto del dottor Zoller e l'infermiera le aveva risposto che era in sala operatoria.

Stella riportò l'attenzione sulla zia. L'unica cosa davvero importante era Letizia. La sua salute e il suo stato d'animo, che sembrava peggiorare di giorno in giorno.

Non c'era nulla che potesse fare. L'unica cosa che la faceva sentire utile era occuparsi dei suoi spazi, renderli confortevoli, colorati e accoglienti. Voleva terminare il lavoro che aveva iniziato. Era il suo modo di starle accanto, di mostrarle la sua gratitudine, il suo amore.

Indossò la giacca e, dopo averle dato un'ultima occhiata, attraversò il corridoio.

«Ti serve qualcosa, Luciana?» chiese affacciandosi in cucina.

«No, cara, ho già fatto la spesa questa mattina. Che bella fantasia ha il tuo abito, sei molto elegante. Ti vedi con qualcuno?»

Si lisciò la gonna con le mani. Una nuova consapevolezza

aveva dettato la sua scelta. Anche lei si vedeva diversa, più brillante. Più armoniosa.

Stella scosse la testa. «Scendo al negozio di bricolage.»

Si era vestita di verde giada perché non poteva più sopportare di essere triste. Aveva lasciato i capelli sciolti sulle spalle, le piaceva la sensazione di leggerezza che le davano. Quella mattina c'era il sole e lei aveva tutta l'intenzione di approfittarne.

«Mi serve del materiale. Voglio finire di decorare la camera della zia. Ho pensato a un color avorio per le pareti», disse indicandole.

Avrebbe accostato tende color lavanda chiarissimo e un bel pesca per i cuscini.

«Sono indecisa tra un rosso anguria e un verde mela per il copriletto», continuò. Quelle tonalità erano affiorate in lei combinandosi e mostrandosi insieme. Aveva provato una sensazione di benessere e capito che erano adatte alla zia. Perché ognuno aveva i suoi colori.

«Dici che starebbero bene insieme?» chiese Luciana dubbiosa.

«Sono sfumature giocose. Evocano la primavera e danno energia. Molte volte la bellezza è data proprio dal contrasto. I colori risaltano per vivacità quando sono complementari.» Lo spiegò con naturalezza, come se avesse appena espresso una certezza assoluta. Si sorprese di quanto fosse facile, perché niente lo era stato per lei in quegli ultimi tempi. «Mi piacciono i colori», sussurrò quasi tra sé. «Tutti ne siamo condizionati. Sono ovunque. Abiti, cibo, oggetti. I colori ci circondano. Ci siamo immersi. Il cibo più amato è rosso, quello meno appetitoso, verde.» Era come se all'improvviso ciò che aveva tenuto a bada avesse trovato il modo di affluire in superficie, diventando incontenibile.

«Non ci avevo mai pensato», disse Luciana.

«Perché è un'ovvietà. Così resta in fondo ai nostri pensieri, come tutto quanto non prendiamo in considerazione. Non ci facciamo caso, capisci? Ma questo non significa che non esistano o che non siano importanti.»

«Hai ragione tesoro», replicò. «Non vedo l'ora di ammirare il risultato.»
«Grazie.» Le sorrise. «Ho molti progetti.»
«Hai fatto colazione?»
Scosse la testa, non aveva molta fame.
Luciana le scoccò un'occhiataccia. «Siediti un momento.»
Le posò davanti un bicchiere di spremuta fresca. L'adorava, e lei lo sapeva. Aveva una vera passione per gli agrumi. Il giardino sul retro era riparato dai venti e così mandarini, aranci e limoni maturavano prima. Erano sempre presenti nella fruttiera.
«Ti sei mai sentita di fronte a un bivio?» chiese all'amica prima di portare il bicchiere alle labbra. Assaporò l'aroma acidulo che le aveva lasciato in bocca la bevanda, gli occhi su Luciana che asciugava i piatti prima di riporli al loro posto.
«In passato, sempre. È uno degli effetti collaterali della gioventù. Poi passa. In seguito a guidarti sarà l'esperienza. Non avere così tanta paura di sbagliare! Gli errori sono necessari, ti insegneranno a raggiungere meravigliosi obiettivi con consapevolezza. Fidati.»
Stella era cresciuta con il terrore di sbagliare, pianificava ogni cosa nei minimi dettagli, e quella filosofia che le consigliava il contrario le sembrò assurda.
«Non sono riuscita a disfarmi dei disegni.»
Luciana la osservò in silenzio per un lungo istante. Poi le sorrise. «Perché lo dici a me?»
Già, perché? Forse non voleva portare da sola il peso di quella decisione. Aveva contravvenuto ai desideri della zia, così come aveva fatto Orlando. Lui glieli aveva lasciati per un motivo, e non poteva deluderlo. Anzi, non voleva.
Non riusciva a comprendere l'ostilità di Letizia per i dipinti, né capiva i discorsi contraddittori e indecifrabili che di tanto in tanto interrompevano i suoi lunghi silenzi.
Nonostante le avesse chiesto di spiegarsi, la zia non aveva voluto aggiungere nulla sull'argomento, anzi, a parte l'ordine di sbarazzarsi dei dipinti si era chiusa in un ostinato mutismo.

Nemmeno suo padre sapeva qualcosa di quei misteriosi dipinti.

Lo aveva chiamato per metterlo al corrente dell'accaduto... nei pochi minuti che erano riusciti a parlare tra un impegno e l'altro di Alberto, naturalmente.

E pure sua madre era all'oscuro della faccenda. Stella l'aveva chiamata come faceva ogni settimana e si era confidata. Roberta non si era scomposta più di tanto. Le aveva consigliato di lasciar perdere e di occuparsi del suo futuro. Condivideva la sua decisione di spostarsi all'estero. Secondo lei, fare esperienza, alla sua età, era decisamente un'ottima idea.

L'anno precedente sua madre si era trasferita in Sardegna, la sua terra d'origine, e viveva insieme a un magistrato in pensione in un paesino sul mare. Era stata la sua segretaria, e adesso gli faceva da assistente personale.

Stella era convinta che tra loro ci fosse qualcosa di più di un semplice rapporto di lavoro, ma quando aveva accennato alla cosa, l'ultima volta che avevano pranzato insieme, sua madre le aveva lanciato una delle sue occhiate letali. Quelle che sancivano la fine di ogni discussione.

Luciana le mise davanti un piatto di biscotti. Ne addentò uno, pensierosa.

«Lo zio non se n'è liberato e nemmeno io lo farò», sussurrò, lo sguardo fisso sulla tovaglia. «Sono meravigliosi», aggiunse poco dopo, quasi a volersi giustificare. «Appartengono a tutti. Non è giusto distruggerli, a prescindere da quello che rappresentano.»

Cosa poteva esserci di così terribile legato a opere tanto belle?

Luciana la fissò a lungo, poi si sedette accanto a lei. «Perché?» le chiese.

«Te l'ho già detto, sono belli.»

«No, questo è palese. Io voglio sapere cosa significano *per te*. So quanto sei affezionata a tua zia, e so anche quanto ti dispiaccia ignorare il suo volere.»

C'era ancora un fondo di spremuta nel bicchiere di Stella, di un arancio denso e brillante. La fece roteare, ammirandone le sfumature, poi la mandò giu.

«Niente, non c'è nulla.»

Si alzò e, con un sorriso appena abbozzato e un gesto della mano, salutò Luciana. Uscì di corsa, quasi temesse che lei potesse richiamarla, che la costringesse ad approfondire il suo stato d'animo, quell'emozione che ormai non riusciva più a gestire e che sentiva ribollire dentro di sé. Era come un fiume a lungo trattenuto e che dopo una forte pioggia premeva per ritrovare il suo corso.

Non aveva nessuna intenzione di assecondarlo. Non voleva permettere al passato di affiorare, così si impegnò a pensare ad altro. Ma più tentava di allontanarsi, più l'immagine diveniva nitida.

Fiamme che lambivano la carta, divorandola.

Scintille sollevate dal vento.

Sua madre che urlava.

Trasalì strofinandosi il braccio. Il ricordo che l'aveva tormentata da quando la zia le aveva ordinato di bruciare i disegni era ritornato, prepotente, spaventoso. E con esso il rimpianto. Era acre, era grigio. Anzi, era molto peggio. Era l'assenza di colore, la sua negazione. Era l'emblema della rinuncia alla vita. Rabbrividì, ricordando il calore delle fiamme e il dolore sulla pelle.

Perché lei riconosceva esattamente l'enormità di quello che la zia le aveva chiesto di fare, sapeva tutto di quell'immenso errore.

Perché lo aveva già commesso in passato.

Di quel giorno le era rimasta una cicatrice sul polso. Niente di che, ma era lì, visibile, a ricordarle il suo stupido gesto.

Non ci pensava mai e non avrebbe certo iniziato a farlo quella mattina.

Quando si avevano problemi, l'ultima cosa da fare era evocare i dispiaceri. Non ne sarebbe venuto niente di buono.

Uscire per fare acquisti l'avrebbe distratta per un po'. Al resto avrebbe pensato dopo.

Nonostante la bassa stagione, per le vie di Bardolino c'era traffico: automobili, biciclette e una folla di persone che, approfittando della bella giornata, era uscita per godersi il sole e l'aria fresca.

Dopo aver acquistato il materiale di cui aveva bisogno per dare gli ultimi ritocchi alla camera di Letizia, Stella si era fermata in una caffetteria a prendere un tè caldo e raccogliere le idee. Aveva scelto un tavolo all'aperto. Le acque del lago erano placide, sembravano mercurio liquido se non per qualche lieve increspatura, sottili creste di spuma bianca sollevata dal vento. Si strinse nella giacca, i pensieri che volavano via come gli uccelli in volo.

Guardò verso l'orizzonte e le sembrò di sentire un richiamo. Era qualcosa di indefinito, vago, eppure molto seducente. Il desiderio di andare avanti nella sua vita stava assumendo le dimensioni della necessità. Aveva voglia di spazio, di meraviglia, voleva cose nuove e belle.

Ma una cosa era desiderarle, un'altra, ben diversa, riuscire a trovarle. Nel mezzo c'era uno spazio nel quale, lo sapeva, poteva perdersi.

Le sarebbe piaciuto avere la forza di buttarsi senza pensare.

«Se solo non esistessero le conseguenze...» sussurrò.

«Posso portarti qualcos'altro?»

Stella sollevò lo sguardo verso la cameriera e, dopo un iniziale momento di stupore, socchiuse le labbra in un sorriso. «Barbara? Sei davvero tu?»

«Ciao, Stella, quanto tempo, eh? Ti stavo guardando da un po', avevo paura di sbagliarmi, poi ho notato l'abito. Non ho mai conosciuto nessun'altra che si vestisse come te. Sei assolutamente splendida.»

Travolta da un'improvvisa ondata di gioia, sorrise. «Che piacere vederti! Come stai?» Strinse con affetto la mano che l'altra le porgeva.

«Bene, a parte questo.» Barbara si indicò il pancione e rise più forte.

«Ma che meraviglia! Quando nascerà il bimbo?»

«Ci vuole ancora un po'. Sì, lo so, sono enorme, ma sembra che con i secondi figli sia normale.»

Prima che Stella si riprendesse dalla sorpresa, le versò dell'altro tè. «E tu, hai figli?»

Lei scosse la testa. «No, non ci sono nemmeno mai arrivata vicino.»

«Non dispiacerti, sono io a essere in anticipo sui tempi, sai. Ma dopo questi due, giuro che smetto.»

«Due?» quasi si strozzò con il tè, e poi scoppiarono a ridere insieme.

«Sei in visita alla tua prozia?»

«Sì.»

Barbara la fissò sospirando. «Stai così bene! Elegante, bellissima. In questi anni ti ho pensata, sai? Avrei voluto essere come te, invece ho ceduto e alla fine ho smesso di dipingere.»

Paralizzata dallo stupore, Stella restò senza parole. Barbara scambiò un sorriso con un uomo alto con la barba bionda che le fece un cenno affettuoso da dietro il bancone.

«Lui è Nicola, mio marito. Questo è tutto nostro.» Indicò con un gesto della mano il locale, lo sguardo pieno di soddisfazione e orgoglio. «Sto bene e sono felice.»

«Si vede.»

«Eppure dipingere mi manca, sai?»

Stella batté le palpebre. «È qualcosa che non ti abbandona mai, la pittura», sussurrò come se fosse un segreto.

Barbara le strinse nuovamente la mano. «Probabilmente tu sei l'unica persona che può capire cosa provo. Quando dipingevo, io esistevo.»

Era così onesta, così autentica, pensò Stella. Cosa si provava a essere tanto consapevoli? Così coraggiosi. Così sinceri.

«Mi sembra che non sia trascorso nemmeno un giorno da quando ci siamo parlate l'ultima volta. Sei sempre stata nel mio cuore», aggiunse Barbara con un sorriso.

Le si inumidirono gli occhi. L'emozione la colse a tradimento. Erano state amiche, un tempo. Erano state davvero molto vicine.

«Scusami, avrei dovuto chiamarti.»

«Chissà quanti impegni avrai avuto.»

«Già», mormorò Stella, lo sguardo lontano, verso il lago che lambito dalla luce del sole sembrava ancora più azzurro.

«Ho saputo di tuo zio, mi dispiace, era una brava persona.»

«Grazie», rispose riportando l'attenzione sull'amica.

Barbara spinse verso di lei una confezione dei fazzolettini e attese che Stella si asciugasse il viso. Poi le sorrise, dandole dei colpetti gentili sulla mano.

«Sono mortificata, perdonami.»

«Sei sempre stata così sensibile e gentile. Per questo era facile parlare con te, Stella. Non mi hai mai giudicato né rimproverato.»

«E perché avrei dovuto farlo?» replicò genuinamente sorpresa.

«Perché ti cacciavo nei guai di continuo?»

«I giorni che abbiamo trascorso insieme sono stati i più belli della mia adolescenza, Barbi», disse con un lampo di emozione ricordando il nomignolo.

Risero ancora, finché i loro sguardi si incontrarono.

«Pensi che sia sbagliato desiderare qualcosa che sia solo tuo? Non fraintendermi, io sono felice, ma vorrei davvero una cosa solo mia.»

Una cosa solo mia... poche parole per esprimere un concetto così profondo. «Penso che sia giusto.»

Non solo giusto, ma doveroso. Stella la capiva. Erano molto simili, loro due.

Peccato che la sua amica si fosse sbagliata su tutto il resto.

Avrebbe dovuto dirglielo, pensò. Non c'era proprio nulla di invidiabile in ciò che faceva né tantomeno in quello che era. Paragonata a lei, che si era creata persino una famiglia, non aveva fatto assolutamente nulla di ammirevole. Invece di confessarglielo, però, tacque. Si alzò, decisa a mettere più distanza possibile tra loro. «Credimi, quella che ha avuto la vita più esaltante sei tu.»

«Non capisco.»

«No... immagino di no.» Le sorrise e questa volta c'era un sincero affetto nel suo sguardo. «Mi ha fatto molto piacere rivederti.»

«Passerai a salutarmi prima di partire?»

Stella annuì. «Certo.»

L'occhiata delusa di Barbara la fece sentire anche peggio.

Era sempre stata una pessima bugiarda.

Si allontanò in fretta, quasi di corsa. Il cuore le batteva forte mentre i ricordi la travolgevano. Barbara aveva avuto coraggio, cosa che a lei, invece, era mancata.

Alexander ne era la prova più recente. Il resto era sepolto nel passato.

Anche lei aveva smesso di dipingere, anzi, aveva fatto qualcosa di ben più grave e definitivo.

Aveva bruciato tutti i suoi disegni, uno per uno.

Una sera aveva distrutto tutto ciò che aveva realizzato, compresi gli elaborati che le avrebbero permesso di concludere l'accademia, garantendole la borsa di studio di cui aveva disperatamente bisogno per accedere ai corsi di specializzazione.

Barbara non lo sapeva, naturalmente.

A quel tempo Stella aveva lasciato Bardolino e si era trasferita a Genova, dov'era tornata a vivere con sua madre. Barbara non sapeva nemmeno che, al contrario di lei, Stella non aveva alcun reale motivo per farlo.

Semplicemente era diventata adulta.

Un giorno aveva ascoltato sua madre mentre diceva a sua nonna che c'era sicuramente una ragione per la quale lei era venuta al mondo. Qualcosa che avrebbe dato un senso a tutte le sofferenze che lei stava affrontando da sola. Lo aveva detto con la profonda delusione di chi ha dovuto rinunciare ai propri sogni e Stella si era sentita morire. Ogni parola di quella conversazione si era impressa a fuoco sulla sua pelle.

Ma non era l'amore di sua madre che metteva in dubbio.

Il punto era un altro.

Con un marito distratto dalla propria arte, che raramente contribuiva al bilancio familiare, era toccato a lei rimboccarsi le maniche e mantenere la famiglia.

Mantenere una figlia.

In un fatidico istante Stella aveva preso coscienza di tutto.

Si era vista come una causa, una colpa. E non era riuscita a sopportarne il peso.

Aveva accettato il primo lavoro disponibile e poi un altro, finché aveva conosciuto Flaminia e grazie a lei la situazione era migliorata.

L'arte era rientrata nella sua vita, anche se non era mai riuscita a trovare il coraggio di aprirsi a quello che le vibrava dentro.

Si fermò davanti alle strisce pedonali, attese il suo turno e attraversò.

Il passato era passato e tutto ciò che aveva era il futuro, perché era così difficile capirlo?

«Perché adesso?» Perché?

Oh, ma lei lo sapeva. Era consapevole di cosa avesse causato tutto.

I disegni che le aveva donato lo zio avevano sconvolto sua zia e avevano fatto lo stesso con lei.

Non aveva idea di cosa si nascondesse dietro le motivazioni di Letizia, ma conosceva le proprie.

Erano il suo segreto più grande, erano la sua vergogna.

Ma erano anche la cosa più preziosa che possedesse e che la facesse sentire viva.

Perché da quando aveva memoria i colori per lei erano stati l'allegria, il sorriso, la gioia più grande. Dopo aver visto quei disegni era come se fossero tornati a far parte della sua vita. I colori avevano avuto anche un altro effetto: le avevano ricordato com'era.

Le avevano ricordato la magia della pittura. Le avevano restituito ciò che aveva messo da parte e allo stesso tempo bramato. Una parte di sé.

Dipingere per Stella era come respirare.

9.

Magenta. Colore complementare al verde,
è ottenuto dall'unione della luce rossa e blu.
Adattabile, cambia di sfumatura a seconda del luogo.
Forte e potente, è uno dei colori mistici,
che aiuta la forza interiore.

Letizia si accorse che Stella era immobile sulla porta e la guardava. Tenne volutamente lo sguardo fisso sul libricino di poesie che Luciana le aveva messo in mano quella mattina, ma fu tutto inutile. Sospirò mestamente e lo ripose.

«È andata bene la passeggiata?» le chiese.

Stella le rivolse un sorriso. «Sì, ho incontrato un'amica. Mi ha fatto molto piacere fare due chiacchiere.»

«Che hai fatto alla borsa?» le chiese Luciana. Passò una tazza di tè a Letizia e allungò un biscotto ad Aristide.

Stella la sollevò davanti al viso. Una vistosa macchia blu che non c'entrava nulla con la fantasia della stoffa spiccava nitida sul fondo.

«Oh no!» Era la sua borsa preferita.

«Si è aperto un tubetto di tempera, è un disastro! Ha macchiato ogni cosa.»

«Non ti preoccupare, risolviamo tutto, basterà usare un po' di bicarbonato e acqua fredda. Tornerà come prima.»

Stella svuotò la borsa sul tavolo accanto. «Lo spero.»

«Perché te ne andavi in giro con un vasetto di tinta dentro la borsa?» Luciana prese la borsa e la osservò da vicino, strofinandola delicatamente.

«L'ho comprata al negozio di bricolage.»

«Non li vendono sigillati?»

«È una sfumatura particolare, me la sono fatta realizzare al momento. Ci deve essere stato un problema con il tappo.»

«Una sfumatura particolare? Ma il blu è blu!»

Stella sorrise. C'era una tale varietà di sfumature di blu, e tutte avevano un significato differente, pensò. Erano come le parole, come i sinonimi. Chissà cosa avrebbe pensato Luciana se avesse saputo che esistevano almeno cento varianti di blu, che andavano dal blu notte a quello egiziano, al blu di Francia, al cadetto, o a quello che tutti conoscevano come Tiffany. Tutti in un certo qual modo esercitavano un potere sull'osservatore. Ci rifletté sopra con una certa sorpresa. Ora che i colori erano tornati nella sua vita Stella si sentiva colma di meraviglia, come se, all'improvviso, percepisse tutto in modo più nitido. I colori, poi, potevano essere di varie temperature. Il blu, che tutti credevano fosse un colore freddo, invece aveva una sua intensità di luce e, con le opportune modifiche, poteva diventare caldo. Era un colore meraviglioso, capace di infondere una sensazione di benessere, di emettere una sorta di vibrazione, una frequenza riconoscibile.

«In realtà quella che mi serviva non era tra le disponibili.»

«È per la mia camera?» chiese Letizia posando la tazza sul tavolino accanto a lei.

Stella annuì.

«Vuoi fare un dipinto?» Era sorpresa.

Luciana, dopo aver scambiato un'occhiata con Letizia, le lasciò sole.

«Non ho ancora deciso... ma quel colore mi serviva.»

Letizia socchiuse le palpebre. «Non mi hai mai voluto dire perché hai smesso di dipingere.»

Stella la fissò per un istante, poi prese a camminare per la stanza.

«Così mi fai venire il mal di mare.»

«Vuoi dire la nausea?»

«È uguale, forza, avvicinati e dimmi cosa ti disturba così tanto da impedirti di guardarmi negli occhi. Si tratta degli esami dell'ospedale?»

Stella scosse la testa. «No, no. Ci consegneranno i risultati alla fine della settimana.»

«Allora che succede?»

«Ho bisogno di parlarti, ma non lo farò se prima non mi prometti che starai tranquilla, va bene?»

Letizia sbuffò, poi rise. «Prometto, contenta?»

Stella la esaminò con lo sguardo, poi sollevò un dito nella sua direzione. «Hai promesso, ricordati, eh?»

Andò a sedersi accanto a lei e poi inspirò profondamente. «Ho conservato i disegni. Sono al sicuro nella mia camera.»

Per un lungo momento Letizia restò in silenzio, poi sollevò il viso, gli occhi fiammeggianti di rabbia. «Ti avevo detto di sbarazzartene.»

Stella sostenne il suo sguardo. «Il giorno in cui ho deciso di smettere di dipingere ho bruciato tutti i miei disegni. Non ne ho tenuto nemmeno uno. Ho distrutto anche quelli che mi avrebbero permesso di entrare all'accademia.»

Letizia impallidì, afferrò le mani di Stella, gli occhi nei suoi. «Sciocca ragazza, erano meravigliosi, facevano parte di te, perché hai fatto una cosa simile? Così definitiva?»

«Definitiva... sì, è andata esattamente così.» Stella si inumidì le labbra. «Lo zio non era uno sciocco, e tu lo sai. Perché mi ha lasciato questi regali? C'è una ragione e riguarda quei disegni. Zia, aiutami a capire.»

Per un istante Stella pensò che Letizia si sarebbe alzata e se ne sarebbe andata, lo intuiva dall'espressione del suo viso, dalla tensione delle spalle. La udì inspirare profondamente più volte, finché finalmente Letizia sollevò la testa.

«Io... non ne voglio parlare.»

Stella avrebbe voluto insistere, chiederle i motivi di tanta ostinazione, invece annuì. «Capisco.» Le accarezzò una mano. «Io, comunque vada, resterò sempre al tuo fianco.» Le sorrise, poi l'abbracciò.

Rigida, Letizia chiuse gli occhi un istante. Guardò la nipote allontanarsi, poi si coprì il viso con le mani.

«Ero giovane, stupida. Ho fatto qualcosa che non dovevo. Ho sbagliato.» Lo buttò fuori, parole come pietre.

Stella era sulla porta, si voltò verso la zia. In mente una parola. *Giovane.*

«Santo cielo. Da quanto va avanti questa storia?»

Il pensiero che sua zia si fosse tormentata per decenni e ancora adesso non fosse riuscita a superare il passato le gelò il sangue. «Qualsiasi cosa sia accaduta, zia, è trascorso troppo tempo per permetterle di torturarti in questo modo. Lo capisci, vero?»

Letizia la guardò come se la vedesse per la prima volta, gli occhi spalancati, una luce che, se non era proprio speranza, le si avvicinava abbastanza. Chinò il capo.

«Smettila di torcerti le dita così, ti farà male.» Stella tornò indietro, le prese le mani, e lei la lasciò fare.

Nel silenzio che scese su di loro si udiva il canticchiare di Luciana che nella lavanderia si occupava della borsa di Stella.

«Qualsiasi cosa sia accaduta l'affronteremo insieme.»

Silenzio, un sospiro. La tensione che cresceva.

«Io... non so se ci riesco.»

«Provaci, potrei offrirti un altro punto di vista.»

«Potresti disprezzarmi.»

Stella spalancò gli occhi. «Mai, hai capito? Mai. Io ti starò sempre accanto.»

Letizia la scrutò con attenzione, come se riflettesse sulla frase che le aveva appena detto. «Non sono pronta, non riesco ancora a parlarne.»

«Questo posso capirlo. Perché prima non provi a raccontarmi qualcosa di bello collegato a quegli eventi?»

«Tu non capisci... tu non sai.» Si coprì il viso con le mani.

Allarmata, Stella le mise una mano sulla spalla. «Tranquilla, non fare così o ti sentirai male di nuovo.» Si era spinta troppo oltre, pensò preoccupata. «Ti porto qualcosa da bere?» le propose.

Letizia scosse la testa. «Non voglio la tisana.»

«Spremuta?»

«Cioccolata.»

Suo malgrado nascose un sorriso. «Vada per la cioccolata. Ti farò compagnia.»

Stella le provò tutte per rallegrare la zia, ma non ebbe molto successo. Letizia si era trincerata dietro un ostinato mutismo e, dopo un lungo silenzio imbarazzante, Stella decise di assecondarla e uscì. Aveva bisogno di un po' di aria fresca.

Quando rientrò, salì le scale pensierosa, diretta in camera sua. Se voleva aiutare la zia, doveva sapere cosa le era accaduto, e la chiave per farlo erano quei disegni.

Li tolse dalla custodia e li dispose davanti a sé osservandoli con cura, poi ne scelse un paio. Aprì il portatile. Sul web si trovava praticamente tutto. Doveva solo individuare le parole giuste da inserire nei motori di ricerca.

«Da dove inizio?» si chiese.

Immaginava che il periodo fosse quello della seconda guerra mondiale. La zia era una ragazza a quel tempo. Il mistero di quei disegni apparteneva al suo passato, a quando era giovane. Quali erano i dati di cui disponeva a parte il contesto storico? I disegni... ma anche quello non era indicativo. «Disegni di bambini.» Il pensiero si fece a mano a mano più convincente. Era una sua impressione, naturalmente. Quasi da subito aveva avuto la sensazione che a dipingere quelle opere fossero stati dei bambini. I colori, le fattezze delle persone e dello spazio, la scelta dei soggetti. Forse si sbagliava, o forse no. E allora si lasciò guidare dall'istinto e dall'intuito.

Bambini, villa, disegni, treno digitò riassumendo i soggetti predominanti. Forse poteva aggiungere una data approssimativa.

Ecco, adesso i risultati erano più mirati. Scorse ancora le pagine e poi scelse di proseguire la ricerca per immagini. In fondo era quello che stava cercando. A un tratto, pervasa dallo stupore, afferrò una matita e un foglio. *Terezín, campo di concentramento per bambini.* Mentre scorrevano le immagini le si gelò il sangue. L'idea che qualcuno avesse anche solo concepito l'idea di un campo di sterminio per bambini la sconvolgeva.

Sono centinaia i disegni ritrovati. Arte-terapia nel campo di concentramento di Hitler. Fiore all'occhiello del sistema, inganno per il mondo.

Continuò a scorrere gli articoli, facendo attenzione soprattutto ai disegni. Farfalle, come nei suoi, cieli azzurri e poi, all'improvviso, scheletri, esecuzioni, pestaggi. Chiuse gli occhi un istante e inspirò profondamente. L'idea che sua zia avesse a che fare con una cosa simile era inconcepibile. La sua immaginazione le stava giocando un brutto scherzo. Riportò lo sguardo sui disegni e poi li confrontò con quelli di Terezín.

Fin da subito aveva capito che c'era qualcosa che li legava. Non era il tratto né avrebbe potuto pensare a una similitudine formale. Erano lo sguardo dell'artista, la scelta cromatica. Colori primari quasi ovunque. Bisogno di comunicazione istintivo, che superava tecnica, impostazione, ogni cosa.

«Bambini», sussurrò.

A questo punto aveva ben pochi dubbi.

Non poteva essere certa, ma era abbastanza sicura che a dipingere i suoi disegni fossero stati dei bambini in fuga da qualcosa. *Terezín e l'arte-terapia.* Continuò a leggere. *Espressione dei sentimenti e delle emozioni, l'arte-terapia permette alle sensazioni più profonde di affiorare in libertà, strumenti indispensabili per riappropriarsi di sé stessi, dei propri sentimenti in una parvenza di realtà accettabile.*

Era stata un'artista reclusa nel campo a sostenere il progetto, una donna generosa e geniale che aveva raccolto i disegni sottraendoli alla distruzione. Friedl Dicker-Brandeis, secondo le testimonianze degli allievi sopravvissuti, aveva regalato loro una parvenza di normalità, prodigandosi fino alla fine e trovando la morte in una camera a gas, insieme a molti dei suoi bambini.

Stella chiuse il PC, aveva gli occhi lucidi. Riportò lo sguardo sui disegni. «In che modo siete collegati a tutto questo?» sussurrò. In che modo erano collegati alla zia? Anche lei era una maestra, anche lei aveva insegnato ai bambini. Ciò che era accaduto, qualsiasi cosa fosse, l'aveva sconvolta al punto di piantarsi come un chiodo dentro di lei, impedendo al tempo di lenire la sua pena, divenendo un ricordo inesorabile.

Ci pensò ancora un po', accigliata, dispiaciuta. Doveva venire a capo di quella storia, doveva e voleva farlo.

Scese di sotto.

Luciana era ritornata dalla lavanderia dove aveva terminato di asciugare la borsa. Era una scena comune, normale. Una cosa di poca importanza rispetto a ciò che aveva scoperto. Istintivamente si aggrappò a ogni dettaglio. Aveva bisogno di ritornare alla realtà, di mettere più distanza possibile tra sé e ciò che aveva appena visto. Aveva bisogno di ricominciare a respirare. Ma non fu semplice.

«Ecco, è pronta. Tieni cara.»

Si sforzò di sorridere, di rispondere come si conveniva. «Che bella!»

«Tutto bene?»

La domanda di Luciana le impose di controllarsi. Inspirò profondamente.

«Sì, bene. Grazie, è tornata come nuova.»

«Te l'avevo detto. Abbine cura, è davvero bella. Ah, senti, mi allontano per qualche ora, okay?»

«Certo, baderò io alla zia.»

Luciana era sulla porta quando si voltò. «Attaccato alla fodera c'era un pezzo di carta con un numero di telefono, l'ho lasciato sul tavolo.»

Stella sentì un lungo brivido risalirle su per la spina dorsale. Sapeva a cosa si stesse riferendo Luciana. Era il numero di Alexander.

Lo trovò dove le aveva detto.

Era sgualcito, umido, cosparso di blu. Lo sfiorò con la punta delle dita. Lo aveva rimesso nella borsa dopo avergli telefonato la prima volta. Un gesto sciocco, visto che aveva salvato il numero.

E se...? Non pensò, altrimenti era certa che la ragione le avrebbe fatto cambiare idea. Spinta da un impulso, con il cellulare stretto in mano, fece i gradini a due a due. Una volta in camera, uscì sul terrazzo. Si sedette su una delle poltrone e si mise a scorrere la rubrica, alla ricerca di un numero. Erano trascorse due settimane dal loro primo incontro.

Voleva sentirlo. Voleva... non sapeva nemmeno lei cosa.

«Pronto?»

Sbalordita, Stella ascoltò la voce femminile.

«Pronto. Con chi parlo?» insistette la donna all'altro capo.

«Io... salve. Volevo parlare con il dottor Zoller.»

«Certo, attenda.»

Stella sentì la donna che chiamava Alexander.

«*Darling*, è per te.» Silenzio, poi una risata. «Mi scusi, chi lo desidera?»

«Io... non importa. Perdoni il disturbo.»

Chiuse la comunicazione senza attendere la risposta.

Posò il telefono sul tavolino, la delusione che avanzava insieme a un senso di déjà-vu.

«Che ti aspettavi?» si rimproverò. «Gli hai detto che non eri interessata, ricordi?»

Aveva le dita macchiate di blu. Le era sempre piaciuto quel colore.

In quel momento seppe che Alexander era come il blu.

Strappò ciò che restava del biglietto e un'improvvisa folata di vento le rubò i pezzetti di carta dalle mani. Stella li guardò sollevarsi in aria, roteare e infine volare via, lontani.

Tornò dentro.

Alexander era stato… alla fine decise di non voler andare in fondo a quel pensiero. Adesso non aveva più importanza.

Con Luciana a prendersi cura della zia in pianta stabile non c'era più nulla che la trattenesse a Bardolino, che le impedisse di procedere con il suo nuovo progetto di vita. Aveva abbastanza denaro per concedersi un po' di tempo per pensare. Appena le condizioni della zia si fossero stabilizzate, sarebbe partita, prima fermata Venezia. Qualche giorno in città era ciò che le serviva, poi avrebbe stabilito la prossima tappa.

Riordinò la camera con cura. Restava giusto la cartella dei disegni. Li aveva tolti dalla scatola troppo ingombrante. Lentamente li rimise al loro posto, assicurando il nastro. Li avvolse con cura in una federa di seta, aprì uno scompartimento del trolley e li infilò nella tasca più sicura. Prima di uscire gettò un'ultima occhiata alla valigia.

Era tutto là dentro.

Il suo passato, la sua vita.

Ma il futuro era ancora tutto da scrivere.

Mentre scendeva le scale ripensò a quello che aveva scoperto sui disegni.

Si chiese nuovamente quale fosse il legame tra i dipinti di Terezín e quelli che le aveva lasciato lo zio.

Sempre se non aveva preso una cantonata…

Eppure, lei era convinta che le due vicende fossero legate. Non aveva idea in che modo sua zia potesse essere collegata a quel luogo terribile e a quei poveri bambini, né perché, ma se fosse stata nel giusto, capiva i motivi celati dietro la sua ostilità per quelle opere. Nessuno voleva ricordare cose spiacevoli. La gente faceva in modo di dimenticarle, era normale. Era uno dei meccanismi di protezione, l'oblio.

Il suo pensiero tornò un istante ad Alexander, al suo sguardo, al modo gentile con cui aveva trattato la zia. Chinò il capo. Le occasioni erano come i treni, una volta che passavano dovevano essere presi, o erano persi per sempre. Sospirò e uscì in giardino.

Era notte fonda quando Letizia si svegliò di soprassalto. Socchiuse le palpebre, il cuore che sembrava scoppiarle nel petto, la sensazione di soffocamento che le stringeva la gola. Si mise a sedere sul letto e inspirò larghe boccate d'aria finché sentì che il panico si raggomitolava su sé stesso. Allora si alzò. Lentamente, appoggiandosi al bastone.

Odiava la vecchiaia che le irrigidiva le membra, che si era portata via il suo Orlando lasciandola sola in un mondo che non riconosceva più, diverso, a tratti ostile.

Che farsene di tutte le comodità o la tecnologia che poteva offrirle in cambio? Non erano quelle le cose a cui ambiva. Erano altre.

«Silenzio, cane sciocco», sussurrò ad Aristide che la seguiva uggiolando. «Così la sveglierai e lei ha tanto bisogno di riposare, povera ragazza.» Rivolse uno sguardo verso le scale. Si sentiva in colpa. «Che diavolo ti è saltato in testa, Orlando? Non avresti dovuto coinvolgerla. Quello che è successo non la riguarda», sussurrò. «Te l'ho detto mille volte, è tutta colpa mia, né tu né nessun altro potrete mai cambiare le cose.» Raggiunse la cucina, versò dei croccantini nella ciotola del cane, poi tornò in salotto e si lasciò andare sulla sua poltrona, il capo sollevato, gli occhi al soffitto.

Quando sentì la presenza del marito accanto a sé, sorrise.

«Ci vorrà ancora molto? Non c'è nulla per me in questo mondo. Credo di essere pronta ad andarmene, sai?»

Aristide si allarmò, corse da lei e le diede una zampata.

Letizia gli accarezzò la schiena. «Si prenderà cura lei di te, non preoccuparti.»

Il carlino si acciambellò ai suoi piedi, sul lembo di plaid che gli aveva lasciato.

Il silenzio calò su di loro come una coperta gentile e calda. Letizia posò la nuca sulla spalliera e socchiuse gli occhi. «Resta con me», sussurrò. Ma non ci fu nessuna risposta alla sua supplica. Allora sorrise tristemente.

Aveva sempre avuto paura di restare da sola.

Anche da bambina.

I ricordi montarono in lei come una marea lenta e inesorabile.

10.

Rosa. Diluizione del primario rosso con il bianco, ha celebrato per secoli la virilità maschile, finché ha conquistato il simbolo di innocenza incarnando l'emblema della femminilità. Rilassante, diventa suggeritore, attivando la creatività. È il colore della gioia.

Letizia, Verona 1942

L'alba si presentò come sempre: immutabile, solenne, grandiosa.

Letizia sapeva però che quello non era un giorno come gli altri. Lo sentiva sulla pelle, sotto le dita. Lo sentiva dentro il cuore.

Ci sarebbero stati un prima e un dopo.

Come il giorno in cui suor Fiammetta era andata a prenderla per condurla al castello.

Anche allora aveva avuto la stessa sensazione. Anche allora il silenzio le era servito per comprendere.

Le ore trascorse inesorabili a fissare la notte avevano accresciuto il suo stato di apprensione. Quel luogo era stato la sua casa per quasi otto anni, se anche non l'avesse mai amato né considerato con affetto, in un certo qual modo le aveva dato stabilità.

Perderla la spaventava.

E allo stesso tempo la riempiva di una sorta di impazienza.

«Che fai in piedi a quest'ora?» brontolò Teresa tirandosi il lenzuolo sul viso.

Letizia sussultò e posò uno sguardo lieve sulla figura alle sue spalle. La stanza era in penombra, ma riuscì a distinguerla perfettamente.

«Scusa, non volevo svegliarti.»

«Però l'hai fatto. Lo sai che sono sensibile», brontolò.

Suo malgrado, Letizia sorrise. Teresa era come un gattino,

soffiava e faceva le fusa e tutto nel giro di un singolo attimo. «Torna a dormire. È presto.»

«Non è presto, è notte. Sono due cose diverse!»

«Vuoi che ti canti una ninnananna?»

«Dio ci scampi!»

Soffocò una risata, poi riportò lo sguardo sulla finestra. Oltre la linea frastagliata della montagna una pallida luce iniziava a diluire l'oscurità.

Non avrebbe detto a Teresa che in realtà non aveva dormito affatto. Non voleva che lei si burlasse del suo stato d'animo. Per quanto la sua amica le fosse affezionata non sarebbe stata capace di comprendere. Non era colpa sua, non si trattava di negligenza, egoismo o altro. Era la semplice condizione di chi aveva sempre avuto alle spalle una famiglia e dunque era incapace di comprendere veramente la desolazione e il timore di chi invece era consapevole di essere rimasta sola al mondo. Come era capitato a lei dopo la morte dei genitori. Li ricordava solo vagamente, aveva bisogno di ritrovarli in una delle fotografie che portava sempre con sé. Sua madre aveva vinto la malattia. A portarli via entrambi, insieme, era stato un incidente, un camion piombato su di loro quando erano quasi arrivati a casa. Quasi in salvo. Avrebbe dovuto raggiungerli il giorno successivo. E lo aveva fatto, per assistere ai funerali. Con la loro perdita, Letizia aveva smarrito una parte di sé.

Sentiva il bisogno di riflettere sul futuro.

Fiammetta le aveva proposto di restare al castello in qualità di insegnante, ma lei sapeva che le altre religiose non erano d'accordo.

D'altronde lei non era una suora.

Doveva andarsene. Non sapeva dove, né come. Sapeva solo che doveva lasciare quel luogo.

Le valigie erano quasi pronte.

Lei e Teresa si erano diplomate la mattina precedente.

La maggior parte delle studentesse era già partita per raggiungere le rispettive famiglie.

Era rimasta ancora qualche interna, come loro due.

Le avrebbe salutate più tardi. Le avrebbe incoraggiate.

Era quello che sapeva fare meglio.
Occuparsi degli altri.
Teresa sembrava non riuscire a capirlo, ma quella era l'unica cosa che le riusciva davvero bene. Condividere ciò che sapeva, raccontarlo, discuterne persino. In uno dei suoi rari momenti affettuosi Fiammetta le aveva detto che lei era come sua madre. Era come Anna. Un'insegnante nel cuore. Ci aveva pensato a lungo. Le sarebbe piaciuto.
Era l'unica cosa che desiderasse davvero.

Recuperò un lembo di coperta e se la mise sulle spalle. Nonostante fosse giugno, il gelo aveva ricamato sul vetro un cristallo di ghiaccio, delicato come un merletto. Lo seguì con la punta del dito, sorpresa da tanta bellezza.
«Togliti dalla finestra o finirai per prenderti un raffreddore.»
«Non posso, sto pensando.»
«E cosa, di grazia, ti impedirebbe di farlo comodamente sdraiata nel tuo letto?»
Letizia le rivolse un'altra occhiata divertita da sopra la spalla. Eppure vi era un'ombra di tensione sul suo viso. Come poteva spiegare all'amica la sua necessità di guardare il cielo? Il desiderio di perdersi in qualcosa di indefinibile, privo di confini?
Erano tante le cose di sé che non condivideva con nessuno. Le sarebbe piaciuto il contrario, ma dentro aveva un nucleo duro, oscuro, impenetrabile.
Un luogo che era solo suo, nel quale riversava l'infelicità, il dispiacere.
La rabbia.
Un luogo che l'avrebbe tenuta sempre separata dagli altri. Sempre sola.
Teresa sbadigliò, si rigirò nel letto un paio di volte, poi, borbottando qualcosa sulla testardaggine e la follia, la raggiunse. Le circondò le spalle e le schioccò un bacio sulla guancia. «Buon onomastico, guastafeste.»
«Grazie. Anch'io ti voglio bene.»
Una di fianco all'altra come erano state in quegli anni. In-

separabili, compagne di sventura e di successi, sorelle più che amiche, attesero insieme che il giorno, infine, avesse inizio.

Dapprima indeciso, il delicato chiarore assunse via via consistenza, e il versante della montagna ancora imbiancata su cui dava l'ala del castello in cui avevano vissuto, sembrò esplodere di luce.

«Mi mancherà tutto questo», sussurrò Letizia.

«A me mancherai tu. Il resto per quanto mi riguarda può andare all'inferno.»

Sorpresa da tanto risentimento, restò un istante interdetta. «Dai, non è stato così terribile.»

«Parla per te, *Schwesterchen*...» Teresa scrollò le spalle, ma nel suo sguardo c'era una freddezza che impensierì Letizia. «Non rimetterò mai più piede in questo orribile posto.» Si sciolse dall'abbraccio, nuovamente di cattivo umore. Letizia la osservò afferrare il lussuoso beauty, recente dono della madre Berenike, e poi raggiungere il bagno.

Mentre sentiva l'acqua scorrere, Letizia pensò con un filo di dispiacere che quella, molto probabilmente, era l'ultima mattina insieme. Un senso di panico la colse all'improvviso. «Mi scriverai, vero?» le chiese ansiosa.

Teresa si affacciò, le labbra sporche del dentifricio alla menta di Letizia.

«Perché non vieni con me? Zurigo è stupenda in questo periodo.»

«Tuo padre non sarebbe d'accordo.»

«Mio padre ti adora, come tutti noi. Smettila di dire assurdità.»

«Non vorrei dargli un dispiacere», mormorò dubbiosa.

L'ultima volta che era stata ospite a casa degli Hoffmann, Friedrich, il padre di Teresa, aveva tenuto un ricevimento in onore di Hermann Göring. Letizia sapeva che era uno stretto collaboratore di Hitler, aveva persino udito voci che lo volevano suo successore. Quell'uomo apparentemente amabile aveva uno sguardo che le metteva i brividi, come i discorsi che faceva. Così, si era rifiutata di partecipare alla festa e il giorno seguente non aveva voluto porgere le sue scuse al padrone di casa.

Friedrich, o come lo chiamava lei «zio Freddy», non l'aveva presa bene.

«Non fraintendermi, io adoro tuo padre. Ma i suoi amici sono orribili!»

«Non tutti.» Teresa le strizzò un occhio. «Il giovane Philip e suo fratello non sono male, non trovi?»

Letizia arrossì e sorrise. Lo sguardo divenne sognante. «Be', in effetti...»

Teresa gettò sul pavimento la sottoveste. In biancheria intima si aggirò per la stanza aprendo e richiudendo gli armadi. «Hai visto il mio abito giallo di lana? Sto morendo di freddo...»

Con un sospiro Letizia raccolse la sottoveste, la ripiegò posandola sopra la valigia aperta dell'amica, e con attenzione tirò fuori il vestito che lei stava cercando. «Mi ha invitata a ballare un paio di volte.»

«E com'è stato?»

Com'era stato? «Interessante.»

Teresa la guardò come se fosse impazzita. «Riformula il tuo giudizio. È bello da morire, intelligente, nobile – che tradotto significa gioielli di famiglia, qualche castello, un paio di ville magari in Costa Azzurra. *Mutti* mi ha detto che sarà presente al ricevimento di papà. Perché non smetti di fare la guastafeste per una volta? Giuro che non ti capisco. Pensa in grande. Vieni a Zurigo con me!» Le mostrò le spalle, indicando la cerniera. «Mi aiuti per piacere?»

«Certo.»

«Ah, dimenticavo. Il tuo regalo è sotto il letto.»

«Un altro?» chiese Letizia sorpresa.

«Quelli di ieri erano da parte dei miei genitori. Questo è il mio!»

Teresa agitò in aria un pacchetto e poi glielo porse con un grande sorriso. Letizia lo tenne un po' tra le mani, il cuore che le batteva forte. Adorava i regali e gli Hoffmann gliene facevano moltissimi.

«Grazie», mormorò sedendosi sul tappeto. Lentamente svolse l'involucro, mettendo da parte la carta con cura.

«Oh, che meraviglia! Dove le hai trovate?»

Sulle sue mani le calze di seta erano così sottili e impalpabili da sembrare tessute di luce.

«A Parigi, ovviamente!»

Teresa le mostrò le proprie sollevando l'orlo della gonna. «Allora, che ne pensi di Zurigo? È un'opportunità che non puoi perdere. Ci divertiremo un mondo. E comunque se proprio resterai dell'idea di seppellirti in qualche paese di provincia per fare l'insegnante, potrai farlo dopo, con comodo.»

«Non saprei, certo è un'opportunità.» Non aveva detto nulla a Teresa, ma aveva valutato l'idea di continuare gli studi, solo che aveva pensato a un'università più alla sua portata, a Bologna o a Venezia. Il punto era che alla fine, per quanto la riguardava, una valeva l'altra.

Pensierosa si infilò in bocca un cioccolatino, anche quello un regalo di Teresa. Distrattamente le porse la scatola e continuò a riflettere sulle sue parole. «Sono divini.»

«Lo so.» L'amica li fissò avidamente, la mano sui fianchi abbondanti. «Per uno non succederà nulla, vero?»

«Vero.»

Scoppiarono a ridere insieme, la mano di Teresa in quella di Letizia macchiata di cioccolato. «Va bene.»

«Va bene cosa?»

«Vengo con te a Zurigo.»

Teresa si illuminò. «Sapevo che alla fine mi avresti dato retta!»

Più tardi, dopo aver terminato di fare i bagagli, Letizia si guardò intorno un'ultima volta.

«È ora di andare», sussurrò. Prima di partire per la Svizzera doveva occuparsi di alcune cose. Si sarebbe fermata a Verona qualche giorno. Doveva incontrare l'avvocato dei suoi genitori. Chissà, magari vendendo qualcosa di ciò che aveva ereditato, avrebbe potuto pagare la costosa retta dell'università. Si rilassò, l'idea di proseguire gli studi la entusiasmava sempre di più.

Mentre percorreva i corridoi di pietra pensò a come sarebbe stato. Se non altro quell'esperienza le avrebbe permesso di guadagnare un po' di tempo prima di iniziare la sua vita. Scese le scale e solo allora udì una musica.

Qualcuno suonava il pianoforte, si fermava e riprendeva. Sorrise. C'era qualcosa di molto confortante in quella ripetizione. Era come se la scuola le stesse dicendo che qualsiasi cosa avesse sbagliato, non importava. Era lì per imparare e poteva rifare ogni cosa finché non avesse eseguito tutto nel modo corretto.

Sopra di lei l'ampio soffitto era lo stesso di quando era arrivata, ma era lei a essere cambiata. Lo ammirò come faceva sempre, piena di emozione. Dalla parte opposta, un gruppo di facchini trasportava i bagagli preceduto dalle eleganti proprietarie e da qualche monaca.

Quando intravide suor Tommasina si irrigidì.

I loro occhi si incontrarono e la religiosa piegò il capo verso di lei, un gesto grazioso in una donna arida e spregevole.

Il sapore della cioccolata di quella mattina le aveva suscitato un altro ricordo. Un altro regalo. Il desiderio di condividere i dolci con le compagne di classe. La suora che la derideva invitando le bambine a fare lo stesso. La sua protesta, il castigo dietro la lavagna, la gola stretta dal pianto e gli occhi gonfi. Ma il mento sollevato. Perché non aveva fatto nulla di male e sua madre le aveva insegnato: «Male non fare, paura non avere».

In seguito Letizia aveva scoperto che la religiosa non aveva nulla di personale contro di lei. Era una vecchia ruggine con Fiammetta, che l'aveva spinta a maltrattarla. Ma proprio la futilità del gesto, la sua banalità, aveva incrinato la sua fiducia negli adulti. Da quel momento Letizia non si era mai più sentita davvero al sicuro.

Suor Tommasina attendeva. Per lei le buone maniere erano fondamentali. Letizia la fissò per un istante prima di ricambiare. Un gesto automatico, privo di partecipazione, ma, come diceva sempre Fiammetta, le apparenze andavano rispettate. Almeno finché erano convenienti.

Si voltò affrettandosi in direzione dell'ufficio della superiora.

Era in ritardo, ma non era una novità e, presto, non sarebbe stato più nemmeno un problema. Nessuno avrebbe avuto il diritto di imporle le proprie regole.

«Ancora per poco», sussurrò tra sé. «Ancora qualche ora.» Poi sarebbe stata libera. Teresa, Zurigo, i ricevimenti, persone stimolanti, simpatiche, una nuova vita.

Lo spesso portone di legno intarsiato, l'ingresso al regno di Fiammetta che aveva varcato innumerevoli volte, era socchiuso. Stava per bussare quando si accorse che all'interno c'era Berenike Hoffmann.

La sua espressione si addolcì. Adorava la madre di Teresa. Era una signora bellissima, alta, elegante e piena di gioia. Schiuse le labbra pronta a salutarla, ma all'improvviso si fermò.

C'era qualcosa che non andava. Nella stanza aleggiava una tensione che non riusciva a capire. Le due donne sussurravano, erano rigide, tese.

Spostò il peso da un piede all'altro, nervosa. Doveva bussare, pensò. Spinse la porta con un dito, appena uno spiraglio, ma sufficiente a mostrarle l'interno.

China sulla sua scrivania, Fiammetta sfogliava delle carte. Berenike, o Nice come la chiamavano affettuosamente in famiglia, camminava avanti e indietro, le braccia strette al busto, la voce sottile, appena un bisbiglio.

«Abbiamo fatto tutto il possibile per loro. Ma senza quella donna non saremmo riusciti a farli uscire dalla Germania. Il nostro contatto, tuttavia, è stato individuato e arrestato. Potrebbe aver parlato, potremmo essere tutti in pericolo.»

«È per quello che vuoi spedire Teresa a Zurigo?»

«Sai cosa fanno le SS ai figli dei traditori, vero?» replicò gelida.

Fiammetta la fissò immobile. «È così grave?»

Si passò la mano sui capelli. «Sono sparite delle persone. La polizia ha interrogato i nostri domestici. Ho avuto paura, una paura folle che potessero arrivare a mia figlia.»

Fiammetta agitò una mano. «Cerca di essere obiettiva. I tuoi sono solo timori. La cosa su cui dovresti concentrarti è che grazie a te molte persone si sono salvate. Diversamente ci sarebbe stato un bagno di sangue. Sangue innocente.»

«Oh, qui ti sbagli. Non è grazie a me. È lei che accoglie i ragazzi in Iugoslavia. Lei che organizza il viaggio. E comunque il bagno di sangue c'è già stato.»

Letizia, allarmata, trattenne il fiato. Il cuore le batteva forte. Ma cosa stava accadendo? si chiese addossata alla parete. Di cosa stavano parlando Fiammetta e Berenike?

Con un sospiro, la superiora si lasciò cadere sulla sedia. «Sono anni che ci sei dentro, Nice, dovresti sapere come vanno le cose nella resistenza», sussurrò. «Non puoi salvarli tutti», aggiunse con gentilezza.

«Credi che mi sia d'aiuto? La notte non faccio che pensare a mia figlia. Mi chiedo se fosse lei in fuga, se fosse la mia bambina a dover attraversare mezza Europa per trovare un rifugio, per scampare alla follia di quel pazzo e dei suoi complici.»

«Lei è al sicuro, non le accadrà nulla. Devi essere più distaccata o non sarai di nessun aiuto per loro.»

Berenike si strofinò gli occhi, poi rise. Un suono che fece rabbrividire Letizia. A disagio, si allontanò.

Doveva respirare a fondo, doveva calmarsi.

Voleva andarsene, ma qualcosa glielo impediva. Si spostò appena, la testa china, il cuore che le rimbombava nel petto.

Berenike riprese a parlare.

«I genitori di quei bambini sono morti, assassinati nei cosiddetti "campi di lavoro". Abbiamo avuto le conferme ai nostri sospetti. Siamo riusciti a infiltrare delle persone fidate.»

Fiammetta si fece il segno della croce. Gli occhi sbarrati.

«Allora è vero? Esistono veramente?»

«Hanno un piano, sai?» continuò Berenike come se non l'avesse nemmeno udita. «Vogliono uccidere tutti quelli che non corrispondono ai loro ideali. Ogni ebreo, ogni persona che intralci la loro follia. Non importa l'età, non importa il ruolo, lo status, la professione. È un abominio, Fiammetta. L'unico modo di fermare tutto questo è uccidere quell'uomo, eliminarlo.»

La suora trasalì. «Sai come la penso sull'omicidio. La violenza non porta che dolore e altra morte.»

Berenike sospirò. «Qualche volta vorrei essere come te. Sicura, serena. Mi chiedo se la fede ti dia conforto.»

«Ne abbiamo già parlato», replicò la suora, stanca.

Una mano affusolata, con le unghie curate e due pesanti anelli, si posò sopra la sua. «Perdonami, è che sono sconvolta.»

«Lo so, lo so. Non preoccuparti. Accompagna Teresa in Svizzera, al resto penserò io, a costo di andarci di persona.»

«No, questo non dovrai mai farlo. Sei insostituibile all'interno dell'organizzazione. Come lo è lei.»

«Correrò il rischio. Non abbiamo tempo, i bambini sono in viaggio. Non c'è nessuno di cui possiamo fidarci. Abbiamo necessità di sapere se tutto procede secondo i piani. Dobbiamo proteggerli. Se riusciamo a farli imbarcare, arriveranno in Palestina sani e salvi.»

Letizia si appoggiò alla parete, il cuore in gola, un lieve senso di nausea.

Le parole di Berenike le rimbombavano in testa. Sangue, omicidi, persone internate. Dunque era tutto vero! Le dicerie che aveva sentito sui campi di lavoro non erano infondate. Ripensò alla discussione con lo zio Freddy, a come lui e i suoi amici avevano liquidato le sue domande come assurdità create per screditare un uomo che aveva a cuore il futuro della Germania e che voleva ripristinarne l'antico prestigio.

Tremò. Conosceva buona parte di quelle persone, le aveva frequentate, aveva partecipato alle loro feste. Come potevano essere complici di una tale barbarie? Non riusciva a credere che sapessero. Ridevano, scherzavano, baciavano mogli e bambini. Erano affettuosi persino con lei, con un'estranea. Pensò a Teresa. Doveva parlarle, doveva dirglielo. Indietreggiò e si mise a correre. Non sapeva dove stesse andando, voleva solo allontanarsi da quell'orrore.

Un usignolo cantò, strappandola ai suoi pensieri. Sollevò il viso verso il sole. Era giunta nel chiostro, il luogo del castello che più amava.

Toccò la spalliera di una delle panchine e si sedette.

Cosa poteva fare?

«Ti ho cercata dappertutto!» Teresa si sedette al suo fianco, l'espressione seccata. «Mia madre è ancora con la superiora. Mi hanno praticamente cacciata via quando sono andata a chiamarla. Tu sai di cosa stanno parlando?»

Letizia la guardò. Socchiuse le labbra.

Berenike aveva detto che Teresa non doveva sapere nulla. Per un istante pensò a Zurigo, alle feste, a come si era sentita tra le braccia di Philip. Era tutto così lontano.

Avrebbe preferito non ascoltare la conversazione tra Fiammetta e Berenike. Di certo si sarebbe evitata quel tormento. Ma ormai era successo, e quello cambiava tutto.

«Non sono sicura di poter venire in Svizzera con te. Non subito almeno.»

«Di cosa stai parlando?» le chiese Teresa accigliandosi.

Ecco, adesso si sarebbe arrabbiata sul serio, pensò Letizia. Ma non poteva farci nulla. Era come se avesse superato una linea, un confine. Da una parte c'era lei, dall'altra la vita che aveva vissuto fino a quel momento. Teresa era rimasta dall'altra parte, lontana. Si sentì avvolgere da un filo di panico, e poi sentì come uno strappo. All'improvviso seppe che tutto era cambiato. Tremò, ma non cedette. Non poteva farlo.

Si strinse nelle spalle. «Te l'ho detto. Devo pensarci bene.»

«Se è per la retta non devi preoccuparti. La coprirò io, ho dei soldi da parte, Tisha. In qualche modo dovrò pur spenderli.»

La infastidì quel commento, la irritò. C'erano bambini che fuggivano dalla morte, braccati come animali. C'era gente che aveva perso ogni cosa, compresa la speranza nel futuro. Il resto era futile, inesistente. Letizia sentì il peso della mano di Teresa sulla sua e la osservò, così bella, così delicata. Così inconsapevole. Si chiese se fosse mai stata davvero come la sua amica. No, pensò. Aveva cercato di somigliarle, di essere serena e spensierata come lei. Ma non vi era mai riuscita. Aveva solo fatto finta.

Se la scrollò di dosso. «Ti ho detto di no.»

«Insomma, mi vuoi dire che ti prende? Le tue stranezze iniziano a darmi proprio sui nervi.» Offesa, Teresa mise il muso.

Come poteva essere così infantile? Eppure, lo era sempre

stata e fino a quel momento a lei era andato bene. «Niente, non succede nulla. Ho cambiato idea, tutto qua! Tu lo fai di continuo, no?» replicò evitando di guardare l'amica negli occhi.

«Ti conosco, è successo qualcosa. È stata suor Tommasina? Guarda che non devi più ubbidirle. Sei libera.»

«Lei non c'entra nulla. Adesso devo andare.»

«Ma insomma... mi vuoi dire che ti prende?»

«Ho deciso di fare qualcosa di utile!»

«Ma di cosa stai parlando? Utile? Ma ti senti? Gli operai fanno qualcosa di utile, sono nati con quel compito e lo svolgono perché non potrebbero fare altro.»

Il divario sociale che c'era sempre stato tra loro esplose. Filippo, suo padre, era stato un ingegnere e non aveva esitato a lavorare al fianco dei suoi operai quando c'era stato bisogno. Letizia sollevò il mento. «Come mio padre. Come me.» Le mostrò le mani, gli occhi fiammeggianti di rabbia.

«Sai che ti dico? Sei proprio una provinciale!»

Lo sguardo sprezzante di Teresa la ferì. La rabbia affiorò, riempiendo le sue parole. «E tu una sciocca che non si rende conto di cosa la circonda!»

Non era la prima volta che litigavano. Ma questa volta Letizia, invece di abbracciare la sua amica per fare pace, indietreggiò, poi le voltò le spalle e corse via.

Non le rispose, non riuscì nemmeno a guardarla. Non si voltò neppure quando Teresa infuriata le diede della stupida e la mandò al diavolo.

Sapeva cosa doveva fare.

Risalì i gradini due alla volta, grata che non ci fosse nessuno nel corridoio. Una volta davanti all'ufficio della zia, colpì forte la porta e poi entrò senza attendere.

«Buongiorno», disse ignorando l'espressione sbalordita di entrambe. Raggiunse Berenike e la baciò sulla guancia. Ancora avvolta nel suo profumo, le si sedette accanto.

«Andrò io ad accogliere i bambini», esclamò. Sentiva di doverlo fare, anzi lo voleva fare. Voleva sentirsi utile, capace. Aveva bisogno di dare un senso a quella sua vita, sempre più vuota, dove l'avvenimento più importante rischiava di essere la scelta di un abito per un ricevimento. «Sarò io la vostra inviata.»

Le due donne la guardarono a bocca aperta. «Da quanto eri lì fuori a origliare, ragazzina?» la rimproverò Fiammetta.

«Abbastanza da sapere che avete bisogno di me.»

Berenike si alzò di scatto. «Non sai quello che dici.»

«Sì che lo so. Ho ascoltato la vostra conversazione, non preoccuparti, ero da sola. Teresa non sa nulla.»

L'espressione sollevata di Berenike le strinse il cuore. Invidiò l'amica e, ignorando la profonda tristezza che l'aveva colta all'improvviso, si costrinse a sorridere.

«Sciocca bambina, questo non è uno dei vostri giochi.» Agitò un braccio in direzione di Fiammetta. «Diglielo anche tu che è una follia.»

Con le mani sotto il mento la superiora sembrava meditabonda, gli occhi ridotti a due fessure dietro gli spessi occhiali che aveva iniziato a portare da qualche tempo. «Non ha tutti i torti, Nice, guardala bene. È giovane, si è appena diplomata, conosce perfettamente il tedesco. Chi potrebbe sospettare di lei?»

Un silenzio teso e pesante calò nella stanza.

«Sai cosa le faranno se la catturano?» La voce di Berenike era gelida. «Letizia deve restare fuori da questa storia.»

Fiammetta strinse le labbra. «Non siamo in Germania, Nice, calmati. Qui da noi le cose funzionano ancora in modo diverso.» Fece una pausa. «Lei avrà unicamente un ruolo di osservatrice, non dovrà fare altro che tenere d'occhio i bambini e riferire a noi.»

«Sono qui, sapete? Sono perfettamente in grado di capire e di decidere.»

Berenike la guardò con una tale compassione da far vacillare le sue convinzioni. «Voglio che tu dimentichi ogni parola. Teresa ha bisogno di un'amica su cui contare. Farò in modo che tu sia ammessa alla sua stessa facoltà. Tu lascerai l'Italia e farai compagnia a mia figlia.»

Letizia amava Berenike, le voleva bene davvero, ma non era sua madre. Quel pensiero si scontrò con il senso di gratitudine che provava per gli Hoffmann, facendola vergognare. Chinò il capo, cercando dentro di sé la forza che le serviva. Poi sollevò il mento.

«Farò quello di cui tu hai più bisogno, *Mutti*», disse utilizzando l'espressione affettuosa con cui l'amica si rivolgeva alla madre. «Teresa starà bene anche senza di me.»

«Sciocca ragazza!»

«Sono stanca di restare a guardare. Io... io posso fare qualcosa. Posso essere d'aiuto.»

«Sei così simile a tua madre che a volte mi spaventi», disse Fiammetta.

Un lampo di emozione le attraversò lo sguardo, ma fu così rapido che Letizia pensò di averlo solo immaginato.

«Sarebbe orgogliosa di te, ragazzina.»

«Non se ne parla nemmeno!» tuonò Berenike con gli occhi fiammeggianti. «Tu andrai in Svizzera con Teresa, fine della discussione.»

Lasciò che la madre di Teresa si sfogasse, poi si alzò e le andò incontro, abbracciandola forte.

«Va tutto bene, davvero. Voglio essere utile e non ho intenzione di girarmi dall'altra parte.»

Con gli occhi inondati di lacrime, l'altra scosse il capo. Era ancora più bella, pensò Letizia. Un giorno Teresa sarebbe diventata come lei.

«Fidati di me, *Mutti*.»

«Sei solo una ragazzina, amore mio. Dovresti stare lontana dalle brutture del mondo.»

«Anche quei bambini, non credi?»

Erano come lei, sapeva come si sentivano dentro: erano orfani, avevano bisogno di lei, e lei aveva bisogno di loro.

Capì di aver vinto quando la sentì cedere al suo abbraccio. Allora Letizia posò il capo sulla sua spalla.

«Puoi fidarti di me. Non ti deluderò.»

«Lo so, *mein Schatz*, lo so.»

Fiammetta, che aveva assistito in silenzio a quello scambio di battute, rivolse alla ragazza uno dei suoi rari sorrisi di approvazione. Picchiettò con il dito su un foglio dispiegato sul tavolo.

«C'è un treno che trasporta un gruppo di bambini ebrei.

Hanno fatto un lungo viaggio e hanno bisogno di assistenza. Stiamo cercando di farli entrare in Italia, la loro destinazione è un paese vicino a Modena. C'è una villa nelle campagne lì intorno pronta ad accoglierli. I bambini staranno in quel luogo finché riusciremo a farli imbarcare per la Palestina.»

Letizia si avvicinò alla scrivania, gli occhi sulla cartina geografica. «E quando sarò con loro?»

«Ti limiterai a osservare. Hanno già degli accompagnatori. Tu sarai i nostri occhi. E, se accadrà qualcosa, ci avviserai immediatamente.»

Osservare? Tutto qui?

«Non fare quella faccia delusa. La situazione è grave e peggiora giorno dopo giorno. Non ti esporrò a un pericolo se non è necessario.»

«Non può semplicemente presentarsi lì. È troppo pericoloso», insistette Berenike.

«Nessuno avrà da ridire se una giovane maestra fa visita a un gruppo di ragazzini.»

«Come?» chiese Letizia.

«In quella zona ci sono molti paesini e, visti i tempi, gli insegnanti scarseggiano. Non sarà difficile trovare una scuola che abbia necessità di una maestra.»

11.

Verde. Colore primario additivo
(ottenuto mescolando i colori) simbolo della natura.
Calmante, regola il flusso del pensiero,
favorisce il ragionamento.
È il colore della speranza e del rinnovamento.

La solitudine non spaventava Stella.

Non che le fosse mai particolarmente piaciuta, ovvio. Ma riusciva a gestirla. La solitudine significava essere sé stessi senza doversi preoccupare degli altri.

In quei momenti, si concedeva persino il conforto del sogno. Immaginava di poter proiettare sulla tela ciò che le ribolliva dentro. Di lasciare affiorare il mondo infinito, meraviglioso e potente che aveva imprigionato da bambina e successivamente negato, e che tuttavia si era aggrappato a lei, impedendole di dimenticarlo.

Uno ostaggio dell'altra.

Il bisogno di dipingere se ne stava in un angolo della sua mente, come qualcosa di sbagliato. Come un desiderio disperato.

Era il suo tormento, la sua forza.

Qualche volta, la tentava e l'ammaliava.

Qualche volta, come in quel momento, non capiva perché non riusciva a lasciarsi andare.

A un certo punto, subentrava sempre la ragione: allora tutto tornava al proprio posto, come un caleidoscopio difettoso che ricomponeva sempre la stessa immagine a prescindere dalle rotazioni che lei gli imprimeva.

«È stupenda, complimenti Stella. L'atmosfera di questa camera è completamente cambiata.»

«Grazie, zia.»

Aveva terminato di dare gli ultimi ritocchi alla parete. Era molto soddisfatta, le batteva forte il cuore e sorrideva.

«Hai usato uno stencil?»

La domanda di Letizia la colse di sorpresa.

«No, non ne avevano al negozio.»

La zia si voltò verso di lei, l'espressione stupefatta. «Vuoi dire che hai realizzato il dipinto a mano libera?»

Stella si mordicchiò il labbro. «Ehm... sì.» Sperò che non le chiedesse i dettagli. Come poteva spiegarle che, mentre tinteggiava le pareti, era come se avesse di fronte una collina ricoperta di campanule viola o una spalliera di rose? Erano solo nella sua mente, d'accordo, ma lei le aveva viste, nitide e meravigliose. E non era riuscita a fermarsi. Anzi, per la prima volta in tanti anni, mentre dipingeva quei petali roridi e turgidi, i boccioli e persino le spine, aveva provato un senso di esaltazione.

«Tu hai un dono, tesoro, un talento enorme.» Letizia sorrise pensierosa. «Tuo padre non era così dotato, e guarda dove lo ha portato la sua arte.»

Stella si irrigidì. All'improvviso tutta la luce e la gioia di quella mattina sembrarono scomparire. «Parecchio lontano, direi.»

Si sforzò di sorridere e di ascoltare i racconti della zia. Li conosceva a memoria: adesso le avrebbe descritto come ogni generazione dei Marcovaldi avesse prodotto un'eccellenza.

«Violante Marcovaldi, per esempio.»

Stella aveva ben presente la storia della sua antenata. Aveva visto e apprezzato le sue miniature, ma ciò che l'aveva sempre affascinata erano i ritratti. Violante sapeva cogliere l'essenza delle persone e la cristallizzava in pochi tocchi sapienti che rendevano unici gli sguardi dei suoi dipinti.

«La sua casa a Venezia era il cuore pulsante dei suoi affari», continuò la zia. «Era colta, brillante, non ha mai rinunciato alla sua indipendenza. Ha gestito la sua bottega tutta al femminile e nessuno si è mai sognato di ostacolarla. Certo, il fatto che fosse la prediletta di nobili e ministri della repubblica le deve essere stato d'aiuto», concluse, quasi parlasse tra sé.

Stella sorrise. «Eh, credo anch'io che una o due amicizie importanti non abbiano guastato.»
«Tu sei come lei!»
Stella si riscosse. Guardò la zia come se fosse impazzita. «Non c'è nessuno come Violante.»
Letizia agitò una mano. «Sciocchezze, e tu lo sai bene. Mi chiedo cosa saresti in grado di diventare il giorno che dovessi smettere di avere paura. Certo! Se mai lo farai.»
«Paura?» balbettò stupefatta.
Stella indietreggiò. Il tempo parve fermarsi e un ronzio acuto prese il posto di tutto il resto. Un calore intenso le si propagò lungo le braccia, e risalì sul collo infuocandole il viso. «Davvero credi che si tratti di questo?»
Era un'affermazione ingiusta.
Era qualcosa che non aveva nessuna intenzione di restare ad ascoltare.
Letizia si strinse nelle spalle. «Se non è paura, allora spiegami per quale ragione non sei là fuori a strabiliare tutti con la tua bravura. Dovresti dipingere, dovresti andare in giro per il mondo a portare la tua arte. Hai un dono, ragazza mia, un incredibile talento. Lo stai negando a te stessa, lo stai negando a tutti gli altri! Questo è profondamente sbagliato.»
Stella aveva sempre avuto un occhio di riguardo per la zia, una sorta di indulgenza, ma quello era troppo!
«Mi chiedo se tu mi abbia mai vista per quella che sono realmente.»
Era esausta e arrabbiata. Si rese conto che tutto ciò che aveva accuratamente tenuto sotto controllo le stava esplodendo in mano. Le parole lasciarono le sue labbra prima che potesse riflettere e che la ferrea disciplina che esercitava su sé stessa le imbrigliasse.
«Il giorno in cui mi lascerò andare, non avrò modo di fermarmi. La pittura si prenderà tutto, sarà la mia aria, sarà la mia dimensione. Io sarò colore. Lasciami finire, ti prego...» Alzò le mani aperte. «Per me non esisterà niente di altrettanto importante. Me ne infischierò di tutto e di tutti. Come posso permettere che questo avvenga? Dimmi zia, come posso permetterlo?»

Letizia era impallidita. Allungò un braccio verso di lei.

«Tu non sei come tuo padre. Lui ha sbagliato piccola mia, non è mai stato capace di assumersi le sue responsabilità nei tuoi confronti. Mi dispiace.»

«No, no... continui a rifiutarti di ascoltarmi. Di comprendere.» Stella si portò le mani alle tempie. «Non è mio padre il problema. Sono io. Perché io lo capisco, perché anch'io muoio dal desiderio di fare quello che fa lui, ma non posso. È sbagliato zia. Io lo so. Io ho visto cosa è successo.» La voce era lieve, ma le bruciava comunque la gola, l'arrossava di dolore. «Chi, come lui, vive di arte non ha posto per nient'altro. Io non farò a nessuno ciò che lui ha fatto a me.»

Indietreggiò ancora e poi corse verso l'ingresso, ignorando la zia che la richiamava indietro. Era accecata dalle lacrime, il cuore spezzato dalla disperazione, dal desiderio che la lacerava e al quale non poteva cedere. Non riusciva a respirare. Aveva bisogno di spazio.

Spalancò la porta e s'immobilizzò.

«Devi perdonarmi mia cara, ho fatto prima che potevo!»

Stella, sbalordita, restò senza parole.

«Santo cielo, Flaminia, cosa ci fa lei qui?»

Seduta in salotto, con una tazza di tè caldo che Luciana le aveva messo in mano, Stella spostava lo sguardo da Flaminia a Letizia; nonostante si fossero appena conosciute conversavano con la confidenza di due grandi amiche.

«Appena mi sono ripresa ho cercato di rimediare al pasticcio che hanno fatto i miei nipoti. Ma eri già andata via. Mi ha stupito che avessi lasciato l'appartamento.» Flaminia sorbì un sorso di tè e sorrise. «Immaginavo che Bardolino fosse la tua meta. Mi hai parlato così tanto di tua zia e di questa casa, che non ho avuto problemi a trovarla.» Fece una pausa. «Era da tanto tempo che non prendevo un treno. È stata un'esperienza interessante.»

«Non l'hanno accompagnata?» chiese Stella sbalordita.

«Sono capace di prendere un treno, sai?»

«Credevo che lei stesse molto male; mi hanno detto che non era in grado di ricevere visite.»

«Non devi fare troppo caso ai miei nipoti. Luca e Rossella sono un po' troppo protettivi. Hanno una storia difficile alle spalle, mia cara, ma questo non giustifica il loro comportamento. Posso assicurarti che non sono dei cattivi ragazzi.»

Stella tenne per sé le sue opinioni. «È un lungo viaggio da Genova, sarà esausta.»

Flaminia annuì. «In effetti sono un po' stanca. Sono partita in tutta fretta. Temo di aver bisogno di fare acquisti, non ho portato poi molto con me.» Indicò con un gesto la piccola borsa ai suoi piedi.

«Non preoccuparti, di qualsiasi cosa tu abbia bisogno, qui a Bardolino abbiamo i migliori negozi», le rispose Letizia con un sorriso.

Flaminia diede una rapida occhiata a Stella. «Sei sciupata, tesoro, va tutto bene?»

«Io...»

«Ecco, a dire il vero», la interruppe Letizia, «quando sei arrivata io e Stella avevamo appena terminato di discutere.»

Stella arrossì. In realtà era stata ben più di una semplice discussione. Era ferita, dispiaciuta. Quasi non riusciva a guardare la zia. Le sue parole erano state troppo pesanti e ingiuste per passarci sopra.

«Un franco scambio di idee risolve tutti i problemi. Non vedo l'ora di saperne di più, ma credo di dover andare a cercare una sistemazione per la notte. C'è per caso un albergo qui vicino che possiate indicarmi?»

Letizia posò la tazza sul piattino. «E perché mai? Qui alla villa c'è tutto il posto che vuoi.»

Piacevolmente sorpresa, Flaminia sorrise. «Non ti nascondo che per me sarebbe un sollievo.»

«Seguimi, ti mostro la camera al pianterreno. Al resto penseremo dopo.»

«Grazie, sei molto gentile, ma d'altronde non avrebbe potuto essere altrimenti. Stella ha molta considerazione di te e io non voglio essere da meno. Spero che tu voglia tornare a casa con me, Stella. Ho bisogno del tuo aiuto», le disse con un sorriso.

«Se fossi arrivata domani non l'avresti trovata. È rimasta

solo perché voleva essere sicura delle mie condizioni di salute. Visto che sto bene, se ne andrà.»

Flaminia si voltò, l'espressione stupita. «Vuoi tornare in Brasile, da tuo padre?»

Stella scosse la testa. «No... ho altri progetti.»

«C'è qualcosa che posso dire o fare per convincerti a tornare a Genova con me?»

«Non è così semplice. Sono accadute molte cose.» La risposta di Stella tuttavia non sortì effetto.

«Se non hai deciso vuol dire che c'è ancora tempo, giusto?» insistette la donna.

Si chiese se fosse davvero così e scelse di restare vaga. «Vedremo.»

Flaminia sbadigliò. «Scusate, sono un po' stanca.»

Letizia intimò ad Aristide di scendere dalla sua gamba. «Ti faccio vedere subito la tua camera, così potrai sdraiarti prima di cena.»

«Grazie ancora dell'ospitalità.»

Lei scrollò le spalle. «Puoi fermarti quanto vuoi, per noi sarà un piacere, vero Stella?»

La zia era fatta così, e lei lo sapeva, eppure la infastidì la sua tranquillità. Era come se la loro discussione non fosse mai avvenuta. Ma lei la ricordava bene.

«Naturalmente, siamo felici di averla con noi», si affrettò ad aggiungere.

Seguì le due donne con lo sguardo finché scomparvero oltre la porta, poi si alzò.

«Adesso cosa farai?»

La domanda di Luciana era semplice, eppure ebbe difficoltà a risponderle.

«Non so che cosa dire. Immagino che la presenza di Flaminia cambi tutto. Credo che dovrò rimandare di qualche giorno ogni decisione, almeno finché la questione sarà chiarita.»

«Prima che arrivasse la signora stavi per uscire?»

«Sì... io... Ho bisogno di fare due passi.» Era ancora scossa. Anzi, adesso lo era anche di più.

«Vai, vai. Prendere un po' d'aria ti farà bene. Anche trovarti un'altra sistemazione non sarebbe male. Finirà che organizzeranno la tua vita.»

«Sembra che non comprendano i confini.»

Luciana sollevò gli occhi al cielo. «Siamo in Italia, Stella, non è che la gente non capisca i confini. Il punto è un altro: rispettarli è maleducazione.»

Suo malgrado sorrise, l'ironia di Luciana era una delle cose che più amava di lei. «Ci vediamo più tardi.» Si accucciò un istante per accarezzare Aristide, afferrò la giacca e uscì dal retro.

L'ultima volta che li aveva sentiti, i nipoti di Flaminia le avevano detto che stava malissimo. Tra le altre cose, l'avevano incolpata di negligenza. Visto che l'anziana signora si era sobbarcata un lungo viaggio da sola per andare a cercarla, dovevano aver esagerato. Come avevano potuto agire in modo così sconsiderato? Perché rivolgerle quelle accuse? Lei ci era rimasta malissimo. Si era preoccupata a morte, mettendosi in discussione, immaginando scenari tremendi. Ma adesso non voleva sprecare altro tempo a pensarci.

Li scacciò dalla sua mente.

Il lago era una sinfonia di suoni, pensò. Era affascinata dalla melodia della risacca delle onde create dal passaggio delle imbarcazioni che si infrangevano sui moli, o risalivano più su, fino a lambire la spiaggia.

Ogni tanto si udiva il verso stridulo di un gabbiano e quello più lieve di una capinera.

Erano il sottofondo dei suoi pensieri. Mentre camminava sentì il dispiacere affievolirsi, come se qualcosa ci soffiasse sopra e lo lenisse.

Presto la sera avrebbe lasciato il posto alla notte, i colori sarebbero mutati alla luce della luna, addolcendosi, e sarebbero apparse nuove sfumature.

Si concentrò sulle varie tonalità che aveva davanti. Si sorprese di come quella sua abitudine fosse riaffiorata senza che lei la richiamasse. Era una cosa che un tempo faceva sempre quando aveva bisogno di rilassarsi. Bianco, nero, rosso, giallo, verde. Li cercava in ogni oggetto, abito, sfumatura. Automobili, biciclette. Accessori. Persino nei capelli. I colori l'aiutavano a riordinare i pensieri, a concentrarsi, a respirare.

Quando le squillò il cellulare trasalì. Probabilmente la zia si era stancata di fare compagnia a Flaminia; fu tentata di ignorarla, se lo sarebbe meritato, pensò. Eppure rispose.

«Pronto.»

«Ciao, Stella.»

Si immobilizzò. Alexander? Il cuore prese a batterle forte.

«Ho trovato la tua chiamata.»

«Come facevi a sapere che ero io?» gli chiese lentamente.

«Perché ho salvato il tuo numero.»

Silenzio.

«Quando hai telefonato ero sotto la doccia. Immagino abbia risposto mia sorella, ma non mi ha detto niente. Me ne sono accorto solo adesso, mentre controllavo il cellulare.»

Aveva preso un abbaglio, pensò Stella imbarazzata.

«Non hai richiamato, così ho pensato di farlo io.»

«Io… non volevo disturbarti.»

«Avrei preferito che avessi richiamato. Mi avrebbe fatto molto piacere, credimi.»

«Grazie.»

«Come stai?» le chiese dolcemente.

Come stava? «Non lo so, tu?»

«Non lo so nemmeno io.»

Restarono in silenzio un altro istante. Poi Alexander si schiarì la voce. Le sembrò di percepire il suo imbarazzo. Sorrise.

«Mi fa piacere sentirti.» Era la verità. Le faceva piacere.

«Dove sei, Stella?»

«Adesso?»

«Sì, adesso.»

Lei si guardò intorno. «Sul lungolago di Bardolino.»

«Ti raggiungo.»

Alexander chiuse senza aggiungere altro.

Ecco il coronamento di quella giornata assurda, pensò Stella incredula.

Sembrava che i suoi desideri si stessero avverando tutti.

Flaminia le aveva restituito il lavoro, e adesso Alexander desiderava rivederla.

La strada davanti a lei terminava in una piazzetta lastricata. C'era un chiosco al centro. Uno di quelli che servivano gli aperitivi.

Da quel punto il tramonto era uno spettacolo. Scelse un tavolo che le permettesse di vedere la strada e si sedette.

«Cosa le porto?»

Sollevò la testa dal menu. «Un aperitivo, grazie.»

Mentre scriveva l'ordinazione il cameriere le sorrise. «È sola?»

Scosse la testa. «No, aspetto... un amico.»

«Naturalmente, allora vi porto qualcosa per accompagnare i drink.»

«Grazie.»

In realtà Stella non credeva di poter mandare giù niente. Era nervosa. Anzi ben più di quello. Moriva dalla voglia di rivedere Alexander, non poteva negarlo. Ripensò al giorno in cui gli aveva telefonato. Aveva ubbidito a un impulso. Qualcosa che non faceva mai.

Il vento le scompigliò i capelli, così lei li raccolse in uno chignon, fermandolo con una bacchetta.

Lo aveva chiamato perché per un momento aveva desiderato la sua compagnia, perché voleva parlare con qualcuno che era contento di ascoltarla, che non aveva bisogno di lei, che non dipendeva da lei.

Quando il cameriere tornò, lo ringraziò con un sorriso. La bevanda era amarognola, ma riuscì a individuare un sentore dolce.

Avrebbe voluto che le cose tra lei e Alexander fossero andate diversamente da subito.

«Attenta ai desideri che esprimi», sussurrò.

Nei pochi momenti che aveva trascorso da sola con Flaminia, prima che la zia le raggiungesse, la vecchia signora le aveva detto che aveva fatto quel lungo viaggio solo per lei. Non aveva nessuna intenzione di lasciarsela scappare. Era la migliore assistente che avesse mai avuto.

Aveva riavuto indietro il lavoro, con tutte le scuse del caso.
Ci aveva sperato tanto, pensò.

Eppure, adesso si rendeva conto che tornare a Genova non era ciò che desiderava davvero. Qualcosa in lei era cambiato.

Adesso voleva di più.

Riguardo ad Alexander, poi, non sapeva cosa dire.

Non sapeva nemmeno cosa pensare.

Aveva creduto di non rivederlo più.

Finì il suo aperitivo. Si sentiva più rilassata. Più allegra. Sollevò lo sguardo, e lo vide. Alexander era ancora lontano. Camminava a passi sicuri, con movimenti fluidi. Lo guardò cercarla tra la folla e poi voltarsi verso di lei. Quando incrociò il suo sguardo, la sua espressione cambiò.

Il suo sorriso era bello, come lo era lui.

Ricambiò il saluto con la mano, e poi la fece scivolare in grembo. Era emozionata.

«Ciao, Stella.»

Si alzò. «Ciao, Alexander.»

«Sono felice di rivederti.»

Lo era anche lei, molto.

«Oggi niente arcobaleni?» le chiese con uno sguardo di ammirazione.

«No, io... sono uscita di corsa.»

«Perché?»

«Camminare mi aiuta a pensare. A lasciare andare quello che mi turba, che non mi serve.»

«Cos'è accaduto?»

«Molte cose.»

«Mi piacerebbe conoscerle.»

Restò un istante in silenzio. Lo chignon si era disfatto e i capelli le erano scivolati sul viso. Lentamente lui glieli sistemò sulla spalla.

Non le toglieva gli occhi di dosso. Eppure, non si era seduto, adesso teneva le mani sopra la spalliera della sedia, come in attesa.

«Posso offrirti qualcosa?» gli chiese.

«Grazie, molto volentieri.»

Solo allora si sedette, un gesto cortese, come lo era tutto in lui.

In quel momento Stella si accorse che era molto diverso dall'ultima volta. Un'ombra di barba gli scuriva le guance e, al posto della camicia e della giacca, indossava una semplice polo sotto un giubbotto. Sembrava più giovane, meno severo.

«Mi sei mancata.»

Lei sussultò. Sapeva quanto potesse essere diretto.

«Io... anche tu. Non ti ho mai davvero ringraziato per esserti preso cura della zia. Ero molto angosciata e tu sei stato meraviglioso con lei. Con me...»

Alexander la fissò intensamente. «Perché mi hai chiamato?»

Ci mise qualche istante a rispondergli. «Potrei dirti che desideravo ringraziarti, ma non sarebbe del tutto vero.» Sostenne il suo sguardo. «La verità è che volevo sapere.»

«Spiegati», la invitò.

Stella si inumidì le labbra, gli occhi fissi in quelli di lui. «Volevo sapere cosa si prova a lasciarsi andare senza pensare alle conseguenze. Cosa si prova a vivere.»

Lui le porse una mano. Il palmo era sodo, le dita lunghe e forti. Stella ci fece scivolare sopra la propria, e quando lui la chiuse, stringendola, si stupì di quanto fosse calda. Di come le piacesse quel contatto.

Poi smise di pensare e si concentrò sulle proprie emozioni.

Andava bene così.

Gli sorrise e scelse con cura le parole.

«Con te è stato facile da subito. Io...» Fece una pausa guardandosi intorno, poi riportò l'attenzione su di lui. «Non sempre riesco a esprimere quello che ho dentro. Ho sempre il timore di sbagliare qualcosa, così pianifico tutto. Ma con te mi sono sentita libera. Sono stata me stessa, sono stata bene.»

Alexander premette le labbra sulle sue nocche. «Ti ho spaventata in qualche modo?»

Lo guardò negli occhi. «Sei stato sincero. La franchezza fa paura, non lo sapevi?»

Continuò a sfiorarle le dita, piccoli baci lievi come piume. Stella non riusciva a distogliere lo sguardo.

«Esattamente di cosa hai avuto timore?» le chiese.

Nonostante la voce bassissima lei udì ogni sillaba. «Di rovinare tutto. Mi succede, a volte.»

Lui spalancò gli occhi, sorpreso. «Ma questo significa non vivere. Guardare non basta, non credi?»

«No, non basta.»

Alexander estrasse qualche banconota e le lasciò sul tavolo. «Andiamo via da qui.»

Quando si alzarono l'attirò a sé, gli occhi nei suoi.

Stella si lasciò andare a quell'abbraccio perché lo voleva. Lo desiderava più di ogni altra cosa.

Anche quando lui le circondò il viso con le mani, e anche dopo, mentre la baciava senza curarsi di nient'altro che non fosse lei.

«Sì, andiamo.»

Quella notte Stella rientrò molto tardi. Erano accadute troppe cose tutte insieme, si sentiva stordita.

Uscì in terrazza con uno scialle pesante sulle spalle per ripararsi dall'aria gelida che la riempiva di brividi. Con una tazza di tè fumante tra le mani e il cuore in subbuglio ripensò al tempo trascorso con Alexander. Tra loro c'era un'attrazione profonda, non poteva negarlo. Il desiderio era diventato bisogno. Eppure, a parte il bacio che si erano scambiati all'inizio, avevano solo parlato.

Stella desiderava lasciarsi andare, desiderava non pensare. Ma non sapeva se poteva fidarsi.

Oh, non di lui, certo.

Ma della vita.

Di sé stessa.

Sapeva che un cuore spezzato non si recupera mai per davvero. Sua madre era stata un fulgido esempio di quanto una relazione sbagliata potesse rovinare un'intera esistenza. Per quello non era mai riuscita ad andare in fondo alle sue storie, il monito era sempre in agguato.

Così aveva smesso di provarci.

A parte Alexander.

Lui era un'eccezione. No, anzi, lui era l'eccezione.

Finì di bere il tè e si strofinò la punta del naso, ormai gelida e insensibile. Dipendeva tutto da lei, ogni cosa.

Era l'artefice del suo destino.

Per una volta avrebbe ignorato le sue stesse regole.

Per una volta voleva arcobaleni nel suo futuro.

Mentre rientrava, lo sguardo le cadde sulla valigia. Tirò fuori la cartella e prese in mano i disegni, in ascolto, come se attraverso il contatto potesse scoprire qualcosa.

La zia adesso stava meglio, avrebbe approfittato per chiederle spiegazioni. Quello che aveva scoperto su Terezín non era qualcosa che poteva ignorare. Voleva sapere tutto sui misteriosi artisti, ogni cosa. Ormai le loro esistenze erano legate.

Misteriosamente e totalmente legate.

A creare quel legame era stato Orlando.

Come avesse fatto, stava a Stella scoprirlo.

12.

Malva. Gradazione del viola,
è il colore della forza e dell'eleganza.
Accogliente, è capace di allontanare le sensazioni spiacevoli,
evocando serenità interiore.

Letizia, Nonantola 1942

«Buongiorno, signorina Letizia, la sistemazione è di vostro gradimento?»

«Sì, grazie, signor Giustino. Siete stato davvero molto gentile a offrirmi la possibilità di stare sopra la scuola.»

L'uomo, che era andato a prenderla alla stazione di Nonantola, sorrise compiaciuto. Come le aveva spiegato durante il viaggio, ricopriva vari ruoli nella comunità. Ciò che aveva affascinato Letizia fin da subito, a parte il carretto trascinato da un mulo recalcitrante e adorabile, era la sua gentilezza.

Letizia era arrivata la settimana precedente, in ritardo rispetto alle sue iniziali intenzioni.

Nel grazioso paese circondato dai girasoli e delimitato dai canali di irrigazione che si diramavano nella campagna circostante, tutti l'avevano accolta con calore, qualcosa di cui lei aveva tanto bisogno.

Soprattutto dopo il litigio con Teresa.

Aveva tentato di ricucire lo strappo, ma le sue lettere erano rimaste senza risposta. Chissà, un giorno forse la sua amica l'avrebbe perdonata.

Era sicura di aver preso la decisione migliore per sé stessa, per Berenike e Fiammetta. Per i bambini che presto sarebbero arrivati, soprattutto. Aveva solo sperato che fosse più semplice affrontare le conseguenze.

Il resto lo viveva immersa in una sorta di costante scoperta. Era come se all'improvviso avesse iniziato a vivere per davvero. Prendere decisioni in autonomia, anche le più semplici, la stava rendendo più forte.

Le piaceva Nonantola, le piaceva la considerazione che avevano di lei i suoi piccoli alunni, gli adulti e persino i vecchi un po' stupiti e perplessi che, veramente, quella ragazzina dai capelli rossi fosse la nuova insegnante inviata dal convento.

Eh... il mondo stava davvero cambiando, avevano commentato.

«L'alternativa, come vi ho spiegato quando siete arrivata», continuò Giustino, «era stare dalle suore.»

Piuttosto che rinchiudersi in un altro convento, Letizia si sarebbe buttata dalla finestra. «Ma no, davvero. L'alloggio è bello, comodo.»

«Questo è vero, così non dovrete fare troppa strada per organizzare le lezioni. Quanto al fatto che sia bello... non dovreste dire le bugie», la ammonì lui con un sorriso.

«Quelle a fin di bene non contano, sapete? E comunque per la prima volta nella mia vita ho qualcosa di solo mio. Vi assicuro che è più di quanto desiderassi.»

L'uomo, soddisfatto, si colpì la gamba con il berretto. «Se posso fare qualcos'altro non esitate a chiedere, mi raccomando.»

«Contateci, signor Giustino.»

Letizia proseguì la sua passeggiata verso il bosco. Ci andava ogni giorno e, sotto quegli alberi, leggeva, inspirava il profumo della campagna e pensava ai piccoli esuli, che sarebbero giunti di lì a poco.

C'erano volute settimane per concretizzare il piano di suor Fiammetta. L'anno scolastico era finito da un pezzo quando era arrivata, ma vista la situazione sociale ed economica del periodo e la guerra in corso, nessuno si era stupito.

Per lei invece quel tempo aveva significato consapevolezza di sé e di ciò che avrebbe dovuto fare. Aveva avuto modo di riflettere sull'importanza di prendere decisioni e di agire per il bene comune, anche se questo significava mettere a repentaglio la propria sicurezza. Come facevano Berenike, la zia Fiammetta e l'altra donna, quella che organizzava la fuga degli esuli ebrei.

Il castello era ormai un ricordo lontano e qualche volta

anche il suo compito sembrava molto distante. Ma il pensiero dei piccoli era sempre presente.

I bambini e i loro accompagnatori giunsero a Nonantola a metà luglio. Emozionata, Letizia si tenne distante, al riparo di un gruppo di alte siepi. Il cuore che le batteva forte.

Scesero prima gli adulti, poi i ragazzi, infine i bambini. Una volta a terra, i più grandi presero per mano i più piccoli. Spesso Letizia si era chiesta il vero significato di famiglia, lei che l'aveva persa da piccola.

Quel giorno comprese.

Era in quelle mani che si tenevano insieme. In quella preoccupazione stampata nell'espressione degli accompagnatori.

Cosa avevano passato? si chiese.

Quali prove avevano superato?

Era così ingiusto, così terribilmente crudele. Seguì da lontano la piccola processione che lasciava la stazione trascinandosi dietro pochi averi. Le piccole valigie le misero addosso una grande tristezza. Tutto quello che rimaneva delle loro esistenze stava in quel minuscolo bagaglio, ormai. Com'era accaduto a lei molti anni prima, quando aveva varcato le mura della scuola.

Li guardò fermarsi davanti a una enorme dimora di campagna. Immaginò la loro speranza, il disagio dovuto all'incertezza, il timore.

Per un istante le sembrò di essere accanto a loro. Ma gli ordini di Fiammetta erano stati chiari, lei era solo un'osservatrice.

Tornò alla villa altre volte, sempre tenendosi ai confini della proprietà. I più grandi le sembravano smarriti, mentre quelli più piccoli, meno consapevoli, correvano e giocavano. Si era commossa: erano solo dei bambini. Come qualcuno si fosse potuto accanire contro di loro, era qualcosa che andava oltre la sua comprensione.

Oltre il perdono.

Quella parte di lei così nascosta, che teneva a bada, le ribolliva dentro. La tentazione di avvicinarli, fare qualsiasi cosa potesse aiutarli, consolarli e proteggerli era fortissima. Ma non poteva presentarsi alla villa così.

Berenike le aveva spiegato che le spie erano ovunque. L'ultima cosa che voleva era mettere in pericolo i bambini, farli scoprire o attirare su di loro attenzioni indesiderate.

Così nei mesi seguenti fu sempre molto prudente.

Calarsi nel ruolo di maestra non era stato difficile: fin dalle prime settimane passate nella scuola elementare di Nonantola aveva scoperto che insegnare non solo le piaceva, ma era anche qualcosa che le veniva naturale. Sapeva cosa fare, come comportarsi. Conosceva le parole giuste da dire, quando consolare, sorridere e anche, se necessario, mostrare fermezza. Ma in effetti aveva davvero tanti ricordi di sua madre a cui attingere. Anna era un costante esempio. Come lei, anche Letizia aveva iniziato a instaurare un legame con i suoi alunni che andava ben oltre le lezioni.

Nei giorni più tiepidi i bambini del villaggio si radunavano in piazza per giocare. Alcuni frequentavano la sua classe, così aveva iniziato a raggiungerli e a leggere loro dei libri. Alternava fiabe e favole della tradizione con i miti greci, che secondo lei fornivano un punto di vista diverso, soprattutto in tempi così bui come quelli che stavano vivendo.

Il loro era diventato un appuntamento al quale partecipavano in tanti e che la riempiva di soddisfazione.

Mentre attraversava la strada per raggiungere i suoi alunni, Letizia ammirò l'alta torre che sormontava il villaggio. L'abbazia era una costruzione massiccia, grandiosa. Ogni volta che le passava vicino pensava al tempo in cui quelle stesse strade erano percorse da cavalieri e guerrieri.

L'imponente struttura medievale di pietra racchiudeva orti e giardini coltivati con cura e perizia da diverse persone, e i frutti venivano distribuiti.

Letizia salutò due signore che si erano fermate a chiacchierare e si sedette su una panchina di pietra. Il tempo era stato clemente, il sole aveva mantenuto le sue promesse, la gente iniziava a preparare la terra ammorbidita dalle piogge nei terreni collettivi della partecipanza, i bambini correvano dietro a un pallone.

Sembrava tutto così tranquillo, pensò.

«Maestra, maestra.»
«Ciao.»
Appena il primo bambino si fermò davanti a lei, arrivarono di corsa anche gli altri.
«Pronti per una nuova storia?»
«Ci leggi quella del gigante con un occhio solo?»
«Certo! Ma voi vi ricordate il suo nome?»
Vanna, una delle bambine più sveglie, annuì. «Ciclope!»
«Bravissima.» Letizia si accorse che teneva per mano una bambina più grande, con lo sguardo smarrito e l'espressione tesa. «Come ti chiami?» le chiese.
Vanna si intromise subito, quasi volesse farle scudo con il suo corpo. Si avvicinò a Letizia in modo da sussurrarle qualcosa all'orecchio. «Non le piace parlare.»
«Come mai?»
«Non capisce. È di un altro paese. Non ha più la mamma e il papà. Sono morti, ma lei non glielo dica o ricomincerà a piangere.»
«Te lo ha detto lei?» chiese stupita.
«Sì, non proprio con tutte le parole, ma io la capisco lo stesso.»
Un lampo di tenerezza la scaldò. I bambini riuscivano a comprendersi con il cuore.
Il dubbio che Letizia aveva avuto fin da subito divenne certezza. Il cuore prese a batterle forte. Era una bambina della villa, non poteva essere altrimenti. «Ciao, come ti chiami? Io sono Letizia.» La piccola spalancò gli occhi, e indietreggiò intimidita. «Non temere, qui siamo tutti amici, vero bambini?»
«Sì, maestra.»
«Vieni, avvicinati cara.»
La bambina però non accennava a muoversi. Indossava un maglione di qualche taglia più grande, portava i capelli biondi divisi in due trecce strette, era pallida da far paura. «Sai da dove viene?» chiese cauta a Vanna.
La ragazzina si strinse nelle spalle. «No.»
«In effetti non è importante. Allora bambini, iniziamo. C'era una volta un monte altissimo nel cuore della Grecia.

Era meraviglioso, così bello che ci vivevano gli dei. Il suo nome era Olimpo.»

Improvvisamente interessata, la bambina straniera sollevò la testa.

Letizia raccontò la storia di Zeus, Poseidone e Ade, osservando nel contempo le espressioni dei suoi alunni.

Continuò a parlare, imitando le voci tonanti delle divinità e i loro battibecchi. I bambini ridevano delle sue facce buffe, spronandola a continuare.

«E poi cosa è accaduto?»

«Ve lo racconterò la prossima volta.» Accarezzò le pagine e chiuse il libro. I bambini erano ancora tutti seduti davanti a lei, nei loro sguardi c'era tutta la magia del mito.

Trattenne un sorriso. «Domani vi racconterò il resto, promesso. Adesso dovete tornare a casa, la cena ormai sarà pronta.»

Era il crepuscolo e la sera incombeva. Qualche nome iniziò a risuonare tra le strade intorno alla piazza. Lesti i bambini si alzarono e, dopo averla salutata, corsero via.

Letizia si spazzolò la gonna, aprì la borsa e ripose il libro. Quando sollevò lo sguardo la bambina triste era davanti a lei. Gli altri erano andati via, lasciandola sola.

«Non torni a casa?»

La piccola scosse la testa. La chinò un istante e poi riportò l'attenzione su di lei.

«*Vielen Dank.* Molte grazie», disse sottovoce.

Letizia si irrigidì.

«*Bitte schön, mein Kind.* Non c'è di che, piccola mia.»

La bambina spalancò gli occhi e, in quelle iridi azzurre, Letizia vide tormento e dolore. Istintivamente spalancò le braccia. Un singhiozzo, poi un altro, infine la piccola si gettò tra le sue braccia.

Mentre piangeva squassata dai singhiozzi, Letizia le sussurrava frasi dolci, le stesse che Berenike aveva rivolto a lei quando era solo una bambina disperata per la morte dei propri genitori.

Lentamente, il pianto si quietò, allora Letizia asciugò il viso della piccola con uno dei suoi fazzolettini ricamati. Ne aveva un'infinità. Li aveva cuciti per tutti quegli anni insieme alle sue compagne. Aveva sempre creduto che fosse una pratica del tutto inutile e tediosa quella di ricamare, ma da come Sara – così le disse di chiamarsi la bambina – lo accarezzò meravigliata, si disse che forse un po' di senso lo aveva avuto. Era grazioso, e la bellezza donava sempre un senso a tutte le cose. Glielo infilò in una tasca. «Una signorina può sempre avere bisogno di un buon fazzolettino», le disse in tedesco strizzandole un occhio. «Bisogna andare, a quest'ora saranno tutti preoccupati.»

Con il piccolo lembo di stoffa stretto nella mano, Sara ascoltava Letizia raccontare di come da ragazzina si era annoiata a morte durante le lezioni di ricamo. «Non facevo altro che fare e disfare il lavoro.»

Sara ridacchiò. «Come Penelope?»

«Peggio, almeno lei aveva un motivo per disfare la sua tela, io ero solo tremenda. Suor Emilia aveva perduto le speranze, sai. Poi a furia di provarci ho imparato.»

Si lasciarono il villaggio alle spalle e costeggiarono un bosco di pioppi, sbucando in una radura. Al centro la villa torreggiava maestosa.

«Non è la nostra casa, ci viviamo però. Il maestro dice che dobbiamo adattarci, che è solo una tappa del nostro viaggio. Andiamo in un posto lontano, sai? Un posto dove c'è sempre il sole.»

«Mi sembra una cosa bellissima, cara.»

«Non lo so, forse.» Fece una pausa. «Perché non potevo restare a casa mia? Lì ero felice.»

Letizia percepì lo sgomento e il dolore. «Non sempre possiamo fare ciò che desideriamo.»

«Mia madre non è potuta venire con noi. È rimasta con il mio fratellino più piccolo. Pensi che si sia dimenticata di me?»

«Mai, ne sono sicura.»

Sara sembrò rifletterci. «Tu hai bambini?»

Scosse la testa. «No, ma sono sicura che tua madre ti pensa ogni giorno.»

Lei annuì, ancora dubbiosa.

Cosa poteva fare per convincerla? Erano giunte a un alto

cancello di ferro. Si fermò incerta sul da farsi. «È meglio che tu vada, si è fatto davvero tardi, sai?»

«Posso tornare domani?»

Letizia accarezzò i capelli della bambina. «Certo, tesoro, sempre.» Si chinò per sistemarle l'abitino, e le sorrise. La bambina indicò un punto alle sue spalle. «C'è il maestro.»

«Sara, benedetta ragazza, dove sei stata? Ci hai fatto preoccupare!»

Letizia si voltò. Un uomo procedeva nella loro direzione a grandi passi. Poteva avere più o meno la sua età, pensò. Sollevò la mano in segno di saluto e sorrise.

«Buongiorno, è colpa mia. Sono rimasta a chiacchierare con la bambina e non mi sono accorta del tempo che passava, le mie scuse.»

«Voi siete la nuova maestra, vero? Vi ho vista in paese.»

Era un giovane di bell'aspetto, con abiti un tempo eleganti. Letizia si chiese cosa si fosse lasciato alle spalle. Le tornarono in mente i racconti di Berenike e rabbrividì. «Sì, esatto. La sera ci troviamo tutti in piazza e leggo le favole ai bambini.»

«Favole?»

Letizia sorrise. «Miti, leggende, qualsiasi cosa faccia volare la fantasia. L'immaginazione è importante, soprattutto in tempi come questi. Sara ha fatto amicizia con alcuni di loro.»

L'uomo si passò una mano sul viso. «Concordo, la fantasia infonde forza. Per fortuna quella non ce la possono togliere.» Scosse la testa. «Perdonatemi, non volevo tediarvi con i nostri problemi.»

«Non sono i *vostri* problemi, sapete? Presto o tardi diverranno di tutti. È solo questione di tempo, purtroppo.» Letizia tacque. Forse aveva detto troppo, ma era stanca di camminare sugli specchi. Era giunta a Nonantola convinta che la questione dei bambini fosse segreta; con suo grande disappunto, invece, aveva iniziato a pensare che in molti sapessero della condizione di esuli dei piccoli orfani, e che erano fuggiaschi. Proprio il fatto che fossero esuli e molti di loro orfani, aveva suscitato negli abitanti un senso di istintiva protezione. E che fossero ebrei non aveva cambiato di una virgola i loro sentimenti. Li avevano accolti, si preoccupavano di loro, li andavano a trovare. In pochissimo tempo i bambini della villa e i loro accompagnatori erano diventati parte integrante della comunità.

Il giovane sembrò colpito da quell'affermazione così schietta. «La gente preferisce ignorare. Mi stupisce che una ragazza giovane come voi abbia le idee così chiare. Mi ricordate qualcuno...» sussurrò tristemente. Prima che Letizia potesse replicare il maestro riportò l'attenzione su Sara. La ragazzina salutò Letizia e, richiamata dalle amiche, corse verso di loro. Il fazzolettino stretto in mano.

«Vorrei che restassero alla villa. Loro non capiscono, hanno nostalgia delle famiglie. Hanno paura, ovvio, ma hanno anche bisogno di trovare una sorta di normalità.»

Letizia si sentiva solidale con lui, quell'uomo così giovane a cui era stata affidata una grande responsabilità.

«Sono orfani, mi hanno detto.»

«Quasi tutti... e gli altri presto lo diventeranno.»

Si guardarono, la gravità di quell'affermazione permeava lo sguardo tormentato dell'uomo; quello pieno d'orrore di Letizia. «Vorrei che finisse tutto, vorrei che la smettessero...» sussurrò.

Per la prima volta il maestro le sorrise. «Finirà, dobbiamo solo avere fede.»

L'inverno fu molto duro per gli abitanti di Nonantola. Letizia era conquistata dal profondo senso di comunità che pervadeva il paese. La scuola era il cuore di numerose iniziative. I bambini la frequentavano al mattino, gli adulti la sera. I bracieri, alimentati con scarti di segheria, scaldavano l'atmosfera. Le donne rammendavano, cucivano, raccontavano. Lei insegnava, e sempre più spesso si univa a loro nelle considerazioni, nei discorsi.

«Il maestro è venuto in cerca di coperte.»

Letizia sollevò lo sguardo dal lavoro. «Ti riferisci a Jakub?»

La donna annuì. «Sì, certo. Per i suoi ragazzi. La settimana scorsa ne sono arrivati altri. Mi chiedo che cosa stiano combinando.»

«In che senso?»

«Non ti pare che siano troppi? E poi stranieri.» La donna

si sporse verso Letizia e dopo essersi guardata intorno abbassò la voce. «Sono ebrei, sai?»

Sussultò come se l'avessero colpita. La parte di lei che di solito riusciva a tenere a bada le sfuggì, riempiendola di indignazione.

«Cosa importa dove sono nati, o quale sia il Dio che pregano? Sono comunque dei bambini, e noi li aiuteremo!»

«Io... cosa ho detto di male?» balbettò con gli occhi lucidi.

Letizia si rese conto solo allora della veemenza della sua voce. Conosceva Dolores. La ragazza aveva perso il fidanzato in guerra. I fratelli erano dispersi e lei cercava di tirare avanti da sola. Una volta alla settimana, insieme alle altre donne, Letizia andava nella sua fattoria ad aiutarla. Non era una persona cattiva, solo ferita e dunque diffidente.

Le posò una mano sul braccio. «Se si trattasse di Mirko o di Antonio? Immagina se uno dei tuoi familiari avesse bisogno di aiuto, se avesse freddo, o fame...» Lasciò volutamente la frase incompiuta. Attese che la donna la colmasse con le proprie speranze. Quando Dolores sollevò lo sguardo aveva gli occhi gonfi di lacrime. «Potremmo cucire dei vestiti che li tengano al caldo», propose. «Ho sentito che in quella casa si muore di freddo.»

Si scambiarono un sorriso. «Ottima idea!»

Da quel momento i bambini della villa divennero i bambini del paese. Forti di una lunga tradizione di profonda comunità, radicatasi nei secoli quando avevano iniziato a gestire i terreni della partecipanza agraria, gli abitanti di Nonantola avevano sin da subito accolto i piccoli esuli con un misto di curiosità e trepidazione. Ma adesso che le donne si erano messe in moto, tutto aveva preso un'altra piega.

Quell'empito di accoglienza nato spontaneamente si era come organizzato. La villa e i suoi abitanti erano diventati, di fatto, parte della comunità.

Dal castello, che Letizia teneva costantemente al corrente, giungevano beni di prima necessità, cibo, vestiario, persino scarpe. Letizia consegnava tutto al parroco che si occupava della distribuzione ai bisognosi e ne conservava una parte per i bambini della villa. Così, quando le fu consegnata una grossa scatola, non ci fece caso più di tanto.

«Per la scuola, maestra. Dove la metto?»

«Grazie. Qui, portala dentro.» Spalancò il portone al giovane seminarista. I bambini incuriositi sollevarono la testa dai quaderni. Letizia picchiettò il dito sul pacco. «Chissà cosa ci sarà dentro? Chi mi aiuta a scoprirlo?»

«Io, io.»

«Anch'io.»

Letizia sorrise. «Allora è deciso, lo apriamo subito.» Tagliò lo spago e sollevò il coperchio. Sul viso le si disegnò un largo sorriso. Una pila di album da disegno, fogli, matite e colori. «Vi piace disegnare, bambini?»

«Sì, sì.»

«Allora tornate al vostro posto e terminate il compito. C'è una bella sorpresa per ognuno di voi.»

Incoraggiata dall'entusiasmo generale, Letizia dispose il materiale sulla cattedra. Lo avrebbe smistato alla fine della lezione. Era molto soddisfatta. Aveva chiesto l'attrezzatura da disegno appena arrivata. Aveva persino perso le speranze di riceverla. Invece adesso era lì. Fogli bianchi, di una carta spessa e brillante. Preziosi tubetti di colore. Matite, penne. Tutto quello che occorreva per dipingere. L'emozione le scorreva dentro. Ora aveva quello che le serviva per continuare il lavoro iniziato con le favole. Come promesso distribuì i fogli e la cancelleria, mentre il resto lo dispose sul tavolo. Non vedeva l'ora di raggiungere la villa.

«Puoi trattenerti dopo la scuola?» Letizia aveva appena assegnato un nuovo compito a Mimma, la sua alunna più dotata. Vedova, era una delle donne più attive della partecipanza agraria, la terra che l'abbazia aveva messo a disposizione dei contadini. Era anche quella che più di tutte criticava il suo operato. In lei vi era come una sorta di conflitto, come se non sopportasse il fatto che Letizia svolgesse una professione e percepisse uno stipendio invece di sposarsi e mettere su famiglia come le altre. Allo stesso tempo, Mimma, in un modo tutto suo, si prendeva cura di lei.

«Adesso cosa ti è saltato in mente? Un'altra delle tue trovate?»

Santa pazienza, pensò Letizia. Quel giorno la donna era proprio di cattivo umore. «Devo andare alla villa», le spiegò.

«Ancora? Perché non ti ci trasferisci? Tanto sei sempre lì.»

Stava per replicare che andava a fare visita ai bambini come d'altronde facevano quasi tutti nel villaggio, quando le venne un sospetto. «E tu come lo sai?»

Mimma si strinse nelle spalle e distolse lo sguardo. Letizia trattenne un sorriso. «A proposito, mi sembra di averti vista, ieri.»

«Ho solo riaccompagnato a casa uno dei ragazzini. Lo sai che non possono uscire da soli.»

«Andiamo, Mimma, nessuno bada a quelle stupide regole. Soprattutto adesso.»

«Il fatto che la gente si sia abituata ai ragazzi non significa che possano scorrazzare in giro, ci sono posti pericolosi. Qualcuno dovrà pure tenerli d'occhio.»

Letizia sospirò. «Va bene, chiederò a Dolores.»

Mimma la fulminò con lo sguardo. «Ma fammi il piacere, quella si lagnerebbe tutto il tempo! E comunque perché non la smetti di girarci intorno una buona volta, e mi dici cosa hai in mente?»

Letizia, che si era così abituata alle sue pessime maniere da non badarci nemmeno più, le mostrò la pila di album che aveva disposto sulla cattedra.

«Disegni.»

Mimma sgranò gli occhi. «Che ti è saltato in mente di sprecare del denaro con quella roba? Sei impazzita?»

Qualche volta Letizia faceva davvero fatica a comprendere Mimma, anche se le dava una grande soddisfazione e aveva convinto le altre donne a frequentare il doposcuola. Come diceva, era troppo importante per tutti imparare a scrivere e a far di conto, a maggior ragione per una donna che già nasceva svantaggiata.

«Pensa a come sarà», le disse.

«Cosa?» replicò Mimma sospettosa.

«Fare qualcosa di non necessario, utilizzare il tempo per

cercare qualcosa di così bello da mettere sul foglio. Ricoprirlo di colori, quelli che ti piacciono di più.»

In realtà c'era di più nell'idea di Letizia. E aveva a che fare con il potere dell'arte. Quei bambini ne avevano un disperato bisogno.

Nelle settimane precedenti, durante una delle sue visite «casuali» alla villa, aveva portato con sé la sua cartella. Dentro c'erano il libro dei miti greci, un blocco da disegno e qualche colore. Come sempre si era seduta all'esterno, accanto al lungo tavolo intorno al quale i bambini si riunivano. Mentre leggeva per loro, alcuni avevano chiesto un foglio. Letizia li aveva guardati seguire con lo sguardo una farfalla, o un passero, e poi tentare di riprodurli. Ma c'erano stati coloro che il soggetto da ritrarre lo avevano dentro, come un volto tanto amato. Le linee colorate erano diventate cieli azzurri, persone, prati e montagne.

«Tu non vuoi disegnare?» aveva chiesto a Elijah, uno dei bambini più piccoli, al quale si era molto affezionata.

Lui aveva scosso la testa. «Mi sono dimenticato.» Letizia aveva capito subito a cosa alludesse. Anche lei aveva visto sbiadire e poi scomparire dalla memoria i volti amati dei familiari, quelli degli oggetti e dei luoghi. Il dolore si era trasformato in assenza. Come quella che sentiva Elijah. La sua risposta le aveva spezzato il cuore. Così era rimasta con lui e gli aveva raccontato la sua infanzia: i leprotti che scendevano fino ai margini del prato e le margherite che la madre le aveva insegnato a intrecciare. Quando alla fine si era chinato sul foglio per disegnare, si era sentita un po' meno triste.

Sapeva che disegnare, soprattutto per un bambino, equivaleva ad aprirsi. Immortalare le proprie emozioni, i timori, i bisogni, i sogni, era un modo semplice ed efficace per dargli un ruolo. Le emozioni affluivano al foglio, così potevano essere affrontate.

Per un istante Mimma restò in silenzio. «Passo più tardi. Fatti trovare pronta.»

L'idea di Letizia ebbe un grande successo. Da quando aveva consegnato il materiale ai bambini, tutti erano riusciti a trovare un soggetto. Mentre osservava i disegni che si accumulavano sul suo tavolo, le sembrò di vivere il viaggio che avevano fatto quando erano fuggiti dalla Germania e da Spalato: la locomotiva che li aveva trasportati, il faticoso percorso a piedi lungo sentieri di montagna, il soggiorno al casino di caccia, la guerra che li aveva raggiunti anche lì e costretti a una nuova fuga. Nei ritratti c'erano le loro famiglie: genitori, fratelli e sorelle che si erano lasciati alle spalle e che non avrebbero mai più rivisto. C'erano le case, gli oggetti quotidiani. Qualcuno aveva ritratto il proprio cane, un gatto e persino un pappagallo. Erano le storie delle loro vite passate. Ma c'era anche la villa, il loro rifugio anche se temporaneo. C'era una città in riva al mare, il loro sogno. La loro tappa finale.

Letizia era consapevole che, nonostante in paese si vivesse in armonia, intorno a loro la situazione diveniva ogni giorno più difficile. Era come se si trovassero in una bolla di sapone che sarebbe potuta esplodere da un istante all'altro. Tutti, in un modo o nell'altro, sottostavano alle leggi razziali. Eppure, a Nonantola come in molti altri borghi, vi era una sorta di indulgenza alla quale la gente si era abituata e che, in molti casi, era diventata un codice d'onore. Nessuno dei militanti si era mai dato pensiero dei bambini della villa.

Quella condizione poteva cambiare da un momento all'altro: bastava un avvicendamento ai vertici, che qualche sconosciuto facesse il suo ingresso nei ranghi. Letizia era consapevole che sarebbe bastato anche solo un facinoroso per mettere in pericolo tutti.

Non voleva nemmeno pensare a quali avrebbero potuto essere le conseguenze.

13.

Marrone. Colore ottenuto dalla miscelazione di rosso, giallo e blu in quantità variabili. È il colore della forza e della ricerca. Evoca la concretezza.

Era trascorsa qualche settimana da quando Stella aveva rivisto Alexander. Giornate brevi, intense, irrazionali.

Mentre esploravano i dintorni in fuoristrada o solcavano il lago in barca, Stella affrontava ogni istante senza farsi domande. Non sapeva se quell'approccio fosse giusto o meno, semplicemente non voleva pensarci.

Qualche volta, soprattutto quando lui era lontano per lavoro, i dubbi affioravano. Allora li respingeva dedicandosi al disegno. Non aveva ancora ceduto alla pittura. I colori, un altro dei regali di Orlando, erano intonsi nella loro bella confezione. C'era ancora persino il nastro.

Ma poteva disegnare.

Cerchi, petali, fiori. Cose semplici all'inizio. Il ritratto di Alexander era stato l'unica eccezione. Ci lavorava nel tempo libero, tratteggiandone i lineamenti, smussando le asperità, intensificando lo sguardo.

Eppure, le sfuggiva qualcosa.

Ma non aveva fretta. Era certa che presto lui si sarebbe rivelato completamente.

Quel pensiero la divertì.

Non era mai stata così sicura, prima.

Ne aveva parlato persino a sua madre. Roberta sembrava felice, ma Stella pensava che la sua fosse semplicemente la disposizione d'animo che dona l'innamoramento, quando tutto sembra bello nonostante tutto.

La divertiva che sua madre, la quale aveva giurato che piuttosto che mettersi con qualcuno avrebbe preferito andare a vivere su un'isola deserta, fosse caduta nuovamente in quella sorta di incanto. Non riusciva quasi a crederci. Ma di qualsiasi cosa si trattasse, era felice per lei. Era felice per sé stessa.

Stare in compagnia di Alexander era esaltante.

Era come se all'improvviso una parte di sé che aveva sempre rifiutato – quella che desiderava, che pretendeva, che voleva sempre di più, quella che aveva ignorato per anni – si fosse risvegliata. Stella si guardava intorno e tutto era come sempre, eppure diverso.

Il tempo che trascorrevano insieme la riempiva di entusiasmo.

Se all'inizio era stata la profonda attrazione a spingerla verso di lui, presto il loro rapporto si era come trasformato.

Stella si sentiva viva come non le era mai capitato prima. Immaginava, progettava. Niente era impossibile, adesso. Doveva solo trovare il modo di realizzarlo.

La fiducia nel futuro aveva acutizzato i suoi sensi. L'aveva resa consapevole di sé come donna. Le piaceva toccarlo, sentirne la pelle sotto le dita. Le piacevano i suoi baci: umidi, caldi, travolgenti.

Persino i colori, adesso, erano differenti. Quando lo guardava, Alexander le appariva come il blu più puro, ammaliante e forte.

Seduta al tavolo della camera, Stella osservava il lavoro appena realizzato. Ci si era dedicata nelle ultime ore approfittando del silenzio, accettando di buon grado l'ansia febbrile che la coglieva quando prendeva in mano una matita, con giusto un lieve senso di allarme, ma niente di più. Sollevò il foglio in modo che la luce naturale lo colpisse. Sorrise. Era abbastanza soddisfatta. Non mancava molto a terminare il ritratto di Alexander.

Chiuse gli occhi un istante assaporando il silenzio.

Letizia era fuori insieme a Luciana. Era riuscita con grande fatica a convincere sua zia a fare una passeggiata. Ormai la sua occupazione principale era stare seduta in poltrona. Da quando avevano ritrovato i disegni, era sempre più assente, chiusa nel suo mondo. La presenza di Flaminia l'aveva costretta a fare gli onori di casa, certo. Ma a parte qualche sprazzo dell'antica vitalità, era evidente che Letizia stava inesorabilmente scivolando via.

E quello la terrorizzava.

Avrebbe dovuto inventarsi qualcosa di nuovo, pensò. Qualcosa che potesse strapparla a quella sorta di apatia che la affliggeva. Ripose l'album.

Era il momento adatto per fare una cosa che aveva in mente già da un po' e che aveva rimandato fin troppo. Quegli ultimi giorni erano stati così felici da assorbirla completamente. Non aveva ancora parlato con nessuno della sua scoperta... o meglio, dei suoi sospetti. Non aveva nemmeno avuto il coraggio di chiedere a Letizia se fosse coinvolta con il campo di sterminio di Terezín. Ma era una cosa su cui voleva far luce al più presto.

Radunò i doni dello zio e, dopo averli impilati, li portò al piano inferiore, disponendoli con cura sul tavolo della cucina.

«Vediamo di dare un senso a questa storia.»

Ci aveva pensato a lungo, in quei giorni.

Non era la prima volta che Orlando preparava per lei una caccia al tesoro. Anche da bambina le aveva organizzato giochi di quel genere. Era estremamente appassionato di schemi e tattica, abile giocatore di scacchi e di giochi logici.

«Cosa volevi dirmi?» chiese a voce alta.

«Dici a me cara?» Flaminia si affacciò nella sala, era ancora in camicia da notte e vestaglia. Stella le sorrise. Era contenta che la donna avesse accettato l'invito della zia. Avrebbe trascorso a Bardolino ancora qualche settimana prima di rientrare a Genova, dove l'attendevano i nipoti. Era ancora ai ferri corti con loro, ma Stella era fiduciosa che li avrebbe perdonati.

«Nottataccia?» le chiese scrutandola con attenzione. Non aveva una bella cera, pensò preoccupata.

Flaminia si strinse nelle spalle. «Non più delle altre.»

«Perché non fa colazione? È già pronta.»

Lei entrò, la raggiunse sbadigliando e le si sedette accanto. «Mi fai compagnia?»

«Sì, spostiamoci di qui.»

Stella aveva apparecchiato il tavolino, un piccolo gesto di

cortesia che sapeva lei avrebbe apprezzato. Ma quando si voltò si accorse che si era fermata a osservare i suoi disegni, quelli che stava esaminando fino a un momento prima.

«Sono belli, vero?»

«Direi che sono strepitosi! Espressivi soprattutto.»

Stella si avvicinò compiaciuta dell'interesse della donna.

«Di chi sono?»

«Miei. Ci crederebbe? Me li ha donati mio zio Orlando.»

«Davvero?»

Visto che c'era le indicò anche il resto. «È una storia un po' curiosa, in effetti. Prima lo zio mi ha mandato l'album e le matite insieme all'abbonamento del treno. Mi sono arrivati dopo la sua morte, un regalo prezioso, mi ha commossa.»

«Sei venuta a Bardolino utilizzando il biglietto che lui ti ha inviato?»

Stella batté le palpebre. «Sì, esatto. Ho sempre preferito arrivarci con la macchina, ma l'avevo appena venduta.»

Flaminia continuò a sfogliare i dipinti. «Hai detto che ti ha fatto altri regali... racconta, mi piace moltissimo questa storia.»

«In camera della zia c'era un vecchio specchio d'argento, l'ho sempre adorato. Lo zio lo ha avvolto nella solita carta per dolci e me lo ha fatto trovare con un biglietto.»

«Questo potrebbe essere spiegato con il fatto che lui sapeva quanto tu ci tenessi.»

Le sorrise. «Oh, sì che lo sapeva. Abbiamo giocato insieme molte volte. Lui mi diceva che le risposte alle domande che mi ponevo erano dentro di me e che lì le avrei trovate.» In quel momento, come se qualcosa si fosse smosso nella sua memoria, Stella ricordò anche un'altra cosa. «Diceva anche che all'interno dello specchio c'erano le storie di molte persone, e che io dovevo solo trovarle.»

«Che affermazione singolare.»

Stella ci pensò su. «Ero una bambina molto sola, immagino che volesse spingermi a usare la fantasia.»

«È possibile. E poi?»

Le indicò i disegni. «Questi li ho trovati dentro una valigia mentre sgombravo la camera delle meraviglie, che poi sarebbe il vecchio studio dello zio.»

Flaminia sollevò lo sguardo, sorrideva. «Che tipo!»
«Mi ha lasciato anche un disco, la *Csárdás* di Monti, la ballava sempre con la zia. Infine, gli scacchi. Ah, c'è anche una scatola di colori a tempera. Gli piaceva fare questo genere di cose.»
Flaminia la guardò meravigliata. «Deve essere stato un uomo insolito.»
«Meraviglioso. Gli volevamo tutti molto bene.»
L'anziana signora tuttavia sembrava non ascoltarla, completamente rapita dai dipinti. Li sfogliava lentamente, dividendoli in gruppi.
«Cosa sta facendo?» le chiese Stella incuriosita.
«Li leggo. L'arte è un messaggio, se sai dove cercare avrai le tue risposte. Ma questo dovresti saperlo, è una delle prime cose che ti ho insegnato.»
Sì, lo sapeva. Ma c'era qualcosa in quei disegni che coinvolgeva la zia. Qualcosa che, si rese conto in quel momento, temeva. Continuava a chiedersi se quello che aveva scoperto sul campo di Terezín e il ritrovamento dei disegni di quei bambini mandati a morire nei lager fosse in qualche modo collegato a quelli che le aveva lasciato Orlando. Non sapeva dove l'avrebbero condotta le sue ricerche. Letizia, che era l'unica a poterle rispondere, non voleva parlarne. Si chiese se non fosse meglio lasciare sepolto il passato. Eppure, era abbastanza sicura che ciò che qualcuno aveva spinto sotto il tappeto sarebbe sparito solo quando qualcun altro lo avrebbe tirato fuori. Non un istante prima.
«Cosa leggi qui?» Con la punta del dito Flaminia le stava indicando un foglio interamente coperto da diverse sfumature di rosso. Nel mezzo, vi erano degli spazi vuoti. Anfratti, pause, istanti. Erano colorati di nero, viola scuro, e c'era del rosso. La sensazione era inquietante. Immersa nella contemplazione, Stella rabbrividì. «Paura», sussurrò.
«Esatto. E qui?» Le mostrò un altro disegno che rappresentava un bambino e quelli che, probabilmente, erano i suoi genitori. Un palazzo. La linea dell'orizzonte era inclinata e la casa stava scivolando in un baratro che minacciava di risucchiare tutto e tutti.

«Ha perso ogni cosa. La sua casa, i suoi genitori. È disperato.»

Flaminia posò l'indice su un dettaglio. «Sì, ma c'è dell'altro.»

In un mondo ideale sarebbero state farfalle. Piccole macchie svolazzanti rosa e gialle. Stella toccò il foglio e allora comprese. Era speranza.

«È un ricordo», sussurrò.

«Sì, nonostante il tema, i colori sono luminosi: arancio, giallo limone... Guarda qui.»

Mentre sfogliava i dipinti, all'improvviso Flaminia si fermò, ne scelse uno e continuò fino a quando non ne ebbe individuati cinque.

«Questi ritraggono un'abitazione. Sono stati realizzati da mani differenti.»

Stella aveva avuto la medesima sensazione.

Una villa, una dimora, la stessa che avevano ritratto in molti. Era il luogo che aveva ospitato i misteriosi artisti? «Potrebbe non voler dire nulla.»

Flaminia, pensierosa, li aveva sistemati uno accanto all'altro, esaminandoli attentamente. «Sì, hai ragione. Oppure, sono il luogo in cui tutte queste persone sono state per un periodo; o forse un posto che, per loro, ha significato molto.»

Stella decise di parlarle delle sue ricerche; in realtà avrebbe dovuto farlo solo dopo aver chiesto delle spiegazioni alla zia, ma prima di affrontare Letizia aveva bisogno di confrontarsi con un'altra persona. Flaminia le sembrava quella più adatta.

«C'è anche un'altra cosa...»

«Dimmi tutto.»

«Ho fatto delle indagini in rete e ho trovato una notizia sconvolgente.» Inspirò profondamente. «C'era un campo di concentramento in Repubblica Ceca, Terezín.»

«Conosco quella storia. Un abominio che Hitler inventò per ingannare l'opinione pubblica di quel tempo», le rispose.

Stella si accorse subito del cambiamento d'umore della donna. Tacque, lasciando che fosse lei a decidere se continuare o cambiare argomento.

«Rinchiuse là dentro scienziati, musicisti, intellettuali, medici... artisti. E bambini, una quantità infinita di bambini. Un genocidio di dimensioni epocali.»

Un silenzio pieno di pena scese su di loro.

«Hanno trovato più di cinquemila disegni chiusi in alcune valigie. Erano stati dipinti dai bambini del campo.» Stella sfiorò la superficie del foglio che aveva davanti. «Ho l'impressione che ci siano delle similitudini con questi.»

Accigliata, Flaminia la studiò con attenzione. Poi prese ancora i dipinti e inclinò la testa, pensierosa. «Non ricordo dove, ma ho letto da qualche parte che un gruppo di bambini ebrei ha trovato rifugio in Italia. "Ebrei in fuga" li chiamavano. Era una villa di campagna, se non sbaglio.» Prese alcuni dei disegni che ritraevano una casa e glieli mostrò. «Come questa.»

Stella sentì un fremito alla bocca dello stomaco.

«Dovrei parlarne con la zia, ma lei non vuole sentirli nemmeno nominare.»

Flaminia la fissò per un lungo momento. «Insisti, Stella. La suggestione è pericolosa quando si cerca la verità. Il rischio di sbagliare ingannandosi è altissimo.»

Era vero. «Non riesco a togliermeli dalla testa, quei disegni. Vorrei sapere cosa si nasconde dietro il loro mistero.»

«Vai alla fonte, figliola, chiedi a chi sa. È il modo migliore.»

Sì, non poteva fare altrimenti, pensò. Doveva venire a capo di quel mistero. Doveva chiarire quel punto. Sentiva di doverlo fare per Orlando, per la zia e per sé stessa.

Il tè era ancora caldo, Stella se ne versò una tazza.

Mentre Flaminia inzuppava i biscotti nel latte, ripensò all'idea che aveva avuto. «Si è mai occupata di murales?»

«Naturalmente. Perché me lo chiedi?»

«Mi è venuta un'idea, ma non so quanto sia fattibile...»

Flaminia si strinse nelle spalle. «Se la puoi vedere la puoi realizzare.»

Un lento sorriso illuminò il viso di Stella. «Tutto qui?»

«Ti sembra poco?»

Lei lo vedeva, il suo progetto.

Dapprima solo una macchia sbiadita, poi i colori avevano

preso il sopravvento. Adesso Stella sapeva esattamente che cosa desiderava realizzare. «Le va di aiutarmi?» le chiese con una luce di speranza nello sguardo.

Flaminia le strizzò un occhio. «Sono qui per questo! Dimmi tutto.»

Stella s'illuminò. «Tra alcuni vecchi documenti ho trovato i progetti di questa casa. Era magnifica! Vorrei riportarla all'antico splendore. Ha bisogno di cure.»

E lei aveva bisogno di sentirsi utile.

Ma c'era anche dell'altro. Il bisogno di mettersi in gioco, di capire quanto potesse spingersi oltre. Superare i propri timori. Aveva iniziato a farlo con Alexander, forse poteva fare lo stesso anche con gli altri suoi desideri.

Non era ciò che aveva fatto anche Barbara? La sua vecchia amica, quella che la conosceva più di chiunque altro, con la quale aveva così tanto in comune. Non l'aveva più richiamata, ma continuava a pensare a lei. Al suo coraggio nell'abbracciare la vita. Alla sua gioia.

«È a quello che stai lavorando?»

«Sì.» Aprì una cartella porgendola a Flaminia.

Erano entrambe assorte, quando Luciana e Letizia, precedute da Aristide che correva e abbaiava furiosamente, rientrarono a casa.

«Finalmente, fuori fa un freddo!» esclamò Luciana.

«Vieni a scaldarti accanto al camino. Tutto bene, zia?»

Stella osservò l'anziana donna, era pallida, aggrappata al suo bastone. L'espressione sofferente. L'aiutò a togliere cappotto e guanti, poi l'accompagnò alla sua poltrona.

«Sono stanca, sai?»

«Ecco, così, lascia fare a me. Vedrai che ti sentirai subito meglio.»

«Certo», rispose lei senza troppa convinzione.

Stella versò una tazza di tè caldo alla zia e a Luciana che osservava la cartella dei bozzetti. «Cosa stavate facendo di bello?»

Stella sorrise a Luciana. «È solo un'idea che mi è venuta.»

Luciana portò la cartella a Letizia che aveva allungato le mani nella sua direzione.

«Guarda, non sono bellissimi?» chiese Flaminia.

Letizia li esaminò uno per uno, soffermandosi su alcuni di essi. Dopo averli osservati a lungo in silenzio sollevò gli occhi umidi su di loro. Dallo sguardo che si scambiarono, Stella comprese che la zia aveva riconosciuto la struttura della villa. Un lieve tremore delle dita tradiva l'intenso turbamento.

Ma era felice, pensò Stella.

«Lo faresti veramente?»

«Mi piacerebbe molto, ma dipende da te. Tu vuoi che lo faccia? L'aspetto della villa cambierà completamente.»

Letizia riportò lo sguardo sugli schizzi di Stella. «Te ne sarei molto grata.» Non aggiunse altro, non ci fu bisogno.

Stella ricordava chiaramente la discussione che avevano avuto qualche settimana prima. Da allora c'era un certo imbarazzo nei loro rapporti. E Stella era dispiaciuta. Era convinta che anche la zia lo fosse. Lo aveva capito da come la guardava, dai suoi tentativi di essere più gentile del solito. In fondo, occuparsi della villa era anche un modo per sistemare le cose tra loro.

Letizia lo aveva capito.

I Marcovaldi erano sempre stati artisti, in loro scorreva qualcosa di speciale che si manifestava in vari modi.

Visto che erano tutti d'accordo, Flaminia si riagganciò al discorso che avevano avuto prima che Letizia e Luciana rientrassero. «Di cosa hai bisogno per i murales?»

Stella conosceva la tecnica e sapeva che un errore nell'impianto avrebbe compromesso la buona riuscita del lavoro. Aveva realizzato esclusivamente pitture su pareti interne, non sapeva se si potesse procedere nello stesso modo.

«So che si devono pulire con cura le pareti, dare il primer, realizzare il disegno, dipingere con colori appositi.»

Flaminia sorrise. «Vedi? Non hai nessun bisogno di aiuto.»

«Questa è la parte più facile.»

La vecchia signora si sporse e le diede un colpetto alla mano. «Se lo vedi lo puoi fare, ricordati.»

Stella si alzò e ripose l'album nella sua cartella. «Grazie. Adesso devo andare.»

«Ma è ancora presto...»

«Ho un impegno.»

Flaminia le strizzò un occhio. «Lo stesso che ti fa fare tardi la notte?»

«Notte? Alba direi», borbottò Letizia, ma prima che Stella potesse replicare tutte ridacchiarono.

Le ammonì con un dito. «Sembrate delle vecchie comari.»

«Lo siamo, dolcezza mia», replicò Flaminia. «E se, per caso, volessi condividere con noi qualche dettaglio in più di questo tuo misterioso accompagnatore, saremmo ben liete di consigliarti. In tre abbiamo più di duecento anni di esperienza, sai.»

Era già sulla porta quando Stella si voltò a salutarle.

«Grazie per l'offerta ma sono certa di riuscire a cavarmela da sola.»

Uscì seguita da un coro di risate. Fece la strada di corsa, gli occhi che le brillavano di impazienza.

Alexander aveva le spalle appoggiate al suo Land Rover e le sorrideva.

A Stella piaceva quel vecchio Defender; l'aveva portato con sé dall'Inghilterra. E, in un certo senso, gli assomigliava.

Era blu, come lui.

«Ciao, è molto che aspetti?»

Lui le andò incontro, abbracciandola stretta prima di baciarla. «Non avevo di meglio da fare.» Riprese il bacio e lei si abbandonò a quella sensazione di pura felicità.

«Che ne dici di pranzare a Sirmione?»

«Mi piacerebbe molto.» Conosceva bene la cittadina lacustre. Era meravigliosa. «Da piccola, sognavo che un giorno ci sarei andata a vivere. Proprio sul lago, per giunta. Una pretesa da poco, eh?»

Alexander attese che lei si agganciasse la cintura di sicurezza, poi s'inserì nel traffico. «I sogni dovrebbero essere sempre così.»

«Così come?»

Lui si voltò a guardarla. «Immensi.»

14.

Nero. Colore privo di luminosità, nasce dalla sintesi sottrattiva degli altri colori. Rappresenta la fine, la negazione e allo stesso tempo una profonda forza interiore senza concessione alcuna. È uno dei colori che evocano riflessione. È il colore della responsabilità.

Letizia, Nonantola 1943

L'estate trascorreva relativamente tranquilla.

Ogni giorno Letizia andava alla villa e passava molto tempo con i bambini. Oltre a Sara, con la quale aveva un legame speciale, dedicava molte attenzioni a Elijah. Da quando lo aveva visto la prima volta, Letizia aveva provato nei suoi confronti una tenerezza profonda. Era così fragile, così dolce.

Nei suoi occhi aveva scorto una grande solitudine e una gentilezza d'animo non comune.

A causa delle condizioni di salute, il bambino trascorreva molto tempo da solo. Letizia gli aveva insegnato a parlare italiano. Biondo con gli occhi azzurri di un angelo, era scampato alla deportazione perché i genitori, entrambi medici, lo avevano lasciato a casa di una vicina. Quando le SS erano entrate nel loro appartamento sfondando la porta, lui non c'era; Ingrid, così si chiamava la donna, lo aveva affidato a uno dei dirigenti della scuola ebraica che il piccolo frequentava.

Il lungo viaggio, però, lo aveva debilitato e nonostante l'occhio di riguardo con cui tutti lo trattavano, cercando di non fargli mai mancare il cibo o le medicine, stentava a riprendersi. Letizia lo portava con sé a camminare tutte le volte che poteva. A entrambi piacevano i girasoli. I campi che circondavano la villa si erano presto riempiti di colori. Lui li aveva ritratti nel suo disegno. Era come se quel fiore rappresentasse la sua nuova vita, quella che sperava di trovare in Palestina e che i maestri rammentavano ai ragazzi, soprattutto quando il morale scendeva.

«Che ne dici di organizzare una mostra? Un'esposizione?»

Mimma sollevò lo sguardo dal libro che Letizia le aveva prestato. «Di quelli?» Indicò la pila di fogli, ordinati sulla cattedra. I bambini avevano insistito per donarglieli e lei ci teneva moltissimo.

«Esatto. Pensa: una mostra dei disegni dei bambini di Nonantola e della villa. Credo che sarebbe una bella cosa.»

Mimma sbuffò. «Se non hai altro da fare.»

Delusa dalla risposta, Letizia si rattristò. Mimma incontrò il suo sguardo e le strizzò un occhio. «È così facile imbrogliarti. Prendi tutto sul serio, maestrina. Saresti dovuta restare nel tuo castello come una principessa delle favole. Sei troppo morbida. Questo mondo non fa per te. Alla prima occasione ti mangerà viva e io non voglio esserci quando accadrà.»

Era la dichiarazione di amicizia più assurda e bizzarra che Letizia avesse mai ascoltato. Suo malgrado sorrise.

«Festeggeremo l'inizio del nuovo anno scolastico con una mostra di disegni. Sarà un successo, e porterà una ventata di gioia. Vedrai, Mimma, le cose andranno meglio, dobbiamo avere fiducia nel futuro.»

La donna si strinse nelle spalle. «Mi chiedo come tu possa anche solo pensarle certe cose...» borbottò, mentre riprendeva a leggere da dove aveva interrotto, le labbra serrate in una piega amara. «Un giorno rimpiangerai questa tua stupida fiducia negli altri, sciocca che non sei altro.»

Letizia finse di non aver udito.

Nonostante gli ultimi eventi e una lieve tensione che serpeggiava tra la gente, non ci furono poi grossi cambiamenti. Il curato e il dottore frequentavano regolarmente la villa che adesso contava più di settanta esuli. I bambini più piccoli erano accuditi dai compagni più grandi e dalle donne che, come chiocce, li prendevano in custodia. Durante la mietitura, tutti si sparpagliavano nei campi, aiutando e dandosi da fare. Questa collaborazione, che andava nei due sensi, aveva creato una sinergia tra gli abitanti di Nonantola e i piccoli ebrei. Nessuno parlava mai di loro, ma tutti li avevano nel cuore. Persino i soldati del Regio Esercito erano a conoscenza della loro storia, e spesso pattugliavano la zona.

C'era un ufficiale che più di tutti Letizia aveva visto fermarsi alla villa. Era un giovane dall'aspetto attraente. Non era come Philip, era diverso. Eppure, le piaceva il suo modo galante di trattarla, il sorriso e la battuta sempre pronti. E la lingua sciolta che ogni tanto lo metteva nei guai.

«Buongiorno, signorina, dovreste avere una scorta, sapete? Qualcuno potrebbe essere tentato di rapirvi.»

«E perché mai?»

«Immagino conosciate la storia delle Sabine...»

«Tenente, sono trascorsi un paio di millenni, la gente si è evoluta da allora.»

«Vi sbagliate. Quando si tratta di belle donne gli uomini sono tutti dei bruti.»

«Eccetto voi?»

Lui aveva impiegato un po' a rispondere e quella sorta di titubanza aveva strappato un sorriso a Letizia.

«Sarei un bugiardo se vi dicessi di sì. Anche a me piacerebbe caricarvi su una spalla e trascinarvi in un bel posto, magari davanti al mare. Ma da quando mi sono beccato una pallottola, la mia spalla non è più quella di una volta. Comunque», concluse ridendo, «con me potete stare tranquilla, sono diverso.»

«Davvero? E cosa vi distingue dagli altri?»

«Be' io so aspettare il momento giusto. Tutto deve avvenire secondo i tempi prestabiliti. E io, mia bella Letizia, so aspettare. A proposito, posso accompagnarvi a casa?»

Lei finse di rifletterci anche se aveva già deciso che sì, voleva essere corteggiata. Voleva ridere e ballare. E Orlando Morosini non chiedeva altro.

Nonostante la situazione si fosse normalizzata grazie alla DELASEM, l'organizzazione di soccorso agli ebrei che aiutava nella gestione della villa, Letizia continuava a frequentare i bambini. I legami che aveva instaurato erano forti. Trascorreva alla villa tutto il suo tempo libero.

La mattina insegnava italiano. Teneva le lezioni all'aperto, mentre i ragazzi sbrigavano i loro lavori, e cantava loro canzoni molto in voga. Tutti partecipavano entusiasti. Anche i più piccoli, che durante i mestieri continuavano a disegnare. Il tempo aveva offuscato i loro ricordi e alleviato i loro timori, così le loro opere risplendevano di colori. Giallo e arancio soprattutto, come i girasoli che spuntavano ovunque.

Alla fine della giornata, piovesse o splendesse il sole, Orlando l'aspettava al cancello per la solita passeggiata.

«Cosa vi piacerebbe fare dopo?»

Continuava a darle del voi nonostante tutto. Quella sorta di giocosa formalità le piaceva. Letizia attendeva con ansia i momenti che trascorrevano insieme.

«Avete già dei piani?»

Sapevano entrambi a cosa si riferiva. Il futuro, la fine della guerra.

Letizia non aveva più avuto notizie di Teresa. La sua amica le mancava moltissimo. Non riusciva a credere che non fossero riuscite a superare quel loro ridicolo litigio. Era trascorso più un anno dall'ultima volta che le aveva parlato, ma a lei sembrava una vita intera. Berenike, attraverso Fiammetta, le aveva fatto sapere che la sua offerta riguardo all'università era sempre valida. Adesso che la situazione con i bambini della villa si era stabilizzata, la sua presenza era superflua. Zurigo significava un futuro certo. E gli Hoffmann, come aveva sottolineato Fiammetta, erano la sua migliore opzione per un futuro brillante.

«Pensavo di continuare gli studi», mormorò.

Lui le scoccò un'occhiata penetrante. «Non sembrate molto convinta.»

In effetti non lo era. Non che non le piacesse l'idea di frequentare l'università. Il punto era un altro. Tutto, adesso, le sembrava futile. Le priorità erano cambiate, il mondo intero lo era. Nulla le sembrava più abbastanza importante. Camminavano fianco a fianco, ai lati del sentiero delimitato dalle coltivazioni si levava un tenue profumo di fiori. La giornata era stata particolarmente calda, ma luglio a Nonantola era così. Letizia guardò la marea dorata dei campi, i papaveri scarlatti, la malvarosa. Era tutto così bello, se solo... iniziò a parlare.

«Ovunque mi volti vedo sofferenza, disperazione. Gente che ha perso la famiglia, la casa, il lavoro. Non riesco a pensare al dopo, io ci provo, davvero mi impegno. Sorrido, canto, e in ogni momento mi chiedo dove sia il senso di tutto. Perché? Perché tutto questo?»

Non si era resa conto di essersi fermata e che, in quel momento, mentre stringeva le mani a pugno qualcosa dentro di lei si era spezzato. Poi si trovò stretta in un abbraccio, il viso contro la camicia di Orlando, il suo cuore che batteva attraverso la stoffa, sotto la sua guancia umida.

«Non esiste un senso, Letizia. La guerra è il male. Qualsiasi siano i motivi che la gente esibisce per giustificare le proprie azioni, porterà solo morte e distruzione.»

«Ma voi siete un soldato.»

Le strinse il viso tra le mani. Erano così calde, così rassicuranti, Letizia sarebbe voluta restare così per sempre. Il profumo della sua pelle, il calore del suo respiro sulle labbra.

«Non resterò a guardare mentre il mio paese va incontro alla distruzione. Un uomo che non conosce il proprio dovere non ha il diritto di definirsi tale. Quando arriverà il momento farò ciò che devo.» La sua voce era profonda, carica di determinazione. E se non fosse più tornato? No, non poteva essere.

«Non azzardatevi a lasciarmi sola.» La disperazione le dilagò dentro, facendola tremare.

«Mai. Questa è una promessa.»

Orlando le accarezzò i capelli, premendovi sopra le labbra. Era la prima volta che si lasciava andare a un gesto così palese. Letizia trattenne il fiato, gli occhi chiusi, la fronte posata sul suo petto. Poi lui iniziò a fischiare. Dapprima esitante, la melodia si fece sempre più sicura. Letizia riconobbe le note. Era la *Csárdás* di Monti.

«Mi concedete questo ballo?»

Stupita, sollevò il viso. Lui le sorrideva, e in quegli occhi Letizia trovò quello che stava cercando, un istante di pura e meravigliosa felicità.

Orlando continuò a fischiare la melodia. Ranocchie e grilli si unirono in un accompagnamento dapprima timido, poi sempre più sicuro. Letizia sorrise, le guance ancora bagnate.

«Sì, sempre.»

Lui divenne improvvisamente serio. «Un giorno vi chiederò conto di questa affermazione, mia diletta.»

«Un giorno, Orlando Morosini, vi risponderò. Ma adesso balliamo.»

Nella luce del tramonto, presero a danzare. Un giovane uomo in divisa, una ragazza esile, con una massa di ricci rossi che brillavano alla luce come fuoco.

Quando lui smise di fischiettare si guardarono un istante prima di lasciarsi andare a un abbraccio che era pura emozione. Erano stati fuori quasi tutta la notte. Lunghe ore che Letizia non avrebbe mai dimenticato.

«È quasi l'alba, è ora di rientrare», mormorò Orlando.

«Grazie.»

Lui si portò le mani di Letizia alle labbra. «Grazie a voi.»

All'improvviso una formazione aerea attraversò il cielo. Orlando afferrò Letizia, trascinandola tra gli alberi.

«Cosa succede?» chiese.

«Bombardieri.»

Letizia si strinse a lui. Sapeva cosa significava. Con il cuore stretto in una morsa di terrore, attese. Qualche istante dopo videro un lampo di luce all'orizzonte.

Alla prima esplosione ne seguì una seconda, e poi un'altra ancora. Lontane, inesorabili, portatrici di morte.

«State giù», le sussurrò Orlando all'orecchio.

Atterrita Letizia si inginocchiò, le mani sulla testa. Orlando la teneva stretta a sé, lo sguardo che saettava da una parte all'altra. «Stanno bombardando Bologna!»

In lontananza le esplosioni continuavano, lame di fuoco rischiaravano il cielo, fuochi di morte. Inermi davanti a quella visione, entrambi si trovarono a tremare stretti in un abbraccio pieno di disperazione.

«Oddio, oddio...»

«Venite, tesoro, vi porto al sicuro. Devo rientrare immediatamente al comando.»

Tutti si erano radunati nel cortile della chiesa, le mani sulla bocca, gli sguardi angosciati. Dopo aver salutato Orlando, Letizia lo guardò saltare sopra una camionetta che lo attendeva ferma davanti al posto di guardia. Mentre si allontanava, lui si voltò, cercandola.

Per tutta la vita Letizia non avrebbe mai dimenticato quello sguardo.

«Meglio non restare qui, siamo troppo esposti, tornate in casa, spegnete tutte le luci. Ci sposteremo nel bosco, lì saremo più al sicuro.» Il suggerimento del sacerdote fu accolto, e presto tutti sciamarono verso la macchia di alberi.

Inginocchiata sul terreno insieme a tutti gli altri, Letizia, tremante, sussultava a ogni fischio, a ogni boato. Per quanto fossero molto lontani, per loro era come averli sulle proprie teste. Al suo fianco Mimma, lo sguardo duro, fissava il cielo. «Saresti dovuta restare al tuo castello. Io l'avrei fatto, fossi stata in te.»

Nei giorni seguenti tutto cambiò. Un flusso costante di persone che fuggivano dalla città si riversò nelle campagne. Si spostavano in lunghe processioni: carretti, biciclette, la maggior parte a piedi, con i pochi averi legati in fagotti. E bambini, un'infinità di bambini. Gli abitanti di Nonantola si prodigarono con i mezzi di cui disponevano. La paura del conflitto divenne tutto a un tratto concreta. Si malediceva il cielo dal quale giungevano le macchine da guerra. Si malediceva il Duce, colpevole di averle provocate, si maledicevano il re, il demonio e l'inferno che aveva lasciato liberi tutti i diavoli.

Presto, il malcontento fu spazzato via da una notizia straordinaria che ideologicamente divise l'Italia, ma che, a Nonantola, tutti accolsero come un segnale positivo: Mussolini era stato destituito e arrestato.

La gente scese nelle strade.

Si ballò fina a tarda notte e le canzoni fino a quel momento solo sussurrate erano urlate a squarciagola, mentre chi aveva comandato fino a quel giorno, o assisteva in silenzio o partecipava con gioia allo spirito di speranza ritrovata.

Finalmente si iniziava a vedere la fine di quel ventennio terribile.

«La guerra adesso finirà?» chiese Elijah a Letizia con una luce di speranza negli occhi. Lei gli strinse la mano.

«Speriamo.»

Quante volte aveva pronunciato quella parola? Ormai non faceva altro. Eppure, senza quella luce, cosa restava da fare?

«Non dobbiamo mai perdere la speranza, qualsiasi cosa succeda. Me lo prometti?»

Il bambino le sorrise. «Sì, maestra.»

Tornare alla normalità, se mai quella parola avesse avuto ancora un qualche significato, fu più semplice del previsto. La terra pretendeva attenzioni costanti, senza non avrebbe concesso i raccolti, e la paura della fame era qualcosa di molto più concreto di un bombardamento che fino ad allora la gente non aveva mai visto. Esausti, con i palmi scorticati dal duro lavoro, i contadini avevano ben poco tempo per pensare ad altro.

La vita trovava sempre il modo di primeggiare, pensò Letizia. Riceveva ancora notizie da Fiammetta, che le raccomandava di stare all'erta. Ignorò le richieste di tornare al castello, ma decise che con il nuovo anno scolastico avrebbe spostato le lezioni. Nelle belle giornate le avrebbe tenute all'aperto, e se avesse piovuto avrebbe condotto i suoi alunni nei granai accanto alla scuola.

Orlando era sempre più preoccupato. Lo vedeva molto di rado, ormai. Nonostante cercasse di mostrarsi sempre sorridente, in lui vi era qualcosa che Letizia non aveva scorto all'inizio. Come un'ombra, una durezza che glielo rendevano ancora più caro. Era qualcosa di sepolto e di profondo, così simile a ciò che nascondeva lei.

Nei momenti in cui erano da soli, persi uno nell'altra, Letizia lo percepiva ancora più chiaramente. Allora lo teneva più stretto, pelle contro pelle, mentre i loro respiri si univano e i cuori battevano all'unisono.

In quel tempo in cui la morte era diventata protagonista, vivevano alla giornata, istante dopo istante.

Alla villa la tensione era alle stelle. Jakub e gli altri accompagnatori imposero ai ragazzi di restare nascosti all'interno della struttura.

«Hanno bisogno di uscire, se negherete loro anche queste piccole libertà li farete ripiombare nel terrore.»

«Letizia, vi siamo tutti grati per quello che avete fatto. Voi e tutto il paese siete stati meravigliosi e di questo Dio vi renderà merito. Ma io so che sta per succedere.»

Stavano camminando lungo l'argine del fiume, poco distante i bambini facevano il bagno tuffandosi tra risate e schiamazzi.

Letizia lo afferrò a un braccio. «Di cosa state parlando?» chiese spaventata.

«La guerra non è finita con la caduta di Mussolini. L'esercito nazista arriverà, fidatevi. E farà vittime anche qui. Appena si sentiranno più sicure, le SS inizieranno a rastrellare la popolazione. Gli ebrei saranno i primi, poi toccherà agli altri.»

«Come potete dire una cosa simile?» gli chiese con un filo di voce, gli occhi sgranati, la bocca asciutta.

Jakub fece una smorfia. «Lo hanno già fatto, io li ho visti.» Le sorrise, l'espressione profondamente triste. «Ci arresteranno tutti. E questa volta non riusciremo a fuggire. Non si fermeranno mai.»

Con il cuore che le stava scoppiando nel petto Letizia si inumidì le labbra. «No, questo non accadrà! Come possiamo impedirlo?»

«Dobbiamo partire, lasciare l'Italia al più presto, ma senza documenti ci fermerebbero al primo controllo. Non so come fare. La DELASEM sta cercando di farci arrivare in Svizzera, ma non c'è tempo, lo so, lo sento. Verranno a prenderci, ci manderanno in Germania o chissà dove.»

Non poteva accettarlo, Letizia scosse la testa. «No, non ci riusciranno.» Un'idea prese forma nella sua mente. «Troveremo un modo», disse all'improvviso. Non sapeva né chi né come avrebbe potuto aiutarli a trovare i documenti, ma sapeva di poter contare sugli abitanti di Nonantola. Loro avevano sempre protetto i bambini, era certa che avrebbero fatto ciò che era necessario per garantire loro la salvezza.

«Come farete? Se anche riuscissimo a ottenere le carte d'identità dal comune, la legge obbliga a denunciare la condizione di ebreo, lo sapete quanto me. E allora ci arresterebbero.»

Letizia, che stava guardando i bambini giocare nell'acqua del fiume, scosse la testa. «Non è detto. Ne parlerò con il dottore e sono sicura che troveremo una soluzione.»

Una settimana dopo, Jakub ricevette le carte d'identità per tutti gli occupanti della villa. Nuove, fresche di stampa, e firmate dalle autorità comunali di Nonantola. Erano perfette, senza alcuna menzione della loro origine. Non restava altro che attendere le istruzioni della DELASEM.

15.

Viola. Colore secondario
ottenuto dalla miscelazione di blu e rosso,
rappresenta la penitenza e la purificazione.
È il colore del mistero, associato alla magia.
Evoca spiritualità.

La pazienza era una virtù che Stella avrebbe voluto tanto possedere, ma che in realtà le faceva difetto. Certo, con gli anni e l'esperienza aveva capito come riuscire ad arginare l'urgenza che la spingeva a volere tutto e subito, l'ansia febbrile capace di spingerla ad agire senza pensare e che da bambina le aveva procurato tutta una serie di problemi con gli insegnanti e, soprattutto, con sua madre, che invece era una persona che, di pazienza, ne aveva avuta fin troppa.

«Ancora nulla?» le chiese Luciana affacciandosi al portone.

Infreddolita ma decisa a portare avanti il suo progetto, si sforzò di sorridere. «Arriverà tutto, consegneranno tra un paio di ore.»

«Allora che ci fai qui fuori?»

Immagino come sarà.

Invece di rispondere all'amica, scrollò le spalle. «Devo controllare una cosa.»

Non era vero, aveva già tutto in mente. Ma desiderava stare un po' da sola a contemplare quello che sarebbe diventato il suo foglio bianco. Perché così aveva deciso. Aveva spazzolato il muro di cinta, lo aveva ripulito finché le mani le si erano gonfiate. Appena le avessero consegnato il primer e la pittura, avrebbe dato due mani di uno e dell'altro.

Era così piena di energie che stentava a trattenere l'entusiasmo. Stentava a mantenersi composta mentre desiderava solo ballare, perché i suoi piedi erano animati dal bisogno che le scorreva dentro. Quello di creare.

Le pareti bianche erano come il futuro.

Il muro della villa era lì, pronto per accogliere le linee che si sarebbero incontrate e unite, per poi separarsi in attesa di nuove direzioni.
Le pareti bianche attendevano.
Le avrebbe utilizzate come una tela. Avrebbe fissato non parole, non concetti, ma immagini e disegni. E colori, tanti, tantissimi, in un'armonia capace di suscitare benessere, gioia e felicità in chi avrebbe percorso quella strada.
Il progetto era quello: voleva ricoprire i muri di colori e poesia, di fiori e bellezza.
Come quei misteriosi artisti che avevano realizzato i disegni, anche lei voleva fare qualcosa, ne sentiva l'esigenza, il bisogno. Per la prima volta comprese appieno ciò che le aveva detto la zia.
L'arte è condivisione.
Chissà se dopo aver visto i suoi murales si sarebbe decisa a raccontarle la verità.
Il passato di Letizia, così come i disegni, restavano un mistero. E lei un po' temeva di essere invadente. Eppure continuava a pensarci, soprattutto la notte, quando, prima di dormire, sfogliava i dipinti. Aveva smesso di chiedersi chi li avesse realizzati. Era abbastanza sicura che gli artisti fossero dei bambini. Ma erano altre le cose su cui si concentrava adesso. Leggeva i disegni uno per uno, cercando di capire le loro storie.
C'era un motivo se avevano utilizzato il rosso ciliegia o il carminio? Il verde salvia o il più tenero verde menta? Il giallo sole, al posto del giallo senape?
La scelta di una o dell'altra sfumatura, lo sapeva bene, indicava uno stato d'animo, un'intenzione.
Il messaggio in quei disegni era complesso, contraddittorio. Paura, rabbia, terrore eppure felicità. Sentimenti contrastanti.
L'unica che poteva dare un senso a tutto non voleva farlo. Stella aveva provato a riprendere il discorso dei disegni con Letizia. Timidamente, certo. Non voleva provocarle un'altra ricaduta. I risultati degli esami a cui l'aveva sottoposta Alexander la preoccupavano. Lui le aveva spiegato che, per una

donna della sua età, la zia godeva di una salute discreta. Gli evidenti esiti di ischemie però indicavano danni ormai irreversibili. Un'altra poteva esserle fatale. Nessuno sapeva se e quando sarebbe potuto accadere. Stella, però, sentiva che le era stato affidato un compito. Sentiva che Orlando voleva dirle qualcosa e che questo coinvolgeva entrambi. Che legame c'era con il campo di Terezín? Era frutto della sua immaginazione o qualcosa di concreto legava i disegni ai bambini ebrei? E poi c'era la questione della villa di cui si ricordava Flaminia. Se solo la zia si fosse aperta con lei.

Doveva trovare il modo di parlarle, pensò. Di coinvolgerla in ciò che desiderava realizzare.

E se la zia si fosse agitata nuovamente?

E se ciò che le avrebbe rivelato non le fosse piaciuto?

Con una punta di vergogna Stella pensò che, in fondo, il timore di trovarsi di fronte a qualcosa di brutto era ciò che la spaventava di più.

Era combattuta: da una parte voleva scoprire il mistero dei disegni, dall'altra avrebbe voluto dimenticarsi di loro.

Sollevò gli occhi verso il cielo sempre più scuro. Da piccola aveva dovuto impegnarsi a fondo per farsi accettare dai suoi familiari. Per guadagnarsi la loro considerazione.

Quello, tuttavia, non era amore. Gli somigliava soltanto, ne era certa.

L'amore non conosceva condizioni. Perciò, se non le fosse piaciuto quello che avesse scoperto, lo avrebbe comunque accettato. Lei non era come loro. Lei sapeva cosa significasse amare. Non stava forse correndo il rischio con Alexander?

Avrebbe conservato i disegni, ma avrebbe posto altre domande a Letizia solo se lei fosse stata nella disposizione d'animo giusta. Se si fosse mostrata collaborativa, interessata.

Adesso che, con grande gioia della zia, aveva deciso di trattenersi a Bardolino, c'era tutto il tempo. Il che la portava a un'altra considerazione. Non aveva più visto Barbara, ma ciò che si erano dette era come piantato nella sua anima. Era in debito con lei. Non sapeva spiegarsi perché e come, sapeva solo che le parole dell'amica l'avevano fatta riflettere. La voleva coinvolgere in quel nuovo progetto; era come se l'opportunità che le era stata data, perché di questo era realmente convinta, non fosse a suo uso esclusivo. Era qualcosa che avrebbe dovuto condividere. Gioia, felicità, un programma comune.

Sorrise e digitò un messaggio sul cellulare.

– Ciao Barbara, come stai? Hai un momento libero per me?

– Stella, che piacere sentirti. Certo! Oggi il locale è chiuso, mi sto rilassando. Ci vediamo da qualche parte?

Non avrebbe potuto chiedere di più, pensò Stella.

– Ti va di raggiungermi alla villa?

– Arrivo

– Perfetto

Appena terminata la conversazione, un camioncino risalì faticosamente la strada. Eccolo finalmente!

Gli fece un cenno della mano.

L'autista indicò un telo accanto al cancello che Stella aveva steso in modo da non sporcare il selciato. «Appoggio là?»

«Sì, grazie.»

Nonostante le proteste dell'uomo, lei lo aiutò a trasportare i grossi barattoli di colore. Li posarono accanto all'impalcatura che Stella, mentre aspettava che il materiale fosse consegnato, aveva montato con l'aiuto di Luciana.

Adesso era tutto pronto. Alle sue spalle la vita proseguiva come al solito, ma si intuiva che c'era qualcosa di diverso, come un profumo, una canzone nell'aria. Qualcuno si fermava a guardare, per poi proseguire.

Stella era salita sul ponteggio per avere una visuale migliore. Da lì scorse Barbara che affrontava la salita. Le sorrise, saltò giù e le andò incontro.

«Grazie di essere venuta!» L'abbracciò e quel fugace contatto la rallegrò.

«Scherzi? Non aspettavo altro. In realtà ti confesso che quando ci siamo salutate non credevo ci saremmo riviste così presto.»

Arrossì, era sempre stata una ragazza perspicace. Evitò di commentare perché non ce n'era bisogno. Adesso era cambiato tutto. Adesso si sentiva pronta, capace. «Ho un progetto.»

Barbara sorrise indicando la recinzione. «Murales?»

Il viso di Stella si illuminò. «Precisamente. Ti va di darmi una mano?»

«Dici davvero?»

Stella si sentì stringere nuovamente in un abbraccio. Barbara era così felice che faticava a trattenere l'entusiasmo.

L'emozione affluì sul suo volto. «Grazie, per me significa molto.»

Risero insieme perché erano felici e non c'era bisogno di altro per ritrovarsi. La loro amicizia era ancora tutta lì, sotto la superfice, bastava lasciare che riaffiorasse.

«Vuoi decorare tutto il muro o hai in mente qualcosa di più specifico?» Barbara fissava l'alta parete che separava villa Marcovaldi dalla strada, l'espressione pensosa, una ruga tra le sopracciglia.

«Vorrei dipingere tutto il muro.»

«È un progetto ambizioso.»

Stella pensò a quando aveva confidato ad Alexander il suo desiderio di vivere a Sirmione, proprio davanti al lago. Lui non aveva riso, anzi, le aveva detto che i sogni dovevano essere esattamente così: immensi.

«Lasciati andare Barbara, immagina come potrebbe essere», le sussurrò.

«Sono un po' arrugginita, sai... pannolini, biberon, bollette e affitto ti levano un po' di fantasia. Dammi qualche minuto.»

Stella ridacchiò. «I bozzetti sono nella cartella, prima però mi interessa la tua opinione.»

«Cosa avevi in mente di preciso?»

La domanda di Barbara la spinse a riesaminare il progetto punto per punto, a ricalcolare dimensioni e quantità. A scegliere i colori più adatti. Desiderava trasmettere serenità, e dunque avrebbe prevalso la gamma dei blu, celeste e turchese, voleva allegria e allora mandarino, panna e smeraldo. E qualche punto di rosa per fissare l'attenzione.

Non vedeva l'ora di mettersi all'opera. Si era trattenuta tutto il tempo per dare modo all'amica di schiarirsi le idee. Si chiese se lavorare fianco a fianco sarebbe stato come ai vecchi tempi, quando insieme sceglievano un quadro e poi si scambiavano le emozioni che sentivano.

«Pareti lavanda chiarissimo, cespugli fioriti in *trompe-l'oeil*, glicini che calano dall'alto. Uccelli e farfalle.»

Barbara sorrise. «È un invito, un ingresso.»

Il viso di Stella si illuminò. «Esatto!»

«Mi piace», rispose Barbara. «Per il resto proporrei di attendere. Deve armonizzarsi, accogliere e unire. Vediamo come viene, poi aggiustiamo in corso d'opera.»

Stella era raggiante. «Allora al lavoro. Tu dirigi, io faccio.»

Barbara rise. «Mostrami quei bozzetti.»

Stella le consegnò la cartella. Discussero insieme qualche punto, poi si accordarono decidendo come procedere.

Dopo aver immerso il rullo nell'aggrappante liquido, prese a stenderlo dapprima lentamente, cauta, quasi timorosa, poi sempre più sicura.

«Sfondo celeste, meglio del lavanda. Che ne pensi?»

Stella socchiuse le palpebre. Le piaceva. «Sì, è adatto. Direi che possiamo metterci anche del bianco, magenta e grigio scuro.»

«Fiori, mi piacciono i fiori.»

Stella le sorrise. «Lo so. E fiori siano. Ma non ti azzardare a toccare qualcosa più pesante di un pennello. Dimmi cosa ti serve e te lo porto io.»

Barbara si pulì le dita sulla salopette, un sorriso sul viso. «Appena saranno nati i bambini voglio tingermi i capelli di rosa.»

«Ancora?» esclamò Stella ridacchiando.

«Non *ancora*, ma *nuovamente.* E non so dirti quanto tu mi abbia resa felice invitandomi a partecipare al tuo progetto. Non so nemmeno come spiegarlo.»

Stella si era fermata, lo sguardo sulle dita sporche. Il cuore che le batteva forte. «Non c'è bisogno che tu aggiunga altro. Per me è lo stesso. Mi sento così stupida per non averlo fatto prima. Tanto tempo sprecato.»

«Non sai che le cose accadono quando devono accadere?»

«La voce della saggezza», la canzonò.

Barbara scrollò le spalle. «Gloria è una bimba buonissima,

ma non ha chiuso occhio per tutto il primo anno di vita. Se resti sveglia trecento notti consecutive, prima diventi pazzo, poi ti rassegni e infine, per forza di cose, ti trasformi in un saggio stoico.»

Stella non aveva idea di cosa significasse cullare un neonato ogni notte per così tanto tempo, ma dall'espressione di Barbara pensò che dovesse essere una delle cose più contraddittorie che esistessero. La sua amica sorrideva, nonostante evocasse l'evento come terribile.

Lavorarono tutto il pomeriggio chiacchierando, decidendo, provando, cancellando e ricominciando.

La parete era diventata dapprima bianca, poi celeste. Mentre Barbara le mostrava il progetto sulla carta, Stella pensava al modo di realizzare quell'insolito cielo.

Poi le venne un'idea. «Ti faccio vedere.»

Con la punta del dito tracciò un cerchio, poi lo modificò trasformandolo in una sorta di figura ondeggiante.

«Cos'è?» le chiese Barbara perplessa.

«Una dimensione. Adesso guarda.»

Continuò a realizzare ciò che aveva in mente finché l'intera parete divenne maculata.

«È pazzesco!» sussurrò Barbara. «È bellissimo.»

Stella scosse la testa. «No, è solo colore. Ho giocato con quattro sfumature, insistendo sui colori complementari. Ma non è finita.»

«No?»

Stella scosse la testa. Con un pennello sottile tracciò una serie di linee sopra ogni macchia.

«È un fiore?»

«Forse», rise Stella. «Dipende da chi lo guarda.»

«Ma come hai fatto?»

Stella non sapeva cosa rispondere. Il disegno era sempre stato sul muro, lei lo aveva solo «visto» e riprodotto. Le sembrava una spiegazione bizzarra, così la tenne per sé. «Immagino che sia come tutto il resto, un'intuizione.»

«Se lo dici tu... a me non vengono queste intuizioni. Cioè una volta sì, ma avevo fumato...» Come se solo in quel momento Barbara si fosse resa conto di cosa stava dicendo, tacque e arrossì. «Tu non hai sentito nulla eh? Comunque è stato una vita fa. »

Stella non sapeva se ridere o preoccuparsi, optò per la prima cosa.

«Pensa che per me invece è sempre così. Ora vivo di nuovo in una dimensione irreale, dove le immagini si combinano ininterrottamente; vedo cose che non esistono, o meglio che sono reali solo per me.»

«Deve essere un mondo meraviglioso.»

Lo era? Stella sorrise. «Alle volte.»

Con la coda dell'occhio colse un movimento. Dall'altra parte della strada, lontane l'una dall'altra c'erano due persone. Erano appoggiate al muro e osservavano in silenzio. Un uomo e una ragazza.

Stella sorrise e li salutò con la mano. «Buongiorno.»

La ragazza prese coraggio e attraversò la strada. L'uomo, accigliato, a parte un brusco cenno di saluto, restò esattamente dov'era senza distogliere l'attenzione.

«Cosa fai?» chiese la ragazza. Era alta ed esile, capelli neri, labbra sottili e una serie di delicati piercing nell'arcata sopraccigliare. Era molto graziosa. In qualche modo, a Stella ricordava Barbara, il loro primo incontro. Come se l'amica pensasse la stessa cosa, si scambiarono un'occhiata complice.

«Stiamo decorando la parete.»

«Di tanti colori?»

«Perché farla monocromatica quando possiamo giocarci e fare qualcosa di veramente bello?»

La ragazza spostò il peso da un piede all'altro, sul viso un desiderio come Stella non ne vedeva da tanto tempo.

«Posso aiutare?»

«Certo!» esclamò mentre Barbara annuiva vigorosamente. «Anzi se non ti è di troppo disturbo, potresti passarmi quel pennello?»

«Sicuro. Questo?» disse indicando il più grosso.

«Esattamente.»

Quando lo consegnò a Stella, la sua espressione si era addolcita. Un sorriso appena abbozzato le illuminava il viso. «Grazie.»

«Figurati. Io sono Stella, e lei», disse indicando Barbara che le fece un cenno di saluto con la mano, «è la mia amica Barbara.»

«Mi chiamo Jennifer.»

«Piacere di conoscerti. Perché non ti unisci a noi?»

Questa volta la sorpresa fu spazzata via dall'entusiasmo. «Sì, grazie. Posso riempire quello spazio?» chiese indicando lo sfondo panna. «Sembra semplice.»

«Lo è. Non devi fare altro che prestare attenzione ai margini. Resta all'interno. Sono sicura che sarà perfetto.» Ma prima che lei arrivasse a sollevare il barattolo, l'uomo che aveva assistito alla conversazione si fece avanti. «È pesante. Vi aiuto io. Cosa vi serve?»

Stella piacevolmente sorpresa gli indicò il ponteggio. «Dovremo spostarlo.»

«Subito.» In pochissimo tempo, con metodo e ordine, il ponteggio fu trasportato.

«Le andrebbe di restare con noi signor...?»

«Alfio, mi chiamo Alfio. Certo che resto. Vi serve qualcuno che vi porti le cose.»

Si arrotolò le maniche della camicia e iniziò a darsi da fare. Come se fosse guidato da un sesto senso, riusciva a prevedere ciò che serviva all'una o all'altra. Era soprattutto su Barbara che vigilava. Le sue condizioni erano evidenti. Stella si chiese chi fosse. Non ricordava di averlo mai visto. Ma alla fine che importanza aveva? Di fronte a quella parete erano tutti uguali, amici.

La prima ad affacciarsi fu Luciana, seguita da Flaminia che la pregò di aiutarla a portare una sedia perché per niente al mondo si sarebbe persa quella scena. Letizia le raggiunse poco dopo, appoggiandosi pesantemente al suo bastone.

«È incredibile», borbottò Luciana riconoscendo il burbero vicino di casa con il quale in passato aveva avuto qualche discussione. «Guardalo là che sembra un gallo nel pollaio.»

Anche Flaminia sorrideva.

Letizia restò in silenzio, ma quando le fu offerta una sedia, l'accettò, tenendo gli occhi su Stella.

Qualche ora più tardi la strada davanti alla villa era piena di persone.

C'era chi dipingeva, chi consigliava, chi offriva del tè caldo; altri portavano qualcosa da mangiare prima di dare il cambio. I pennelli passavano di mano in mano, le tinte brillavano sulle pareti. Come i colori che, in quel tardo pomeriggio, un timido raggio di sole sbucato tra le nuvole aveva illuminato. Un caleidoscopio di preziose sfumature, un insieme di persone unite in un solo grande progetto.

Letizia si sentì avvolgere da un'intensa sensazione di malinconia. Aveva già visto quel genere di collaborazione in passato.

Lei stessa ne era stata partecipe.

I ricordi erano lì, non aspettavano altro che lei li rievocasse.

Avrebbe dovuto raccontarlo a Stella, pensò. Avrebbe dovuto dire a quella dolce e generosa ragazza che anche in passato un mucchio di fogli bianchi e un pacco di colori erano stati strumenti di riscatto e di unione. Era stata una sciocca. Distruggerli non sarebbe servito a dimenticare. Oh, per un po' aveva finto, certo. Ma non vi era mai riuscita per davvero. Aveva senso? Se solo non fosse andata a finire in quel modo. Se solo lei non si fosse macchiata della terribile colpa che la stava divorando.

In quegli anni non aveva mai cessato di corroderla nel profondo; mai, nemmeno quando in modo del tutto arbitrario era stata sfiorata dalla felicità.

Si era aggrappata a Orlando, aveva attinto da lui a piene mani, dalla sua forza interiore, capace di scovare la giustizia e aggrapparsi a essa. Lui aveva sempre saputo cosa fosse giusto e cosa fosse sbagliato. Lui era stato un soldato e aveva affrontato la morte molte volte. Lui era sempre stato sicuro.

Ma lei? Lei invece restava colpevole.

Stella le fece un cenno di saluto, scese dall'impalcatura e corse verso di lei.

Com'era giovane, pensò Letizia. Com'era bella così felice.

«Allora, zia, che ne pensi?»

«È meraviglioso», rispose.

Luciana approfittò di quel momento per allungare un panino a Stella. «Mangia.»

Lei si tolse i guanti e addentò il pane. «Grazie, ero affamata.»

«Immaginavo... ma, dimmi, come siete riuscite a ingaggiare Alfio? Quell'uomo è intrattabile.»

«Davvero?» chiese Stella. «Sicura che si tratti della stessa persona? È un signore così simpatico.»

Solo Stella avrebbe potuto definire Alfio Barbieri simpatico. Letizia sorrise. «Sei riuscita a fare qualcosa di incredibile.»

«Io? Non capisco.»

Prima che Letizia potesse spiegare l'emozione che aveva provato vedendo tutte quelle persone al lavoro per trasformare il muro di cinta della villa in un'opera d'arte, si accorse che sua nipote era già altrove. In una dimensione in cui regnavano l'immaginazione e la fantasia. In cui era il colore a indicare la strada verso l'anima.

«Sono tutti così felici...»

«Vero? Incredibile che così tante persone siano affascinate dalla pittura.»

No, non era incredibile. L'arte era sempre stata un catalizzatore. Ciò che stupiva Letizia era il senso di unione, la voglia di trovarsi e collaborare. Non tutti i presenti dipingevano, alcuni semplicemente osservavano o, come Alfio, trasportavano attrezzi, smontavano e rimontavano impalcature. Altri si erano seduti e, mentre guardavano il procedere dei lavori, chiacchieravano.

«Questi sono tempi di pace. È giusto che sia così...» mormorò tra sé.

Era stata una serata speciale per Stella. Felice e soddisfatta come non le accadeva da tempo, ancora con i capelli umidi, si guardava nello specchio appannato. «Ho dimenticato la porta del bagno aperta», borbottò. La condensa aveva opacizzato la superficie. Canticchiando tracciò dei segni come faceva da bambina. Una casa, immagini che conosceva bene.

All'improvviso, seria, indietreggiò, gli occhi sull'immagine che le rifletteva lo specchio. «Le storie...» mormorò. All'improvviso tutto iniziò ad avere un senso: i regali dello zio, le cose che le aveva detto nei suoi ultimi giorni, quei misteriosi messaggi che all'inizio non aveva compreso ma che invece adesso, alla luce dei nuovi avvenimenti, iniziavano ad assumere un nuovo significato. Doveva parlare con la zia, doveva sapere. Quando scese di sotto, la casa era ormai silenziosa: Flaminia si era ritirata per la notte, mentre Luciana sarebbe tornata solo la mattina seguente.

Stella attraversò il corridoio e la vide.

La zia era seduta al solito posto, le mani giunte in grembo, lo sguardo sulle fiamme ancora vivaci. Aristide, ai suoi piedi, russava. Avanzò in silenzio e si fermò sulla porta, il coraggio che iniziava a vacillare.

«Sai, piccola Stella, il mio udito è anche migliorato con la vecchiaia. Incredibile vero?»

«Zia», sussurrò.

Letizia si voltò verso di lei e le indicò il divano. «Vieni, siediti lì. Cosa ti impedisce di prendere sonno? Devi essere stanca morta.»

Era la sera giusta, pensò Stella. Doveva farlo, doveva avere le sue risposte. La raggiunse, le si sedette davanti. «Ho bisogno che tu mi racconti tutto.»

Letizia sospirò, gli occhi nei suoi.

«Perché?»

Si era posta quella domanda tante volte, e a parte il bisogno di sapere che le scorreva dentro, l'unica altra risposta che aveva era il pensiero dello zio. «È importante.»

Letizia si guardò le mani. Tremavano.

«Dopo cambierà tutto.»

«Perché non mi metti alla prova? Hai davvero una così scarsa opinione di me da pensare che qualcosa accaduto nel passato potrebbe cambiare il mio affetto nei tuoi confronti?»

Lei scosse la testa. «Non è così semplice. Per colpa mia è accaduta una cosa terribile.»

Stella trattenne il fiato. Cosa poteva dire alla zia per indurla a fidarsi di lei?

«È per via di Terezín? C'eri anche tu?»

Letizia spalancò gli occhi. «Nel campo di concentramento? Perché mai avrei dovuto essere lì?» Scosse la testa poi sorrise. «Hai sempre avuto una fervida immaginazione.»

Ma Stella non si lasciò distrarre. «I disegni, li hanno trovati dentro delle valigie. Come quelli dello zio, come i tuoi. Hai perso qualcuno lì? È per quello che non sopporti di sentirne parlare?»

Ammutolita, Letizia la fissava come se non riuscisse a seguire il ragionamento.

«No, piccola mia. Per una serie di motivi misteriosi che solo Dio conosce, la storia dei disegni di Terezín e di quelli che ti ha lasciato tuo zio, si somigliano. Ma solo perché ad averli realizzati furono dei bambini perseguitati. Piccole anime innocenti.» Sospirò.

«Che cos'è successo nella villa che i bambini hanno disegnato?»

Letizia restò un istante in silenzio, come se raccogliesse le idee poi sollevò lo sguardo su di lei. «La prima volta la vidi da lontano. Ma ci volle un po' prima che trovassi il coraggio e la motivazione giusta per andarci.»

Stella la fissava.

Letizia sospirò, lo sguardo si perse lontano.

I ricordi la travolsero ancora una volta.

È da un po' che osserva la villa.

In mezzo al prato si staglia, maestosa, contro il cielo.

Troppo evidente, pensa.

La nebbia che l'avvolge non riuscirà a nasconderla. Non abbastanza. Non a lungo.

«Quanti hai detto che sono?» chiede alla sua compagna.

«Non lo so, ma fa qualche differenza?»

«No, nessuna.» Sarebbero comunque troppo pochi.

Vorrebbe sorridere, ma non ci riesce. È come se le labbra fossero paralizzate. Rigide, incapaci di qualsiasi movimento. Come il resto del corpo.

La donna al suo fianco annuisce. Anche lei ha poca voglia di parlare. Insieme procedono fianco a fianco, come hanno fatto negli ultimi mesi.

«Troveremo tutto ciò di cui quei bambini hanno bisogno.» Letizia

si stringe al petto il fagotto che tiene tra le mani, quasi a volersi accertare che ciò che contiene sia sufficiente per tutti.

«Avresti dovuto portare del pane, non sapranno che farsene dei tuoi quaderni.»

Non risponde subito. È abituata al tono ruvido della compagna. Da quando è arrivata al paese, Mimma non le ha mai nascosto il suo scetticismo né la sua disapprovazione.

È come se conoscesse il suo segreto, come se sapesse che a mandarla in quel luogo non è stato il caso. Eppure, ogni sera Letizia l'ha trovata seduta al primo banco.

«Sono bambini, hanno bisogno anche di musica e di giochi. Senza non potranno sognare. Senza non potranno sperare.»

Non sa se le sue parole hanno fatto breccia. Da quelle parti, non significano nulla. Tra quelle genti che all'alba sono già chine sui campi, le mani immerse nella terra, le azioni valgono più di tutto il resto. Sono persone oneste, e lei le rispetta.

Mimma sbuffa ma non insiste. Insieme procedono verso la casa finché qualcuno le scorge. Letizia sorride e agita una mano. Un gruppo di ragazzi le osserva da lontano. Fermi uno accanto all'altro sembra non riescano ad allontanarsi dalla villa. Il loro rifugio, la loro salvezza.

Almeno per il momento.

Li raggiungono lentamente, misurando i loro passi, i loro gesti. L'ultima cosa che desiderano è aggiungere timore alla paura che scorgono sui loro volti.

Così nascondono la propria, la comprimono affinché niente di ciò che provano sia visibile.

Dopo aver posato il loro carico su un tavolo di fortuna che qualcuno ha approntato sul portico, si voltano a guardarli.

«Ciao, come state?»

I loro saluti sono ricambiati con qualche timido gesto. Mani piccole si levano lentamente verso di loro.

Nessuno sorride.

Letizia percepisce il loro sgomento, la profonda tristezza che ancora al suolo sguardi e movimenti. Il suo cuore si riempie di pena. Allora cerca dentro di sé un modo per raggiungerli, per aiutarli.

«Come ti chiami?» chiede a un bambino in disparte. Gli accarezza una spalla, vorrebbe fare di più, stringerselo al petto magari, invece

spinge verso di lui una tavolozza di colori e un foglio. Non ha trovato giocattoli, e nemmeno un pennello. Il bambino non si scompone, immerge il dito nel blu e traccia un orizzonte immaginario. Poi si volta verso di lei.

«Danke», *mormora.*

La sua voce giunge da lontano. È stridente, lenta. Racconta di silenzi lunghi e pesanti, di paure immense e concrete.

Che sciocca, pensa tra sé. Gli ha parlato in italiano mentre avrebbe dovuto usare la sua lingua. È da tanto che non parla in tedesco, ma le parole affluiscono alle sue labbra.

«Adesso siete al sicuro», mormora. Poi aggiunge un sorriso, una carezza in punta di dita. Sembra un angelo, pensa.

«Come ti chiami?»

Lui solleva lo sguardo. «Elijah.»

L'espressione del piccolo non cambia.

Non le crede, pensa addolorata. Si inginocchia davanti a lui, la gonna risale, i sassi le premono sulla pelle, aspri e taglienti. Ha solo quel paio di calze, ma non importa. Resta così, immobile, finché le esili braccia del bambino le circondano il collo. Quando lui si abbandona, lei inspira il suo odore.

«Andrà tutto bene, te lo prometto.»

Lui annuisce, il capo sulla sua spalla.

È solo un bambino, pensa.

È solo un bambino.

Lo sguardo si posa sugli altri che in silenzio hanno assistito alla scena. Gli adulti si tengono in disparte. La diffidenza sui loro volti è il racconto di ciò che hanno visto, di quello da cui fuggono.

Il loro passato è terrore, il futuro incertezza.

I più piccoli si nascondono timidi, aggrappati alle mani di chi li supera di appena una spanna. I piedini scalpitano nervosi nelle scarpe sdrucite, i maglioni pendono sulle gambe magre, gli occhi vagano inquieti.

Letizia trema, non riesce a trattenere le lacrime. Mimma le afferra una manica. «Basta», mormora. «Smettila. Non sono i tuoi figli.»

È proprio questo il problema, pensa addolorata. «Invece sì. Sono i figli di tutti.»

Il clangore improvviso di un secchio che rotola via spinto da una mano distratta, li fa tremare. Come uccelli si radunano intorno al maestro che è uscito di corsa, spaventato dal rumore. Lui allarga le braccia come a volerli contenere tutti. Come a volerli proteggere.

«Qui siete al sicuro, tutti quanti», dice l'uomo, che in realtà è appena un ragazzo.

Ma quando solleva lo sguardo Letizia non riesce a sostenere il peso di quegli occhi vuoti.

«Sì, siete al sicuro.»

La bugia le pesa sulla lingua. Nessuno di loro è al sicuro, nessuno. Lei lo sa.

Ma deve avere fede.

16.

Seppia. Ottenuto dal rosso, verde e blu,
è un colore di tonalità scura, creato con pigmenti organici.
Crea affascinanti contrasti.
Caldo, accogliente e illuminante, è il colore dell'eleganza.

Letizia, settembre 1943

«È finita, la guerra è finita!»

Letizia, che stava correggendo i compiti alla sua scrivania, sgranò gli occhi. Si precipitò alla finestra.

C'era un uomo che correva e gridava. «Badoglio ha firmato l'armistizio. È finita! La guerra è finita!»

Il cuore prese a batterle forte. Tornò dentro, accese la radio e si sedette.

Il proclama veniva trasmesso su tutte le frequenze.

«Il governo italiano, riconosciuta l'impossibilità di continuare la impari lotta contro la soverchiante potenza avversaria, nell'intento di risparmiare ulteriori e più gravi sciagure alla Nazione, ha chiesto un armistizio al generale Eisenhower, comandante in capo delle forze alleate anglo-americane. La richiesta è stata accolta. Conseguentemente, ogni atto di ostilità contro le forze anglo-americane deve cessare da parte delle forze italiane in ogni luogo. Esse però reagiranno ad eventuali attacchi da qualsiasi altra provenienza.»

Letizia si portò una mano alle labbra. Stava piangendo. Quelle parole non significavano nulla. Erano equivoche, erano solo bugie. Con il cuore che le batteva forte, pensò ai soldati nazisti. Non sarebbero rimasti con le mani in mano. "Adesso cosa accadrà?" si chiese mentre la paura le montava dentro. Si era rinfrescato, indossò la giacca di lana e scese in strada. Addossata al muro, rimase a guardare la gente che festeggiava.

«Non balli, maestrina?»
Si voltò verso Mimma, che le si era affiancata. Non sembrava felice, anzi se possibile appariva anche più preoccupata di lei. «No, e tu?» sussurrò.
«Ricordi quando ti ho detto di tornartene da dove eri venuta?»
Letizia annuì, gli occhi sulla folla che festeggiava.
«È arrivato il momento di darmi retta. Scappa finché sei in tempo.»
«Maestra, maestra, avevi ragione, bisogna avere speranza!» Elijah corse da lei.
Letizia lo guardò. «Torna alla villa, tesoro, puoi dire al maestro che passerò da lui più tardi?»
Il bambino, felice di potersi rendere utile, qualcosa che accadeva molto di rado, annuì e corse via tutto contento. Lo seguì con lo sguardo. Le era entrato nel cuore. Letizia amava tutti i bambini della villa, ma lui era speciale. Si voltò verso l'amica.
«Non posso farlo, Mimma.» Aveva atteso che Elijah fosse abbastanza lontano, prima di rispondere.
La donna le rivolse un'occhiata gelida. «Allora sarà peggio per te.»

Il giorno seguente i timori di Letizia si avverarono. L'esercito nazista occupò i centri di potere assaltando le caserme e disarmando i soldati. Sconcertati dagli ordini contraddittori che avevano ricevuto, i militari resistettero il più possibile, ma sotto la minaccia delle armi furono costretti a cedere. In quei momenti di totale confusione, quelli più navigati, che conoscevano il mondo, si dileguarono. Una parte si unì agli invasori, altri vennero incarcerati.
A Bologna i carristi si opposero, aprendo il fuoco. I nazisti, però, erano meglio organizzati, disciplinati e soprattutto non avevano timore di coinvolgere la popolazione civile che, terrorizzata, assistette alla disfatta dei soldati italiani.
I morti furono trascinati via dalle strade, il sangue lavato via.
In pochi giorni l'Italia settentrionale passò sotto il comando nazista; le speranze di chi aveva sognato la fine del conflitto si infransero schiacciate dall'orribile realtà.

Letizia spense la radio. Era inutile. Ormai non si sentiva altro che propaganda. Era stufa, era terrorizzata ed era preoccupata a morte. Appena scesa in strada, incontrò il signor Giustino. L'uomo, pallidissimo, le si avvicinò, lo sguardo vitreo.

«Si mette male, signorina. Ci aspettano giorni bui, temo che quello che abbiamo sopportato fino a questo momento non sia che l'inizio. Forse per il momento è meglio rimandare l'inizio delle lezioni.»

«No!» scosse la testa. «Non possiamo permettere a questa gente di toglierci la speranza. I bambini devono frequentare la scuola e noi faremo del nostro meglio per andare avanti.»

Giustino sollevò il capo. «Ah, la gioventù, che cosa bella», le sorrise. «Fate come credete signorina, tanto alla fine le cose andranno come devono. Questa invece», sussurrò, «è la voce della vecchiaia. La sua rassegnazione.» Un silenzio angosciato calò su di loro. Poi Giustino parlò ancora. «Non avrei voluto conoscere questi tempi, sapete? Ho vissuto la prima guerra mondiale, l'internamento in Austria.» Scosse la testa. «Non avrei mai voluto vedere un'altra guerra.»

Istintivamente lei gli sfiorò un braccio, gli occhi nei suoi. «Troveremo il modo di superare tutto, insieme.»

Giustino la fissò. «Avete notizie del vostro tenente?»

Le si riempirono gli occhi di lacrime. Scosse la testa, non sarebbe riuscita a parlare.

«Forse è tra i fuggiaschi», le disse lui con gentilezza.

Letizia ne dubitava molto.

Orlando non si sarebbe mai arreso, ne era convinta. Il che significava che probabilmente, in quel momento, si trovava in carcere in attesa di essere caricato su uno di quei maledetti convogli diretti in Germania, insieme ai militari che si erano rifiutati di consegnare le armi.

Non poteva pensare che fosse caduto negli scontri. Non poteva pensare a un mondo nel quale non ci fosse lui.

Un nuovo violento bombardamento colpì Bologna.

Il medico, il curato e il sindaco di Nonantola organizzarono i primi aiuti. Gli sguardi smarriti, la paura nel cuore, gli uomini correvano da una parte all'altra per portare cure e conforto. Le donne cucinavano ciò che potevano, trasformando il poco che avevano a disposizione in pasti caldi per i fuggitivi che si riversavano a ondate nel paese prima di proseguire verso la costa, dove si diceva la situazione fosse più semplice.

Devi rientrare al castello, subito! I treni non sono sicuri,
manderò a prenderti, o verrò io di persona.
Non voglio sentire discussioni.

Letizia lesse a voce alta il biglietto che la zia le aveva fatto pervenire. Un lungo brivido le risalì la spina dorsale. Era una serata particolarmente calda, l'aria tiepida entrava nella sua camera dalla finestra aperta. Il suo sguardo vagava lontano, oltre l'orizzonte.

Pensava a Teresa, a Berenike.

Sapeva che entrambe stavano bene. Glielo aveva fatto sapere Fiammetta che era in contatto con la famiglia Hoffmann.

Teresa frequentava l'università. Era una studentessa brillante, come sempre, d'altronde. Lo erano state entrambe. Ma la sua vita non era stata toccata dall'orrore della guerra, il destino l'aveva risparmiata.

Una fitta di nostalgia la colse all'improvviso.

Pensò a come sarebbe stata più felice se avesse dato retta a Berenike.

Forse adesso anche lei avrebbe avuto come unico problema sostenere uno o due esami, scegliere il vestito adatto al ricevimento di turno, arrovellarsi su un tema stimolante. Mangiare i cioccolatini con Teresa, ridere a crepapelle.

Tremò, la gola improvvisamente chiusa dal pianto, da una cupa nostalgia.

Quando era stata l'ultima volta che lo aveva fatto? Ormai viveva in uno stato costante di ansia, di terrore, di mancanza.

«Non posso continuare così!»

E allora sentì quel lacerante bisogno di tornare al passato, di spogliarsi della tristezza, dell'orrore. Voleva dimenticare il sangue sui volti della gente, le ferite che aveva aiutato a curare. L'odore metallico del sangue che le restava attaccato addosso nonostante ogni sera si strofinasse fino ad arrossare la pelle. Si asciugò il viso.

Ma non poteva andarsene, non poteva abbandonare i bambini, non poteva lasciare Nonantola.

Ogni giorno, il maestro, o qualcuno degli altri accompagnatori, scendeva in paese e attendeva nei pressi dell'ufficio postale. Letizia fingeva di intrattenersi con altre donne, in modo da non farsi notare. Fu in quell'occasione che seppero dell'arrivo dei soldati nazisti. Mentre il convoglio raggiungeva il villaggio, tutte insieme corsero alla villa, che fu rapidamente evacuata. I bambini più piccoli furono accolti nelle famiglie dei contadini – dove non avrebbero dato nell'occhio –, più difficile risultò nascondere i ragazzi più grandi. Il medico, con l'aiuto del parroco e del rettore del seminario abbaziale, decise di trasferirli tra i seminaristi, mentre le ragazze furono spostate nel convento.

Riprendere le lezioni era troppo pericoloso. I nazisti attuavano una costante e metodica politica di saccheggio: grano, bestiame, persino carbone e legna furono requisiti. Ma se la popolazione aveva sopportato con insofferenza gli anni del dominio di Mussolini, verso di loro sviluppò un odio profondo. Giunsero notizie di rastrellamenti di ebrei, così la comunità si prodigò per nasconderli. Le famiglie che avevano già ospitato uno o due uomini – soldati in fuga – e poi qualche bambino proveniente dalla villa, si fecero ancora più numerose.

Più gli «invasori», come venivano chiamati, si accanivano sulla popolazione, più si sviluppavano gruppi di resistenza. Da quella pacifica a quella più organizzata.

Ottobre fu un mese di cambiamenti.

Gli alleati spingevano da sud, richiamando sulla linea del fronte le truppe tedesche che, impegnate negli scontri, allentarono la morsa.

Nonantola sembrò tornare alla normalità. I campi furono seminati con ciò che era scampato alle confische. Dalle zone più remote della regione giungevano uova, formaggi e pesci che alimentavano il sempre crescente mercato nero.

Era il momento giusto per preparare la fuga.

«Dovranno sembrare studenti in viaggio, vestiti tutti uguali, eleganti, distinti. Entro dieci giorni dovranno salire su quel treno, potrebbero non avere un'altra possibilità. Qualcuno potrebbe parlare, lo sapete meglio di me.»

Seduta tra Dolores e Mimma, Letizia ascoltava tutto con attenzione. «Sono troppi, daranno nell'occhio.»

Jakub annuì. «Partiranno in gruppi poco numerosi. I più piccoli immediatamente. Nessuno farà caso a un gruppo di bambini con la loro maestra, gli altri però dovranno sembrare collegiali.»

«Allora mettiamoci subito al lavoro.»

Jakub aveva lo sguardo tormentato, l'espressione tesa. «C'è un problema», disse. «Abbiamo finito i soldi. Non abbiamo più ricevuto nulla. Non possiamo pagare.»

«Non lo avremmo comunque accettato il vostro denaro, caro il mio maestro. Andate a preparare il viaggio. Riceverete tutto entro dieci giorni.»

La DELASEM consegnò un rotolo di lana grigia alle sarte del paese; le federe furono donate da una merceria, un'altra fornì i bottoni. Per evitare che qualcuno potesse accorgersi del viavai delle donne coinvolte nella confezione dei cappotti, tutte restarono nel locale che, per lunghi giorni, si trasformò nella loro casa: cucirono per ore e ore a capo chino, dividendosi il lavoro, forti, orgogliose, magnifiche come solo le donne con un obiettivo comune sanno essere.

Finalmente anche l'ultimo punto fu dato.

«È tutto pronto, avvisate il dottore.»

La mattina della partenza i ragazzi giunsero alla stazione in piccoli gruppi. Eleganti nei loro abiti nuovi e privi di bagaglio, come d'accordo. Letizia, che nei giorni precedenti si era dovuta separare da Sara, non riusciva a trattenere le lacrime, così restò in disparte. Il suo cuore era spezzato. Non voleva pensare al momento in cui avrebbe dovuto salutare Elijah. Si chiese come sarebbe riuscita a rinunciare a lui. Al suo sorriso, alle sue continue domande, alla fiducia che riponeva in lei con quella sua manina sempre pronta a cercarla e a stringerla.

Jakub le sorrise e poi la raggiunse, sedendosi accanto a lei. «Secondo il Talmud, in ogni generazione nascono trentasei giusti. Nessuno sa chi siano, nemmeno loro sanno di esserlo. Uomini dalle umili mansioni che, in un momento della loro esistenza, a discapito della propria vita, proteggeranno il popolo di Israele. Si dice che reggano sulle loro spalle il destino dell'umanità, perché per proteggerli Dio conserverà questo mondo. Io sono un uomo molto fortunato, Letizia. Qualsiasi cosa accada, in ogni luogo, a ogni ora del giorno e della notte, voi e questo paese avrete in me un alleato.»

«Non avevo mai sentito questa storia.» Accettò il fazzoletto che lui le porgeva e ci tuffò dentro il viso. Dubitava di poter raccogliere le lacrime che non riusciva a frenare. Erano troppe. Prima Orlando, adesso i bambini. Non li avrebbe mai più rivisti. Le sembrava di non avere più un cuore. Al suo posto un buco vuoto.

«Sara mi ha raccontato del vostro primo incontro», continuò Jakub, «siete una donna meravigliosa, Letizia. Mi sarebbe piaciuto conoscervi in altre circostanze. Vi avrei invitata a ballare. Chissà, magari avreste accettato.»

Lei ridacchiò piano. Dubitava che quel giovane tranquillo avrebbe potuto sopportarla a lungo, ma accettò comunque il complimento e gli sorrise, stringendogli la mano. «Mi promettete di avere particolare cura di Elijah?» sussurrò.

L'espressione di Jakub cambiò. Scosse la testa. «Vorrei dirvi che andrà tutto bene, ma il viaggio è ancora lungo, e il bambino purtroppo sta male.»

Allarmata, Letizia lo cercò con lo sguardo. «Cos'è successo?»

«È da ieri che ha la febbre alta. Il dottore ha fatto quello che ha potuto.»

«Lasciatelo qui allora!» esclamò. «Mi occuperò io di lui.»

Jakub scosse la testa. «Non è possibile. Se lo trovano...»

Letizia lo fronteggiò. «Avete detto bene! Farò in modo che non lo trovino mai. Mi occuperò personalmente di lui e, quando sarete al sicuro e questa stupida guerra sarà finita, lo accompagnerò personalmente ovunque voi siate. E se sarete ancora dell'idea, maestro, ballerò con voi.»

Lui la fissò come se fosse impazzita. «Non sapete quello che dite, Letizia, siete accecata dal vostro assurdo ottimismo. Quando aprirete gli occhi una buona volta? A quelli non interessa nulla, non credono in nulla, il potere ha contaminato le loro anime, perché vi ostinate a non capire? Lo braccheranno come si fa con gli animali, lo scoveranno e dopo lo uccideranno. E voi con lui perché lo avrete aiutato, sciocca che non siete altro!»

Letizia non lo aveva mai visto così esasperato. Ma non indietreggiò, non lo fece anche se tremava dentro, anche se era consapevole che ogni parola che le aveva detto era vera. Sapeva solo che non avrebbe perduto anche Elijah. «Allora giuratemi che gli farete attraversare il confine sano e salvo.»

Si guardarono per un lungo istante, poi Jakub masticò qualcosa in una lingua che Letizia non aveva mai sentito. «Sapete che non posso farlo.»

Il sollievo la travolse, un'allegria che non provava da tanto la spinse a sorridere piena di speranza. «Baderò io al piccolo. Scrivetemi appena vi sarete sistemato. Noi staremo bene. Avete la mia parola.»

17.

Porpora. Gradazione di rosso, di antichissime origini,
ottenuto da pigmenti organici, è il colore della nobiltà.
Energetico, vivace, rappresenta l'energia vitale.
Con il grigio, viola e bianco
crea accostamenti di grande ambizione.

Stella bussò alla porta di Flaminia. «Posso entrare?»

La donna sollevò lo sguardo su di lei e si tolse gli occhiali posandoli sul tavolo lì accanto. «Certo, accomodati. Credevo che fossi uscita con il tuo fidanzato.»

«No... non è il mio fidanzato.»

«Davvero? E allora cos'è?»

Stella si adombrò. «Non lo so ancora.»

«Però è tuo?»

Lo era? Non lo sapeva. Il loro rapporto era profondo, quello non poteva negarlo. Ma sempre più spesso Alexander si apriva con lei solo quando stavano insieme. Il resto del tempo era sempre silenzioso, pensieroso. Se all'inizio in quella sorta di spazio si era sentita comoda, libera, negli ultimi tempi Stella aveva iniziato a provare un po' di insofferenza. «Non sono qui per parlare di me.»

Flaminia storse il naso. «Peccato, sei uno dei miei argomenti preferiti. A proposito, domenica Rossella verrà a prendermi.»

«Ci lascia così presto?» le chiese con una punta di delusione nella voce.

«Andiamo figliola, è trascorso un mese da quando sono arrivata. Le vacanze più belle degli ultimi tempi, devo convenire. Ma ho dei doveri. È arrivato il momento di salutarci, a meno che tu non voglia tornare a casa con me. No, non aggiungere nulla. So bene che hai altri piani, ma sai, la speranza è l'ultima a morire, così non fare quella faccia. Comunque mi aspetto che Rossella ti porga le sue scuse.»

Stella non ci teneva particolarmente, ma era curiosa. «Come c'è riuscita?» La nipote di Flaminia era una donna molto orgogliosa.

«Ho minacciato di lasciare tutto ai poveri.»

Scoppiò a ridere ma, quando incontrò lo sguardo di Flaminia, si rese conto che lei era serissima e si schiarì la voce. «L'importante è che tutto sia andato bene.»

«Grazie per tutto quello che hai fatto per me.» Allungò una mano verso di lei, ma Stella si alzò, abbracciandola.

«Grazie a lei Flaminia, mi ha riconciliato con la mia arte. Se non fosse stato per lei...»

«No, tesoro. Ti ho solo mostrato un'altra prospettiva. Era già tutto dentro di te. Non va bene rinnegare ciò che siamo, è il modo più sicuro di diventare infelici. Dobbiamo solo capire come esprimerci al meglio. E comunque di cosa volevi parlarmi?»

Ancora emozionata, Stella si schiarì la voce. «Si ricorda dei disegni che le ho mostrato?»

«Certo! Sono vecchia, mica rimbambita.»

Stella trattenne un sorriso. «Mai pensato.»

«Adulatrice...»

Quella donna le sarebbe mancata tantissimo, pensò Stella.

Un'espressione innocente apparve sul volto rugoso di Flaminia. «Visto che non vuoi raccontarmi i dettagli della tua storia d'amore, dovrò pur inventarmi qualcosa per evitare di morire di noia. Comunque stiamo divagando. Cosa volevi dirmi di quei disegni?»

«So chi li ha fatti!» esclamò esultante.

Per un istante Flaminia restò senza parole. «Come l'hai scoperto?»

«La zia mi ha raccontato una storia pazzesca, pare che a farli siano stati un gruppo di ragazzi. E no, Terezín non c'entra nulla; invece, la villa di cui mi ha parlato sì.»

«Continua, ti prego.»

Stella non chiedeva altro. «Non erano propriamente suoi alunni, ma lei teneva moltissimo a loro. La zia aveva meno di vent'anni, era una giovane maestra che si barcamenava tra gli obblighi che le erano stati imposti come insegnante e il suo desiderio di fare la cosa giusta. Nel paese in cui insegnava, c'era una villa che ospitava un gruppo di esuli. Bambini, ragazzi e i loro accompagnatori. Sono loro che hanno realizzato i disegni.»

«Paese? Quale?»

«Non so, su quello è stata vaga.»

«È importante conoscere il luogo.»

«Lo so, muoio dalla voglia di sapere di più. Ma non voglio forzarla. Per lei è molto difficile parlarne. Però è una storia meravigliosa.»

«È molto interessante.»

«Sì, ma il meglio deve arrivare. Dopo l'armistizio di Badoglio e la presa di potere da parte dei nazisti, tutti gli abitanti, dal medico al curato, sono riusciti in qualche modo a proteggere i bambini. Li hanno nascosti nelle loro case facendoli passare per i propri figli, anche l'impiegato dell'anagrafe che ha rilasciato loro i documenti ha aiutato. Ha omesso di dichiarare che erano ebrei, così come imponeva la legge razziale. Li hanno aiutati a scappare, capisce? È stata un'azione coordinata da più parti.»

Flaminia ascoltava con gli occhi spalancati. «Ricordavo dei dettagli di questa storia. Ne avevo sentito parlare.» Fece una pausa. «È davvero un peccato che la mente conservi il ricordo delle cose più brutte mentre quelle belle cadono nell'oblio.»

Un po' stupita, Stella si rese conto che era davvero così. Lei stessa tendeva a ricordare le cose che l'avevano fatta più soffrire, ma quella storia era importante, bellissima, e lei voleva raccontarla.

«È una delle azioni più coraggiose e altruiste che abbia mai sentito! Quello che hanno fatto gli abitanti di quel paese per i loro piccoli ospiti è meraviglioso!»

«Soprattutto per quei tempi, se ci pensi... Hanno messo a repentaglio le loro vite e quelle delle loro famiglie.»

Restarono in silenzio un istante, ognuna immersa nelle proprie considerazioni.

«Un gesto così generoso ti fa recuperare la fiducia nel mondo.» Flaminia sospirò. «Davvero un'azione encomiabile.»

«Sì, decisamente.»

«Come mai ti brillano gli occhi a quel modo? Cos'hai in mente?» le chiese sospettosa l'anziana signora.

«La zia mi ha detto una cosa che mi ha fatto molto riflettere. Prima che le cose precipitassero, desiderava esporre i disegni. Per lei era la dimostrazione di come l'arte potesse guarire ogni anima.»

«Aveva ragione, pioniera anche in quello. Ecco da dove hai ereditato la tua perspicacia e intelligenza.»

Sua madre non sarebbe stata particolarmente d'accordo, pensò Stella. Ma evitò di controbattere. «Vorrei organizzare una mostra. E qui entra in gioco lei.»

«Io?»

«Sì, perché io voglio trovarli. Voglio raccontare a tutti loro che ho ritrovato i loro disegni, mi piacerebbe che sapessero quanto sono stati importanti. Chissà, magari qualcuno potrebbe anche avere piacere di intervenire. Di ritornare.»

«Hai considerato che potrebbero essere morti, o aver messo una pietra sopra al passato? Mi pare che Letizia stessa non abbia reagito bene.»

C'era ancora qualcosa di irrisolto, ma ci stava lavorando, pensò Stella. «Lo voglio fare per la zia, per loro e perché tutti vedano e sappiano cosa è accaduto. Questa è una storia che tutti devono conoscere. È importante. E mi serve il suo aiuto.»

Flaminia sospirò. «Tesoro, come ho detto tu mi lusinghi. Ma per quanto mi piaccia pensare di essere importante, e per quanto mi secchi rovinare la bella immagine che hai di me, io non saprei proprio come fare.»

«Sì che può! La sua amica, quella che lavorava al consolato israeliano. Mi serve conoscere il luogo e avere la lista dei nomi, avranno pure un elenco da qualche parte.»

«Ma sono trascorsi più di settant'anni.»

«Appunto, dobbiamo sbrigarci.»

Flaminia la fissava come se fosse impazzita. Poi scosse la testa. «In fondo da qualche parte si deve pur cominciare a cercare. Hai ragione tu», disse. «Passami il cellulare, devo avere il numero di Ruth da qualche parte. Le racconterò la storia a grandi linee per vedere se le viene in mente qualcosa. Lei conosce molta gente. Ma non ti prometto niente.»

Stella le strizzò un occhio. «Se lo vedi lo puoi fare, non è lei ad averlo detto?»

Flaminia socchiuse le palpebre. «Vattene via, piccola impudente. E lasciami lavorare in pace.»

Con un sorriso sulle labbra Stella si chiuse la porta alle spalle. La zia sarebbe stata felice di quella novità. Non glielo avrebbe detto per il momento. Preferiva farle una sorpresa.

«Era questo il tuo piano?» sussurrò davanti al ritratto dello zio in cima alle scale.

C'era ancora qualcosa che non le tornava. Quello che aveva fatto sua zia partecipando al salvataggio dei ragazzi era meraviglioso. Ma lei aveva parlato di colpe, di crimini. Aveva avuto un malore. Cosa c'era sotto? Cosa non sapeva? Ci pensò su ancora per un po'. Sbadigliò. Era stanca. Aveva lavorato tutto il giorno al murale. Si era sparsa la voce e un po' da ogni parte del paese giungevano domande. Tutti volevano che le pareti delle loro case fossero dipinte. Barbara, aiutata da Alfio, aveva inoltrato la richiesta per le autorizzazioni, così anche il comune si era interessato alla loro iniziativa, e aveva deciso di partecipare donando materiale. Dopo una merenda leggera, si fece una lunga doccia sperando che l'acqua calda riuscisse a far scorrere via il colore dalle dita. A un certo punto, si era sbarazzata dei guanti. Adorava sentire il colore sotto la pelle, inspirarne l'odore. Le guardò, erano come quelle di suo padre. Orlate di colore. Si avvolse nell'accappatoio e si sedette sul letto. Era da un po' che non lo sentiva. Digitò il numero e poi attese.

«Stellina del mio cuore!»

«Ciao papà, come stai?» In genere non era così sentimentale, pensò. Doveva essere un buon momento, la voce era piena di gioia.

«Stavo per telefonarti.»

Ecco, quello in genere glielo diceva tutte le volte, ma Stella non ci fece caso. Era di buonumore e non voleva guastarsi la serata. «Davvero?» Per un istante pensò di dirgli che aveva ripreso a dipingere, e stava per farlo quando lui la interruppe.

«Sei diventata sorella maggiore. Ieri è nato tuo fratello Claudio. È un bel nome vero?»

Paralizzata, strinse il cellulare. «Ieri?»

«Alle cinque del mattino. Bello come l'alba.»

Stella deglutì. «E sta bene?»

«Sei così dolce ad averlo chiesto. Sì sì. Lui e June stanno benissimo. A proposito, ti saluta. Ancora un paio di giorni in clinica e poi finalmente li riporterò a casa.»

Un vagito energico fu seguito dalla risata cristallina di una donna in sottofondo. Stella tremò, poi sorrise.

Aveva un fratello, pensò. Un bambino. Fu inondata da una sensazione di calore. Una gioia profonda le danzò dentro. Eppure c'era anche un dolore forte. Suo padre avrebbe potuto chiamarla... se lei non gli avesse telefonato, lui si sarebbe ricordato di farlo?

«Sono contenta che sia andato tutto bene.» Le piaceva June. Certo, il fatto che fosse più grande di lei di appena qualche anno non aveva agevolato il loro rapporto, ma Stella le si era affezionata. «Congratulazioni a entrambi, papà. Mandami le foto di Claudio. Mi piacerebbe vederlo.»

«D'accordo, piccola mia. Lo farò. Adesso però devo andare, tu riguardati eh?»

Stava per chiudere quando Alberto la richiamò. «Sai che gli ho fatto persino il bagnetto? June ha detto che sono stato bravissimo, vero amore?»

Stella sentì la sua voce in sottofondo. «Abbracciala da parte mia», sussurrò.

«Certo. Anche lei ti saluta, e... Stella?»

«Sì, papà?»

«Adesso non sarai più sola, ci sarà sempre qualcuno che ti vorrà bene. Hai un fratello, bambina mia.»

Si asciugò le lacrime. Ma al posto di quel dolore al centro del petto c'era come una sensazione agrodolce. «Grazie papà.»

Chiuse la comunicazione e restò ancora un attimo seduta, i pensieri che le turbinavano dentro. Era felice, lo sentiva dentro il cuore, e allora perché aveva voglia di piangere?

«Ho un fratellino», ripeté tra sé. Poi si alzò e, aperto l'armadio, scelse un abito giallo con i pois rosa. Mentre lo indossava sorrise. Terminò di prepararsi. Non vedeva l'ora di incontrarsi con Alexander, di perdersi nel suo abbraccio. Non voleva pensare a nulla. Voleva solo che lui la stringesse forte e la baciasse.

Il colore del mare d'inverno, Stella lo avrebbe riconosciuto ovunque: limpido azzurro di una tonalità così forte e potente da coprire ogni altra sfumatura possibile. Mentre osservava il lago, si chiedeva come fosse possibile provare la medesima sensazione in quel momento. Forse dipendeva dalla luce o forse in quei giorni lei era particolarmente sensibile. Certo la telefonata che aveva fatto al padre non aveva aiutato.

Però era felice.

In una maniera tutta strana, era felice che al mondo ci fosse un altro Marcovaldi.

Chinò il capo sull'acqua che le lambiva le dita, tiepida rispetto al gelo dell'aria. Un contrasto piacevole. Al suo fianco Alexander ascoltava a occhi chiusi lo sciabordio delle onde.

Sirmione era diventato il loro rifugio. Quello dove si incontravano sempre più spesso. Avevano scelto la *domus* romana – o, come la chiamavano tutti, Grotte di Catullo, anche se con il famoso poeta non aveva niente a che fare. Là, al riparo da orecchie e occhi indiscreti, potevano essere sé stessi.

«Quello lo mangi?»

Suo malgrado Stella sorrise e gli passò il vassoio di croissant. «Tu li hai portati, tu li mangi.»

«Be', non vorrei mai che andassero sprecati, sarebbe un vero peccato.»

«Certo! Un vero peccato.»

Con la camicia sbottonata nonostante il freddo e la corta barba dorata, Alexander sembrava totalmente a suo agio. Ma Stella aveva iniziato a conoscerlo, e sapeva che stava soffrendo. «È accaduto qualcosa al lavoro?»

«Niente di bello, e soprattutto nulla di cui valga la pena parlare. Non eravamo d'accordo che quello che accade in ospedale...»

Stella lo interruppe con un gesto della mano. «Lo so, lo so… resta in ospedale.»
«Esattamente. Non sono cose di cui voglio discutere con te.»
Lo disse in un modo che la colpì. «Di cosa vuoi parlare con me, allora?» replicò.
Alexander la fissò per un lungo momento, poi le afferrò una mano portandosela alle labbra. «Vieni qui, più vicino, e te lo mostro.»
Odiava quando faceva così, odiava che lui si nascondesse facendo leva sulla sua debolezza, il desiderio che provava per lui. «Sei sfuggente anche più del solito.»
«E tu insistente.»
Com'era possibile che una bella serata si stesse trasformando rapidamente in una discussione?
Il buonumore era scomparso, al suo posto c'era fastidio, e un crudo bisogno. Perché lui continuava a guardarla in quel modo che lei sapeva dove li avrebbe portati.
«È per via di tuo fratello?» le chiese.
«No, ma che dici! Sono felice per lui.»
«Questo non significa che non abbia sollevato ricordi spiacevoli.»
Stella batté le palpebre. Possibile che fosse così trasparente per lui mentre lui era lontano e inavvicinabile? «Avresti dovuto fare lo psicologo.»
«Dio mi scampi!»
Stella gli diede le spalle, gli occhi sul lago appena increspato. Lo sentì arrivare, le sue mani erano calde sulla sua pelle, le labbra sul collo le procuravano una scia di brividi.
«Rilassati Stella, va tutto bene.»
Le mani trovarono la cerniera della giacca, infilandosi sotto il vestito.
«Perché rovinare un momento così bello parlando di lavoro? Non voglio parlare, ho bisogno di te, okay?»
La baciò, dapprima lentamente, poi sempre più sicuro. Poi non ci furono altro che bisogno, emozione, pelle contro pelle. Quelli erano gli unici momenti in cui riusciva a sentirlo suo, pensò Stella. Nessuna parola di troppo, solo gesti, solo quel perdersi l'uno nell'altra, finché ogni distanza era annullata e

non c'erano più lui o lei, ma un essere così completamente unito da non sapere dove iniziava uno e terminava l'altro.

Dopo, sdraiati sulla coperta che Alexander aveva steso sulla sabbia in quel nascondiglio che avevano trovato tutto per loro, ancora abbracciati, si misero a guardare le stelle.

«Ho intenzione di riprendere a dipingere.»

«Mi sembra un'ottima cosa.»

Lo era? Stella ne dubitava, i ricordi erano tutti là, schierati come soldati a ricordarle cosa sarebbe potuto accadere, ma qualcosa rispetto alla discussione che aveva avuto con la zia era cambiato. O meglio, era lei a essere cambiata. E non voleva più rinunciare a una parte di sé stessa.

In qualche modo sarebbe riuscita a mediare tra il suo bisogno e le esigenze degli altri. E poi chissà, magari si stava solo facendo degli scrupoli, o la sua era semplicemente una scusa per tirarsi indietro. Non era quello che le aveva detto sua madre l'ultima volta che si erano sentite?

«Che ne dici di tornare? Sta diventando davvero freddo e domani mattina presto ho un paio di interventi.»

«Come preferisci.» Lei avrebbe scelto di restare ancora, in realtà, ma era un genere di cosa che non si poteva pretendere, la compagnia. Poteva solo essere donata. Così tenne il pensiero per sé.

Alexander l'aiutò ad alzarsi. Era sempre cortese, sempre gentile e misurato. Si chiese dove fosse andato a finire l'uomo che aveva condiviso con lei le ore appassionanti di una notte unica.

Con le mani affondate nelle tasche Stella lo osservò mentre ritirava tutte le loro cose, e poi, quando la sorprese a fissarlo, le sorrise. «Andiamo?»

Lei annuì. Tornarono alla macchina in silenzio, mano nella mano. Stella sentiva però che, in qualche modo, la perfezione in cui era stata immersa fino a qualche giorno prima si era incrinata.

La villa era avvolta nell'oscurità e nel silenzio. In punta di piedi Stella percorse tutto il corridoio, e poi notò la luce. Socchiuse la porta e un po' stupita salutò la zia.

«Che ci fai ancora in piedi?»

Letizia sollevò gli occhi dal libro. «Ho superato da un pezzo i novant'anni bambina, non posso sprecare il mio tempo dormendo, non pensi?»

Stella sorrise stancamente. Si spogliò del capotto e della sciarpa. Raggiunse la zia inginocchiandosi accanto a lei. Le posò il capo in grembo e prese ad accarezzare Aristide.

«Che cosa è successo, Stellina?»

Lei si strinse nelle spalle. «Non lo so.»

«Non è una bella cosa, ma nemmeno una cosa brutta.»

«È sempre così con lui. Io parlo, parlo, lui mi ascolta, fa tante domande, mi sembra che mi capisca, e qualche volta credo di capirlo ma... non so quasi nulla di lui.»

«Chiedigli quello che vuoi sapere; non devi aspettare che possa capire da solo quello che hai in testa. Mica ti legge nel pensiero.»

«Dovrebbe, non pensi?»

Letizia rise. «È una sciocchezza bella e buona: gli uomini sono creature semplici, Stella, hanno pensieri concreti. Devi essere decisa nei tuoi messaggi, il che significa parole chiare.»

In effetti ora che ci pensava non era mai stata proprio cristallina con Alexander. «Mi tiene nascosto qualcosa.»

«Un'altra donna?»

«No!» esclamò. «Ma c'è qualcosa lo sento.»

Letizia si strinse nelle spalle. «Be', a tutto il resto c'è rimedio. Se invece ha un'altra, scappa più lontano che puoi. Con tutti gli uomini che ci sono al mondo non vale la pena di perdere tempo con uno che non sa quello che vuole. Te ne cerchi un altro e, via, nuovo giro di danze.»

Stella sorrise. «È così che si diceva ai tuoi tempi, *nuovo giro di danze*?»

«Lo diceva una mia cara amica, si chiamava Teresa Hoffmann. L'ho amata profondamente, era ciò che più di tutto assomigliava a una sorella.»

«Zia, hai voglia di continuare il tuo racconto?»

Letizia le accarezzò i capelli. «Non demordi mai, vero, piccola?»

Stella le prese le mani tra le sue. «Aiutami a capire.»

Letizia sollevò il capo, gli occhi al soffitto.
«Va bene, va bene. Ti racconterò il resto.»

L'espressione di Letizia, dapprima incerta, si fece a mano a mano più sicura, e infine sognante.
«La prima volta che ho insegnato ero molto giovane, come ti ho raccontato, avevo molta paura, ma non dei bambini, o dei loro genitori, zii e nonni, che frequentavano il doposcuola. Erano altre le cose che mi spaventavano.»
«Non capisco.»
«No, certo. Come potresti... quelli erano anni difficili, tesoro. Qualsiasi cosa uno facesse era soppesato, valutato e giudicato. Ti veniva strappata l'anima a piccoli morsi, un giorno alla volta. Soprattutto se eri una donna, soprattutto se eri una ragazza.»
Stella percepiva l'angoscia della zia. «Mi dispiace.»
Letizia non sembrò ascoltarla. Immersa nel passato continuò a raccontare. «L'arroganza del sistema imponeva un unico credo e tutto quanto si allontanava da quei dettami assurdi era proibito. Nessuno poteva avere le proprie opinioni.»
«Parli del periodo della guerra?»
Letizia scosse la testa. «Non solo. Prendi l'insegnamento. Durante quasi tutto il periodo fascista era soggetto a norme severissime. Per svolgere la professione si era costretti a iscriversi al partito. Molti insegnanti si sono rifiutati e sono stati licenziati. Alcuni hanno dovuto lasciare l'Italia. Ma altri, pur rispettando le regole imposte, hanno solo finto di aderire al sistema, anche se in realtà lo hanno semplicemente aggirato. Così hanno trovato il modo di instillare negli scolari il dubbio. L'ho fatto anch'io, sai? Era l'unica maniera che i maestri avevano per allenare le menti degli alunni affinché pensassero da sole. Che alternativa avevamo? Non potevamo abbandonarli a un sistema sbagliato, crudele, dove i più forti erano considerati i migliori. Un sistema brutale di prevaricazione e violenza.»
Stella aveva sempre amato i racconti di Letizia, la sua passione, l'emozione che si irradiava da lei, contagiosa e affasci-

nante. «Ma come sei riuscita a eludere i controlli? Perché immagino che foste sorvegliati, vero?»

Un sorriso piegò le labbra di Letizia. «Come hai detto ero molto giovane, e parecchio carina.» Le strizzò un occhio. «Ogni volta che l'ispettore irrompeva nella classe, gli mostravo esattamente ciò che desiderava vedere: una ragazza graziosa e sciocccherella. Certo annuire tutto il tempo, sopportare le filippiche e mordermi la lingua non è stato facile. Eravamo tutti d'accordo, sai? Anche i bambini più piccoli. Era un gioco a cui tutti partecipavamo perché, a prescindere da tutto, sapevamo che chi viola la libertà altrui commette un oltraggio imperdonabile. Avevo dato ai bambini le poche informazioni necessarie a superare le ispezioni.»

A occhi spalancati Stella guardava la zia con rinnovato rispetto. «Geniale.»

«Ci sono tante strade per entrare in un castello.»

«È un detto un po' buffo ma immagino di sì. E poi cosa accadde?»

Letizia si lasciò andare sullo schienale della sua poltrona, Aristide si avvicinò a Stella e lei lo prese in braccio. Non voleva mettere fretta alla zia, non voleva che smettesse.

«I miei genitori morirono quando ero piccola. Fui allevata da un'amica di mia madre. Era una suora, sai? Ti sarebbe piaciuta. Trascorrevo la maggior parte del tempo a scuola. Una sorta di castello sulle montagne.»

«Un castello?» esclamò stupefatta.

Letizia sorrise. «Un prestigioso collegio femminile. Avevo un'amica, si chiamava Teresa… è stata come una sorella per me.»

«Dimmi di più, zia.»

«Era la figlia di un industriale austriaco. Qualche volta sua madre convinceva le suore a lasciarmi trascorrere con loro le vacanze. Mi ha insegnato il tedesco, tra le altre cose. Nice… si chiamava Berenike, era una donna formidabile. Frequentava l'alta società di Berlino, aveva amicizie importanti. Una donna bellissima e affascinante.» Fece una pausa come se stesse radunando i ricordi. «Nice apparteneva alla *Widerstand*, la resistenza tedesca.»

«Era ebrea?» chiese Stella.

«No, era nata a Berlino. Una delle tante meravigliose persone che si sono battute con ogni mezzo a loro disposizione per ostacolare il nazismo. Quasi tutti pensano che Hitler abbia agito indisturbato, ma non è così. Ci furono numerosi oppositori, gente che aveva capito quali fossero veramente i suoi piani. Nessuno all'inizio voleva credere allo sterminio. Ma tra chi sapeva c'era chi tentò di opporsi in ogni modo.»

«Come Nice?»

«Sì. Come lei.»

Stella le afferrò entrambe le mani. «Zia, tutto quello che mi hai raccontato finora è meraviglioso. Ma c'è qualcosa che ti tormenta e io ancora non sono riuscita a capire. Ti prego, spiegami.»

Letizia la fissò per un lungo momento. Chiuse gli occhi un istante, una smorfia di dolore le attraversò il viso. «Sono stata egoista, e questo ha avuto conseguenze spaventose. Un giorno te lo racconterò, ma non oggi. Sono stanca.»

Stella le accarezzò una spalla. «Io sarò sempre al tuo fianco, zia.»

18.

Rame. Marrone tendente al rosso,
è uno dei colori più ricorrenti in natura.
Caldo per eccellenza, rappresenta forza e vitalità.
È il colore della concretezza.

❋ Letizia, ottobre 1943 ❋

Grazie alle cure di Letizia e del parroco, Elijah sfebbrò. Con la villa vuota e tutti i ragazzi espatriati oltre confine, la situazione in paese sembrò migliorare. Come Jakub aveva previsto, presto un comando nazista si insediò a Nonantola: alcuni degli ufficiali dovettero essere ospitati dalle famiglie, con grande costernazione di chi non tollerava l'arroganza e i modi degli invasori.

Se in apparenza Letizia sembrava sedare le proteste, nel privato della sua camera, gli occhi al soffitto e il dolore nel cuore, pensava piuttosto a come avrebbe desiderato reagire. Aveva sentito di donne che si erano unite alla resistenza e, se non fosse stato per Elijah che aveva giurato di proteggere a ogni costo, avrebbe fatto lo stesso. Ne era certa.

In lei l'oscurità aveva preso il sopravvento. La scomparsa di Orlando aveva dato inizio a quel cambiamento. Se qualche volta la sconosciuta che guardava nello specchio le metteva paura, sempre più spesso si sorprendeva ad architettare piani per poter ostacolare i responsabili di tanta sofferenza.

La prepotenza dei nazisti le era intollerabile, le azioni crudeli dei soldati la nauseavano. L'unica cosa bella nella sua vita era Elijah che la faceva ridere, che diventava ogni giorno più bravo, più importante.

«Maestra, pensi che ci dimenticheremo di tutto ma proprio tutto?»

All'improvviso gli era tornata la febbre. Il dottore le aveva assicurato che non era niente di grave, ma Letizia era comunque preoccupata. «Certo! E per fortuna. Le cose belle sono sempre più luminose e grandi, prendono un mucchio di posto. Un giorno semplicemente non ci penseremo più. Sarà naturale, sarà come se nulla di questo fosse mai accaduto.»

Erano nella canonica, dove il parroco aveva ricavato una stanzetta per il bambino, separata da una porta segreta.

Letizia pensava sempre più spesso alle parole di Orlando: in guerra, alla fine, erano sempre i deboli e gli indifesi a rimetterci. «Con amici del genere», borbottò riferendosi agli alleati, «uno non ha di certo bisogno di nemici.»

Uscì dalla chiesa e si diresse verso l'ufficio postale. I nazisti avevano proibito la corrispondenza personale ma, dal momento che lei scriveva al castello, sperò che le fosse permesso di inviare la lettera.

Era quasi arrivata quando un rombo sordo la spinse ad appiattirsi contro la parete. Anche gli altri abitanti del paese che si trovavano in strada corsero al riparo. Letizia, terrorizzata, scrutò il cielo, ma non era da lì che giungeva il frastuono. Un gruppo di moto seguito da camion irruppe sulla piazza, fermandosi al centro; le SS sciamarono in tenuta da combattimento, le mitragliatrici spianate, l'espressione gelida. Letizia li guardò inorridita sfondare porte, entrare nelle case, trascinare uomini e donne per strada. Paralizzata, dovette costringersi a respirare e a mantenere la calma: se fosse corsa da Elijah si sarebbe tradita e l'avrebbero seguita. Il monito di Jakub le tornò in mente. Lo respinse. Non lo avrebbe preso nemmeno in considerazione. Era solo un bambino. Gli aveva cambiato il pigiama giusto quella mattina, pettinato i capelli. Le sembrava di sentirli, morbidi tra le dita. Lui era il suo angelo. Un singhiozzo si fece largo tra le sue certezze, demolendole.

Si erano già presi i suoi genitori. Dio non avrebbe permesso che gli fosse fatto alcun male. No, non gli sarebbe capitato nulla. Continuò a fissare quei mostri, li vide aizzare i cani, ridere del terrore sui volti di chi non riusciva a rialzarsi. Un uomo anziano, lo conosceva, sollevò le braccia, chiese loro di fermarsi. Il soldato che lo aveva spintonato lo colpì violentemente tra le scapole con il calcio del fucile. Letizia lo guardò cadere. La testa canuta colpì violentemente il selciato. Uno stivale lucido si abbatté sul viso incosciente. Il sangue schizzò a fiotti. Sbiancò. Un terrore folle si impossessò di lei. Quelli non erano esseri umani. Erano demoni, assassini. Erano mostri. Doveva raggiungere Elijah. Doveva spostarlo da lì, nasconderlo meglio, lontano. Non dovevano trovarlo.

Si trascinò lungo il muro, attenta a non attirare la loro attenzione; poi, una volta svoltato l'angolo si lanciò in una corsa disperata. Le porte della chiesa erano spalancate. Mentre entrava, i suoi passi rimbombavano cupi nel silenzio che, fino a quel giorno, le aveva sempre infuso pace e serenità.

Quando lo vide si pietrificò. «No!» sussurrò disperata.

C'era un uomo riverso sul pavimento. La veste allargata, i capelli candidi macchiati di rosso. Si sentì svenire. «Ti prego, ti prego, ti prego.» Non riusciva a dire altro, le labbra che le tremavano violentemente, le pupille dilatate dallo shock. Si chinò su di lui. Quando percepì il battito riprese a respirare. Gli sollevò la testa con delicatezza, posandosela in grembo. «Che vi hanno fatto, che vi hanno fatto quei mostri.»

Il sacerdote finalmente aprì gli occhi. «Il bambino», mormorò. «Non pensare a me, vai da lui Letizia. Ho fatto quello che ho potuto, ho fatto il possibile.»

«È al sicuro. Non possono trovarlo.»

Lo sguardo del sacerdote le tolse ogni speranza. «Lui... ho cercato di fermarli, ma temo che lo abbiano visto...» Letizia tremava così tanto che non riusciva a parlare. Lo aiutò a sedersi, poi cercò di tirarsi su. Le suole scivolarono nel sangue e ricadde sulle mattonelle. Riuscì a mettersi in ginocchio, si alzò e, barcollando, dopo qualche passo, recuperò l'equilibrio. Allora corse dietro l'altare, verso la porta che conduceva alla stanza segreta. Quando vide che era spalancata fu invasa dal terrore. Si precipitò all'interno, gli occhi che saettavano da una parte all'altra. Il letto era rovesciato su un lato, le poche cose del bambino sparpagliate ovunque. Un soldato, appena un ragazzo, stava sfogliando un libro. Sollevò lo sguardo su di lei, l'iniziale sorpresa fu seguita da un sorriso. «E tu, bella signorina, cosa ci fai qui?» le disse in un italiano stentato.

«Dov'è Elijah?» gli chiese in tedesco.
Lui inarcò un sopracciglio. «È il tuo uomo?»
«Dov'è, rispondimi, dove l'hai portato?» gli chiese fuori di sé. Il ragazzo chiuse il libro, posandolo con cura su uno scaffale. «Non è il modo di parlare a un uomo. Riproviamoci. Chiedimelo con gentilezza, forse ti risponderò. A proposito, dove hai imparato a parlare così bene la mia lingua?»
Era davanti a lei adesso. Alto, bello nell'uniforme stirata. Gli occhi azzurro ghiaccio così simili a quelli di Philip.
Le posò le mani sulle spalle, attirandola a sé. Come una vita prima aveva fatto qualcun altro. Letizia non si oppose, gli occhi dilatati, il respiro chiuso in gola. Rimase così anche quando la sua bocca le sfiorò la gola, le labbra, le dita sui bottoni della camicetta, e ancora più giù.
Allora allungò una mano e afferrò un pesante crocifisso. Quando lui socchiuse le labbra, approfondendo il bacio, Letizia lo colpì con tutte le sue forze. Impietrita, lo osservò mentre crollava sul pavimento. Fredda, distante. «Dov'è Elijah?»
Tramortito, il soldato non rispose.
Un'ondata di rabbia le ribollì dentro. Oltraggio, furia, dolore. Letizia digrignò i denti, allungò il braccio pronta a colpire ancora. All'improvviso, una mano le serrò il polso, impedendole di muoversi.
«Fermati, figlia mia, fermati. Se non vuoi farlo per lui, fallo per te. Non merita la dannazione della tua anima.»
Si lasciò disarmare, gli occhi sul pesante crocifisso d'argento imbrattato di sangue. Come se solo in quel momento si rendesse conto di quello che aveva fatto, Letizia portò le mani alle labbra.
«Non è morto, stai tranquilla», disse il parroco inginocchiato accanto al soldato.
Ma a lei non interessava di quel soldato, non le sarebbe importato nemmeno se da quello fosse dipesa la sua vita. La sua stessa anima. «Elijah», sussurrò.
«Quando sono arrivato il soldato era già qui, il bambino non c'era. Ha detto che cercava ebrei, sono venuti con i camion per portarli via.»

Letizia girò sui tacchi e corse fuori. Continuò a correre finché sbucò sulla piazza. I camion incolonnati erano troppo alti, non riusciva a vedere all'interno. Incurante dei cani che le ringhiavano contro, si arrampicò, la gonna che le svolazzava sulle gambe, l'espressione febbrile. Un soldato la respinse, lei cadde sulla schiena, si rialzò ignorando il sangue, ignorando il dolore. Frenetica, riprese a salire, continuava a chiamare Elijah. Niente sarebbe riuscito a fermarla. Non avrebbero preso il suo bambino, non lo avrebbe permesso.

Mimma le corse dietro. Si mise tra lei e i soldati, le braccia spalancate per farle scudo con il corpo. Anche Dolores la seguì, mettendosi sull'altro lato. Poi giunsero le altre donne. Circondata dalle amiche, Letizia continuò ad arrampicarsi su un camion dopo l'altro, urlando il nome del bambino, finché uno sparo lacerò l'aria. Si voltò. Una donna giaceva al suolo, le mani sul ventre, il sangue che si allargava sull'abito come una corolla scarlatta. Il silenzio scese sulla piazza. I volti attoniti, le espressioni sperdute. Un cane abbaiò. Come rispondendo a un segnale, la folla ruggì e si riversò come una marea nella piazza, travolgendo i soldati.

Letizia non si accorse del calcio del fucile che si abbatté sulla sua testa. Cadde supina, atterrando sulla gamba piegata. Lo schiocco dell'osso che si rompeva la consegnò al buio.

Dopo non ci furono altro che dolore e oscurità.

«Tesoro, sono qui, mi senti?»

Quella voce… Letizia sospirò cercando di metterla a fuoco. C'era qualcuno che la chiamava, che le strofinava le braccia, che cantava per lei. In quella dimensione di sonno e di veglia dalla quale usciva ed entrava, qualcuno le chiedeva di aprire gli occhi. Ma lei non voleva. Non poteva.

«Amore mio, parlami. Letizia sono qui.»

Le labbra erano dolci sulle sue. Aveva sete, un'arsura che non conosceva appagamento. Lui forse le avrebbe dato ciò che desiderava. Lo conosceva, si fidava di lui.

«Acqua», sussurrò.

Il liquido fresco le scivolò tra le labbra, riempiendole la bocca. Ma era troppo, non riuscì a deglutirlo. Iniziò a tossire, ma lui subito la sollevò, facendola appoggiare al suo petto. «Piano, fai piano amore mio.»

Socchiuse le palpebre. Erano così pesanti, così pesanti. Eppure riuscì a scorgerlo, a mettere a fuoco la sua immagine, quei lineamenti così amati, così tanto desiderati. «Orlando», sussurrò.

«Dio, ti ringrazio.» L'esclamazione fu seguita da altre voci. Letizia si concentrò su di esse, ma nonostante cercasse di individuarle, erano come fili di luce, come pesci in un fiume: per quanto cercasse di afferrarli le sfuggivano tra le dita. Eccetto lui.

«Sono qui. Sono qui.»

Riconobbe il suo profumo, il sapore sulle labbra. Sorrise e tornò nel luogo caldo e confortante dove era stata fino a quel momento.

Nei giorni seguenti Letizia si sforzò di affiorare in quel lago di luce che la tentava sempre di più. C'era lui che l'aspettava. Lui che la chiamava. «Orlando», sussurrò.

«Guardami, amore.»

Aprì gli occhi. Era vero, lui le stava sorridendo, le labbra premute sul dorso della sua mano, gli occhi orlati di rosso, la barba lunga, i capelli scarmigliati. «Che cosa è successo?» La voce le uscì a stento, gracidante. Si agitò, un dolore lancinante le strappò un grido.

«Non muoverti, Letizia, hai una gamba rotta. Cerca di non fare movimenti bruschi.»

Annuì, gli occhi che passavano da lui a quello che la circondava. Pareti di roccia, una lampadina che diffondeva una luce giallognola. E quell'odore vegetale, di muffa. Batté le palpebre finché le sembrò che i contorni fossero più nitidi.

«Siamo in una grotta?»

Annuì. «Qui non ci troveranno. Sei al sicuro.»

Si sentì invadere dal sollievo, gli sorrise. Eppure c'era qualcosa ai lati della sua coscienza, qualcosa che non capiva. «Cosa è successo?»

Lui la fissò per un lungo momento. «Non ricordi nulla?»

Letizia scosse la testa. Una fitta la costrinse a chiudere gli occhi. Ansimò, ma fu solo un istante.

«I soldati... cosa è successo a Nonantola?»
«C'è stata un'incursione. Siamo arrivati appena ci è stato possibile.»
«Arrivati?»
Orlando le sorrise. «Non lasceremo il paese nelle mani di questa gente. Siamo soldati italiani.»
Lo fissò a lungo. «Ti credevo prigioniero in qualche campo.»
«Dovresti conoscermi abbastanza da sapere che niente riuscirebbe a tenermi lontano da te.»
Letizia allungò un braccio, il cuore gonfio d'amore, le dita che gli sfioravano la fronte, che scendevano lungo il mento, fermandosi sulle labbra nascoste dalla barba. «Ti sta bene. Sembri diverso, cattivo.»
«Oh, amore mio. Lo sono.»
Gli sorrise. «Gli altri?»
Orlando le rimboccò le coperte. «Adesso cerca di riposare. Dormi, Letizia. Il sonno è l'unica medicina di cui disponiamo in abbondanza.»
Ubbidì e, mentre scivolava nel sonno, si ricordò che c'era qualcosa di importante che doveva chiedere a Orlando.
Si svegliò di soprassalto, il cuore che le batteva forte, la gola stretta dalla disperazione. Intorno a lei l'oscurità era a malapena rischiarata dalla luce flebile di una candela.
Era sola. Con entrambe le mani spostò la gamba. Rivoli di sudore si mescolavano alle lacrime. «Elijah», sussurrò. Il nome le era apparso all'improvviso, spazzando via tutto il resto. Strinse i denti, il dolore la travolgeva a ondate, aveva la nausea, ma non si fermò. Non poteva. Doveva sapere. Con le mani sulla parete a sostenerla, raggiuse l'imboccatura della grotta.
«Perché ti sei alzata?» Orlando la circondò con le braccia, impedendole di cadere. La sollevò riportandola a letto, se così si poteva chiamare il giaciglio improvvisato sul quale era stata... quanti, quanti giorni?
«Il bambino, Elijah. Sono andata in chiesa, ma lui era sparito», disse, con un filo di voce. «Doveva essere da qualche parte, si sarà nascosto. È solo un bambino, Orlando, dobbiamo trovarlo, dobbiamo...» Non concluse la frase. Riconobbe

la pietà nel suo sguardo. C'era anche qualcos'altro che si rifiutò di analizzare. «No!» Scosse la testa e non le importò del dolore, niente aveva più importanza. «Lui è vivo, è solo un bambino. Sicuramente qualcuno lo ha visto, lo ha aiutato.»

«Mi dispiace.»

«No, non è possibile. Io avevo giurato di proteggerlo. È colpa mia. È tutta colpa mia», disse, mentre la consapevolezza delle conseguenze del suo gesto deflagravano in lei in tutta la loro violenta gravità. Sapeva cosa accadeva a chi veniva preso. Essere catturato equivaleva a una condanna a morte. «È come se lo avessi ucciso io stessa.»

Orlando la scrollò, le mani sulle sue spalle, l'espressione furiosa. «Non dire assurdità. Sono i nazisti che rastrellano gli ebrei. Capito? Sono loro che hanno preso Elijah. Tu non puoi farci niente. Sarebbero passati sul tuo cadavere senza battere ciglio.»

Ma lei non lo stava ascoltando. Era a Jakub che pensava, alla loro ultima conversazione. Alla promessa che aveva tradito. «È colpa mia.»

Orlando cercò di farla ragionare, ma lei non lo ascoltò. Ogni volta che lui andava a trovarla, Letizia gli dava le spalle, chiusa nel suo dolore, in quel tormento che aveva preso a divorarla da dentro, come una malattia incurabile.

Finché lui smise di disturbarla.

«È meglio così», diceva tra sé, «meglio così.» Non avrebbe portato a nulla la loro storia. Lui meritava una donna migliore di lei. Lei invece non meritava nulla.

La gamba non guarì completamente, ma riuscì comunque a lasciare la grotta. Letizia fece ciò che doveva. Cucinò per i fuggiaschi, curò le ferite di chi si era unito ai partigiani. Leggeva e scriveva per loro, lettere piene d'amore e di speranza lei che non ne avrebbe avuti più nella sua vita. Quando le rivolgevano la parola, rispondeva. Ma niente di più. Era come morta dentro. In lei non c'era più la luce interiore che aveva illuminato le esistenze di chi le stava accanto.

Si era spenta insieme alla scomparsa di Elijah.

Era diventata brava a curare la gente. Sempre più spesso si spostava da un campo all'altro, ovunque le sue doti fossero richieste; non c'erano molti dottori e ci si doveva arrangiare. In genere, adesso che la gamba le dava meno noia, utilizzava una bicicletta, ma quella volta la distanza che doveva percorrere era troppa. Fu Orlando ad andarla a prendere. Quando si rese conto che sarebbe stato lui il suo autista, lo fissò brevemente. L'espressione neutra.

«Come stai?» le chiese.

«Bene, tu?» Non aveva voglia di parlare. Ormai lo faceva con sempre più difficoltà. Il suo mondo ideale era fatto di varie tonalità di grigio. E di silenzio.

«Sei pallida. Mangi abbastanza?»

Si strinse nelle spalle. «Sono in piedi, no?»

«Non intendevo quello.»

Letizia voltò la testa. Non voleva guardarlo, non voleva ascoltarlo. Perché avevano mandato lui?

«Sono stato paziente, ti ho dato il tempo di guarire, Letizia, ma sono passati mesi. Fino a quando continuerai a punirti per qualcosa che non hai fatto?»

Lei si irrigidì, ma tenne lo sguardo saldo verso i campi. Era l'alba, si spostavano alle prime luci del giorno per non dare nell'occhio. Se qualcuno li avesse fermati avrebbe dovuto dire che erano una coppia di sposi novelli. Orlando le aveva spiegato il piano. In serata avrebbero raggiunto l'accampamento. Letizia non vedeva l'ora che giungesse il giorno seguente.

«Trovati un'altra, Orlando. Io non posso darti quello che vuoi.»

All'improvviso lui frenò. Scese dalla vettura, fece il giro, spalancò la portiera e dopo averla afferrata per un braccio la trascinò fuori, costringendola a guardare la vallata. «Credi di essere l'unica ad aver perso qualcuno a cui tenevi? Guarda.» Tenendole il mento tra le dita le impedì di voltarsi. «Vedi quel mucchio di macerie? Non dovresti fare troppa fatica a individuarlo, sta ancora fumando! Era un paese sai? Contadini, allevatori. Nessuno di loro costituiva un reale pericolo. Erano persone che vivevano in pace; che sognavano, amavano, si guadagnavano la vita strappando alla terra ogni grammo di cibo. Li hanno circondati, poi sono entrati nelle case, trascinando fuori chiunque trovassero. Bambini, donne in gravidanza, invalidi. Li hanno uccisi tutti, sterminati. Il più piccolo aveva un mese, capisci? Gli hanno sparato alla testa.»

In preda all'orrore, gli occhi sbarrati, Letizia scosse la testa. «No...»

Orlando continuò a tenerla ferma.

«Credi che sia colpa di sua madre che non è stata capace di difenderlo? Dimmi, Letizia, è colpa di quella donna?»

Un mese, un neonato appena affacciato alla vita. No, non poteva sopportarlo. «No», gridò. «Certo che no!»

Il muro che aveva tenacemente costruito intorno al suo cuore, che aveva trattenuto il suo dolore, iniziò a sgretolarsi, le lacrime che non era riuscita a versare iniziarono a scorrere. Un primo singhiozzo fu seguito da un secondo, finché non fu più in grado di trattenerli.

«Lascia uscire tutto, amore. Lascialo andare via.»

Restò abbracciata a Orlando per un tempo che le parve infinito. Anche dopo, confusa, frastornata, gli occhi gonfi di pianto e la gola dolente, continuò a stargli aggrappata. La vita trovò uno spiraglio nella corazza che Letizia si era costruita addosso e vi filtrò dentro. Dapprima solo una pallida luce, via via sempre più forte. Quando le sembrò di riuscire a reggersi sulle sue gambe, camminarono insieme uno accanto all'altra, mano nella mano. Allora lo guardò e per la prima volta comprese davvero cosa significasse amare un uomo. Non c'era niente di romantico, nulla di dolce. Era come nutrirsi, come riposare. Era come respirare. Potevi importi di non farlo, ma alla fine avresti ceduto a quel bisogno primario perché da quello dipendeva la tua stessa vita.

Una volta salita in vettura, mentre lasciavano la strada sterrata e si immettevano in una laterale, una calma gelida la invase. «Ho colpito un soldato il giorno dell'attacco.»

Lui la osservò con la coda dell'occhio. «Immagino se lo sia meritato.»

«Se il parroco non mi avesse fermato, lo avrei ucciso.»

Orlando dilatò le narici, la rabbia si levava da lui a ondate. «No, lascia perdere. Quella è la mia strada, Letizia. Io posso farmi carico della morte. Tu sei la vita.»

Si voltò lentamente verso di lui. «Dobbiamo sconfiggerli. A qualunque costo.»

Lui le accarezzò il viso. Un contatto fugace, ma che le segnò la pelle. «Lo faremo, di questo sono certo.»

«Sì, lo faremo.»

19.

Avio. Tonalità di azzurro tendente al grigio,
è un colore che evoca affidabilità, eleganza e fascino.
Con il rosso e arancione crea contrasti notevoli.
È il colore della chiarezza.

Lo sfondo era viola.

Lente, le dita tracciavano linee dorate come carezze suadenti. In punta di pennello. Stella trovò il nero, nel suo dipinto. Il grigio. Il porpora della passione. Presto passò all'arancio e al giallo, in piccoli tratti che sembravano frammenti di luce nella notte. Un colore per ogni emozione che le mulinava dentro, ribollente come la foga che la pervadeva. Era l'alba: aveva tempo prima che la casa si svegliasse, prima che la vita reclamasse le sue attenzioni, prima che i doveri le imponessero di mettere da parte i colori e i pennelli per dedicarsi agli altri.

Allora si lasciò andare, e non ci fu più alcun confine tra lei e ciò che aveva dentro, nessun bisogno. Tutto divenne desiderio. Non vi era più nessuna certezza e allo stesso tempo c'era la totale sicurezza. Era una condizione irreale, contrastante, totalmente illogica, eppure Stella non si era mai sentita tanto viva.

La pittura era puro sentire, senza criterio alcuno, solo sentire.

Solo essere.

Quando ebbe terminato, chinò il capo. Il respiro era rapido, come il battito del cuore. Adesso che sapeva ciò che era accaduto, e che la zia le aveva finalmente rivelato il nome di quel meraviglioso paese che aveva protetto i bambini, Nonantola, provava un'ammirazione sconfinata per i suoi abitanti e per Letizia. Aveva messo a repentaglio ogni cosa per un ideale, per altruismo e per amore. Aveva custodito quel dolore per così tanti anni.

Finì di prepararsi, la giornata era nuvolosa, così scelse un abito di lana rosso corallo e un golf turchese, il suo complementare. Si guardò allo specchio soddisfatta. I capelli biondo veneziano sembravano brillare. Li raccolse lasciando che alcune ciocche scendessero libere. Odiava le costrizioni, tutto su di lei doveva essere morbido.

Prima di scendere a preparare la colazione controllò l'email. Quando trovò quella che cercava quasi saltò sul letto dalla soddisfazione. «Eccola!»

L'Istituto della memoria storica di Nonantola da lei contattato per i disegni, le aveva risposto.

Gentile signorina Marcovaldi,

innanzitutto, desideriamo farle pervenire la nostra gratitudine per la sua offerta. Ospitare le opere dei bambini che la nostra comunità contribuì a proteggere, è un grande onore. Il suo desiderio di donarle affinché tutti possano usufruirne, ci riempie di entusiasmo. In merito alla possibilità di esporle al pubblico, non vediamo difficoltà. Auspichiamo una sua visita in modo da poter discutere dei dettagli e organizzare il tutto.

Cordialmente,

Marianna Sartori

Emozionata, Stella digitò rapidamente una risposta. Grazie a quelle persone straordinarie che avevano raccolto i documenti e le testimonianze e custodito i ricordi, molte notizie che riguardavano la villa e i bambini adesso erano di dominio pubblico. Il suo piano stava prendendo vita. Si alzò, prese la borsa e si diresse alla porta. Stava per scendere di sotto quando lo sguardo le cadde sul dipinto che aveva realizzato, immobile nel suo cavalletto accanto alla finestra. L'espressione del suo viso mutò. C'era ancora qualcosa che le si agitava dentro, come un antico dolore, l'impressione che non avrebbe dovuto cedere a quel desiderio. Ma era solo un'impressione, come una labile traccia. E lei adesso era un'adulta, poteva gestirla.

Poteva scegliere e decidere.

Si rese conto di aver saltato l'appuntamento settimanale con sua madre. Controllò l'ora. Roberta era sempre stata mattiniera, come lei d'altronde. Scese di sotto e preparò un caffè.

Mentre lo sorbiva a piccoli sorsi, assaporandolo, pensò a suo padre e al suo fratellino. Come l'aveva presa sua madre? Poi afferrò il cellulare, tanto valeva togliersi il pensiero. Digitò il numero e poi attese.

Roberta rispose subito.

«Tesoro, sei caduta dal letto?»

«Ciao, mamma.»

Silenzio. «Che succede?»

Stella rise piano. Sentire la voce di sua madre la riempiva sempre di un misto di emozione e disagio. «Ho sentito papà.»

«Ah! Adesso sei una sorella maggiore. Finalmente il tuo desiderio si è avverato. Meglio tardi che mai.»

Stella era sempre stata capace di leggere tra le parole, di sentire piuttosto che ascoltare. «Non sei dispiaciuta», riprese, un po' sorpresa.

«Perché mai dovrei, in nome del cielo? Auguro a tuo padre tutto il meglio... adesso», specificò.

Sentì l'allegria in quelle parole. Sua madre stava ironizzando? Che le era accaduto?

«Mi devi dire qualcosa?» In quel momento Stella sentì un borbottio maschile. Sua madre replicò a voce bassissima.

«C'è qualcuno lì con te?» le chiese Stella con un mezzo sorriso.

«Tesoro, questi non sono affari tuoi. Comunque sì... ti avrei chiamata per dirtelo.»

«Dirmi cosa?»

«Io... be' mi sono sposata.»

Restò senza parole. Per un istante pensò che la stesse prendendo in giro. Ma la voce maschile che aveva udito era inconfondibile.

«Così? Senza nemmeno un invitato?»

"Senza di me?" pensò con un groppo alla gola.

«Ne ho avuti a sufficienza nell'altro. Questo sarà diverso.»

Fu lapidaria, essenziale. Ma soprattutto decisa.

Come darle torto? Eppure, anche se la capiva, Stella era dispiaciuta. Molto dispiaciuta.

Prima suo padre, poi sua madre.
Entrambi avevano le loro vite e lei ormai non faceva più parte dell'equazione.
Ne era sempre stata consapevole, in un certo senso. Eppure, in alcuni momenti le sembrava ancora di essere una bambina, di venire esclusa dall'una o dall'altro. Perché non c'era mai stato un «noi», non c'era mai stata una vera famiglia. Il problema, però, era solo suo. Era solo lei a sentirne il bisogno.
«Capisco.»
«Sapevo che saresti stata felice per me, tesoro. Grazie.»
«Io... ti auguro, auguro a entrambi tanta felicità.» Erano solo parole, eppure mentre le pronunciava Stella sentì che la sua pena un po' si affievoliva. Inspirò profondamente. «Te lo meriti, mamma.»
«Grazie, tesoro mio. Ma dimmi di te, com'è andata con Letizia? Alla fine, sei riuscita a scoprire il suo legame con quei disegni?»
«Sì. Sono stati realizzati dai bambini ebrei in fuga, la zia è stata la loro insegnante per un breve periodo. Si era affezionata moltissimo a quei piccoli.»
«E che fine hanno fatto? Non dirmi che sono morti in quegli orribili campi di sterminio...»
«No, no. Per fortuna riuscirono a rifugiarsi in Svizzera.»
Stella in realtà non era sicura che la zia le avesse raccontato tutto. Aveva come l'impressione che le mancasse un dettaglio. Che avesse omesso una parte della storia.
«Temo che lei abbia vissuto il tutto come un fallimento. Forse avrebbe voluto fare di più. Non so... la mia è solo una sensazione.»
«In questo siete molto simili», disse sua madre.
«In che senso?»
«Siete le uniche persone che conosco pronte ad assumersi responsabilità che non gli competono.»
«Non capisco, mamma. A cosa ti riferisci?»
«Oh andiamo... lo sai benissimo.»
Stella sentì il cuore che perdeva un battito, una sensazione di profondo disagio si annidò nel suo stomaco. «No, temo di no.»

Roberta sospirò. «Perché hai smesso di dipingere?»
«Io… lo sai. Ero grande, non potevo continuare a vivere alle tue spalle.»
«Davvero? Ho sempre pensato che lo avessi fatto per un'idea distorta di solidarietà nei miei confronti. Eri diventata abbastanza grande da capire la situazione e hai fatto la tua scelta.»
«Non ti seguo», mormorò.
Roberta fece una pausa. «Invece credo di sì, e in fondo mi è sempre dispiaciuto che tu avessi rinunciato a qualcosa che ti rendeva felice.»
Lei restò un momento interdetta. «Io… credevo che tu non lo tollerassi. Che ti ricordasse quanto ero simile a papà.»
«Tesoro, questa è una scempiaggine bella e buona. Ho conservato ogni tuo disegno, persino quelli che hai fatto all'asilo.»
Stella si inumidì le labbra. «Mamma… ho ripreso a dipingere.»
Silenzio. Poi una risatina, questa volta di gioia. «È una notizia stupenda, piccola. Mi chiedevo quando avresti trovato il coraggio di fare ciò che desideravi.»
Stella chiuse gli occhi un istante e poi sorrise. «Congratulazioni per le tue nozze, mamma. Adesso devo andare.»
«Abbi cura di te, piccola mia.»
«Ti voglio bene.»
«Anch'io, tesoro.»

A metà mattina Stella ricevette una consegna che attendeva con ansia.
«Grazie, li metta pure qui.»
«Vuole che li tolga dalle scatole?»
«No, no. Grazie. Ci penso io.»
Stella riaccompagnò alla porta il giovane corniciaio. Insieme a Luciana, che aveva supervisionato tutta l'operazione di scarico, dispose le scatole in una delle camere al pianterreno. Erano pronte per essere trasferite a Nonantola. Non vedeva l'ora, ma desiderava tenere i disegni per sé ancora qualche momento, osservandoli a uno a uno.

Adesso che erano incorniciati, sembravano, se possibile, ancora più belli. Le opere risaltavano, i colori, alla giusta luce, straripavano, affascinanti e ipnotici.

Stella era molto soddisfatta.

«Pensi che servirà a scrollarle un po' di quell'apatia di dosso?»

Stella si strinse nelle spalle. «Lo spero, Luci, non so più che altro inventarmi.»

Restarono in silenzio per un istante, gli occhi fissi sui quadri. «Il dolore è negazione. Se lo lasci dilagare si prenderà tutto e poi non resterà nulla. Si può contrastare solo con il bene, con la gioia. È come il colore bianco: diluisce, esalta e il bene deve essere così, meravigliosamente efficace.»

«A proposito, è venuto Alfio prima. Dice che hanno iniziato a dipingere i muri del quartiere vicino. Barbara è dovuta tornare a lavorare al locale, così si è organizzato con Jennifer e Riccardo.»

Si ricordava di Riccardo: era un tipo silenzioso, cupo, ma dipingeva volti così espressivi da toccare l'anima. Le aveva detto di essere un artista di strada in cerca di... non aveva specificato di cosa, e lei non glielo aveva chiesto.

In fondo lo erano un po' tutti. La bellezza era un varco che conduceva in molti luoghi, soprattutto quelli dell'anima.

«Tra un po' non ci sarà più un muro bianco o grigio. Se tu e i tuoi amici continuerete così avremo un paese pieno di colori.»

«E tutti verranno a vederlo!»

Luciana scosse la testa. «Questo è poco ma sicuro. Adesso vado che ho la spesa da fare. Flaminia e Letizia rientreranno tra un po'.»

«È un bene che la zia non abbia visto i disegni. Voglio che sia una sorpresa. Più tardi andrò a Nonantola. Se tutto fila liscio esporremo i quadri al pubblico.»

«Li porti con te?»

«Sì. Barbara mi presta la macchina.»

«Torni per cena?»

«Non lo so. Ti faccio sapere.»

Stella uscì di casa e rabbrividì. C'era un'umidità molto forte, dal lago si alzava una foschia che rendeva il cielo lattiginoso. Eppure la vivacità dei muri che alternavano dipinti a opere d'arte eterogenee e originali allentavano un po' la malinconia che sentiva.

Le squillò il cellulare. Riconobbe il numero e aggrottò la fronte.

«Ciao.»

«Mi sembri stupita.»

«In effetti. Credevo che oggi avessi diversi interventi.»

«Ho finito poco fa.»

«Ah, okay.»

«Raccontami qualcosa di bello... come ti sei vestita oggi?»

Suo malgrado sorrise. Quando si era resa conto del freddo si era cambiata. «Pantaloni e golf di lana.»

«Di che colore?»

«Grigio perla e viola.»

«Mi sembra di vederti.»

Stella socchiuse le palpebre. «Cosa è successo?»

Lui ci mise un po' a rispondere. «Niente. Mi mancavi.»

Lei sospirò. «Mi tagli fuori continuamente, ti rendi conto?»

«Mettila così, senza di te tutto sarebbe nero. Che piani hai per oggi?»

Stella non sapeva che dire, ma discutere con lui era l'ultima cosa che desiderava.

«Voglio andare a Nonantola. Ho parlato con una persona che si occupa di effettuare ricerche sulla storia del paese. Custodiscono la memoria, sai? Affinché nessuno possa dimenticare. È molto interessata ai disegni, spero mi possa aiutare a organizzare la mostra.»

«A che ora passo a prenderti?»

«Sicuro? Non vorrei...» Ma prima che potesse concludere Alexander sbuffò così forte da farla scoppiare a ridere. «Va bene, vieni quando vuoi. Sono già pronta.»

«Perfetto, passo tra mezz'ora, il tempo di una doccia. Portati qualcosa per la notte, se sei d'accordo restiamo a dormire fuori.»

La sorprese quell'offerta. «Sì, va bene.»

Chiuse la comunicazione e sorrise. In fondo l'idea di trascorrere un po' di tempo con Alexander e dimenticarsi di tutto il resto, le piaceva.

Percorse le vie che erano state decorate, e sorrise. Le immagini erano bellissime: se all'inizio aveva temuto che fossero slegate tra loro, che i murales apparissero contrastanti, si rese conto invece che erano uniti da una sorta di armonia intrinseca, come se tutti gli artisti avessero seguito l'uno l'ispirazione dell'altro. Tornò a casa in tempo per rinfrescarsi e mettere qualche vestito in valigia. Quando Alexander arrivò, caricarono i quadri nel portabagagli e partirono subito.

C'erano poco meno di due ore di macchina tra Bardolino e Nonantola. Alexander aveva optato per la BMW che, a suo dire, era più comoda del vecchio Land Rover. Stella dovette convenire che era stata una buona scelta.

Le aveva fatto trovare l'abitacolo caldo e accogliente, era sempre pieno di premure, il che aveva allentato la sua ansia. Il bacio che le aveva dato subito dopo, poi, l'aveva riconciliata con il mondo.

Stella desiderava che quelle ore fossero serene, le sarebbe davvero piaciuto tanto, così mise da parte le domande che desiderava porgli. Ci sarebbe stato tempo per quello.

Non le era mai interessata una relazione occasionale. Non aveva mai sentito la necessità di quel genere di contatto. All'inizio, Alexander le aveva dato tutto quello che desiderava, anche di più. Poi, a un certo punto, era come se la loro relazione si fosse in un certo senso arenata: lei voleva di più, lui no. Il divario che si era creato era evidente.

«Hai fame?»

Avevano deviato per Parma e si erano fermati a mangiare in una trattoria. A Stella piaceva molto la cucina emiliana.

«Scherzi? Mi sembra di scoppiare. Gnocco fritto e tagliatelle al ragù. E torta sofficina. Una meraviglia!»

Continuarono a elencare i loro piatti preferiti e, mentre ridevano insieme, per la prima volta riconobbe in Alexander la sua stessa voglia di pace. Ripartirono nel primo pomeriggio e sembrò che tra loro ci fosse l'antica complicità. Stella gli raccontò di quanto fosse emozionata per quello che le aveva detto Letizia, dell'ammirazione che provava per quel paese che aveva protetto i bambini ed era riuscito a salvarli. Gli spiegò quanto fosse importante per lei aiutare la zia a liberarsi dai cupi ricordi del passato.

«Mi mostrerai il tuo quadro?» le chiese Alexander cogliendola di sorpresa.

Stella gli lanciò un'occhiata perplessa. «Davvero ti interessa?»

«Che razza di domanda è questa. Certo che sì! L'hai fatto tu, no? Desidero vederlo.»

Lei annuì, spostò lo sguardo verso il finestrino, pensierosa. Ma un istante dopo sorrise.

Nonantola era davvero un paese grazioso e affascinante. A Stella sembrò di ritrovarsi nei racconti della zia.

Il centro storico nei pressi dell'abbazia, la cui mole maestosa si stagliava contro il cielo, conservava ancora un'impronta medievaleggiante; sulle strade in selciato di pietra si aprivano botteghe artigiane e qualche ristorante

«Ecco, quella deve essere la sede dell'istituto.» Gli mostrò l'insegna. Gli aveva fatto da navigatore e si erano persi un paio di volte. Alexander l'aveva presa in giro, ma si era comunque offerto di fare un'altra gita la settimana successiva. Voleva visitare con lei Venezia, e Stella stava considerando l'idea.

Vennero accolti da una donna di mezza età con dei fantastici riccioli sale e pepe che Stella trovò bellissimi. Mentre Marianna mostrava loro le fotografie che ritraevano i bambini ospiti del paese, lei riconobbe la zia.

«Eccola, è Letizia.»

Marianna inforcò gli occhiali. «Se non fosse impossibile direi che siete la stessa persona!»

Alexander le rivolse un'occhiata stupita. «La somiglianza è davvero notevole.»

«Dovrei averne delle altre.» Marianna aprì dei faldoni dai quali tirò fuori delle altre fotografie. «Ecco, questa è mia nonna, e questo suo fratello. Erano tutti coinvolti, sapete? Certo, la questione del ragazzo è una vera disgrazia.»

Stella depose le fotografie sul tavolo. «Quale ragazzo?»

«L'unico che non riuscì a sfuggire al rastrellamento.»

Sbalordita Stella batté le palpebre. «Come mai?»

«Era malato, non poté partire. I ragazzi lasciarono Nonantola in piccoli gruppi: la prima parte del viaggio era in treno, ma dopo avrebbero dovuto affrontare un lungo percorso a piedi. Fu deciso che restasse al paese, ma fu deportato. Risulta tra gli elenchi dei caduti ad Auschwitz.»

Stella ebbe una vertigine. Era come se il dolore di Letizia l'avesse pervasa all'improvviso. Rammentò le sue parole, quello che le aveva detto. La zia non era stata chiarissima, aveva omesso qualcosa, ma adesso che Stella sapeva, i dettagli del suo racconto avevano finalmente un senso. «Così lui non riuscì a fuggire con gli altri.»

«No, infatti. Era malato.»

Stella iniziava a capire. La zia aveva promesso di prendersi cura del bambino. Quando le SS rastrellarono Nonantola, lui era scomparso. Non si era mai ripresa, da quel dramma. La sua unica possibilità di superare il dolore, era stato negarlo. Ecco perché lo zio Orlando le aveva promesso di bruciare i disegni. Ma non lo aveva fatto. Li aveva lasciati a lei.

Stella avrebbe voluto abbracciare Letizia, consolarla. La conosceva bene, sapeva quanto prendeva a cuore i suoi impegni, quanto fosse infinita la sua capacità di amare. La zia era stata devastata dalla perdita del bambino. Si era colpevolizzata, non lo aveva mai davvero dimenticato.

«Grazie», mormorò. «Cosa può dirmi di quei bambini?»

«Sappiamo che dopo aver raggiunto la Svizzera restarono lì per qualche tempo. Poi proseguirono per la Spagna. A Barcellona si imbarcarono. Giunsero in Palestina nel 1945, dopo un viaggio durato anni. È una storia di dolore ma anche di grande speranza.»

«È una storia che tutti devono conoscere», rispose Stella con gli occhi lucidi.

20.

Corallo. È una tonalità di arancione chiaro.
Evoca allegria e divertimento.
Induce all'ottimismo.
È il colore della freschezza e dell'estate.

«Abbi cura di te, ragazza mia.»

Stella abbracciò Flaminia, sotto lo sguardo freddo della nipote Rossella, alle sue spalle. Le scuse della donna erano state le meno sincere che avesse mai sentito; in fondo, però, non aveva la minima importanza. Continuò a sorriderle come aveva fatto fino ad allora, sapendo che l'altra avrebbe preferito trovarsi ovunque tranne che lì.

«Grazie di tutto.»

«No, grazie a te. Ho già salutato Letizia. A proposito», disse porgendole un foglio, «qui c'è tutto quello che Ruth è riuscita a trovare sui bambini dopo che la tua amica Marianna le ha fatto avere la lista dei nomi. Ha interpellato varie associazioni ebraiche per riuscire ad avere notizie. Non è tanto, mi dispiace.»

I nomi erano elencati in una grafia elegante, insieme ad alcuni indirizzi.

«È un punto di partenza, e poi anche a Nonantola stanno cercando di trovare i loro recapiti.»

«Tienimi al corrente, mi raccomando.»

«Ci conti.»

Quando poco dopo ripartirono, Stella rimase ancora un po' sulla strada, gli occhi sulla lista di nomi, l'emozione che le ballava dentro. Adesso poteva continuare ciò che aveva iniziato la zia.

Marianna stava controllando gli archivi. Glielo aveva detto la sera precedente; le aveva anche riferito che il comitato aveva raggiunto un accordo e che la mostra si sarebbe tenuta in un edificio adiacente alla villa che in passato aveva ospitato i ragazzi. Sarebbe stato il momento ideale per raccontare nuovamente la loro storia e quella del loro rocambolesco salvataggio. Pur sapendo che non era possibile, Stella cercò il nome del bambino perduto sulla lista. Con un nodo alla gola immaginò cosa sarebbe accaduto se le cose fossero andate diversamente.

Si asciugò gli occhi e tornò dentro. Doveva preparare la valigia. Alexander sarebbe passato a prenderla all'ora di pranzo. Avrebbero trascorso il fine settimana a Venezia. Non vedeva l'ora. Da quando erano andati a Nonantola, le cose tra loro sembravano essere migliorate. Lui era sempre molto misterioso, il loro era un rapporto soprattutto fisico, un bisogno costante di contatto. Avrebbero dovuto parlare di più, conoscersi meglio.

Scelse con cura l'abbigliamento. Vestiti nelle tonalità più luminose, qualche pantalone e scarpe comode, una giacca. Poi si truccò.

Da qualche settimana, incuriosita dai racconti di Barbara sull'armocromia, aveva iniziato a notare quali colori le stessero meglio. Istintivamente ci era sempre arrivata da sola, ma adesso la consapevolezza la spingeva a osservarli con più attenzione. Secondo Barbara, ogni persona, in base alla propria tonalità di pelle, occhi e capelli, apparteneva a un gruppo individuato con una stagione: estate, autunno, inverno e primavera. C'erano poi toni e sottotoni, e ognuno si armonizzava solo con alcune tonalità particolari che mettevano in risalto l'aspetto, migliorandolo notevolmente.

Per lei, che amava i colori, era un gioco affascinante.

All'ultimo istante mise in valigia anche un abito da sera. Ridacchiò. Magari sarebbe riuscita a convincere Alexander ad accompagnarla a ballare. Le sarebbe piaciuto.

«Diamine, sono in ritardo!» esclamò controllando l'orologio. Scese di corsa le scale, la borsa a tracolla. Poi posò tutto accanto all'ingresso. Guardò l'orologio. In genere Alexander era puntuale.

Si strinse nelle spalle ed entrò in salotto. Letizia era una visione da strappare il cuore. Con le mani intrecciate in grembo e lo sguardo vacuo, sembrava l'ombra della donna che era stata. Le si sedette accanto. Aristide ne approfittò per leccarle la mano che aveva proteso verso di lui.

«Zia, starò fuori fino a domani sera, per te va bene?»

Lei sollevò lo sguardo. «Naturalmente.»

Era inespressiva. Stella pensò che avrebbe potuto dirle che andava al polo Nord e per lei non sarebbe cambiato nulla. Si chiese se avesse avuto una buona idea, se la mostra avrebbe avuto la capacità di strapparla al suo torpore.

«Stai bene?»

«Sì, non preoccuparti. Vai ovunque desideri e divertiti.»

Le accarezzò una mano, poi guardò nuovamente l'orologio. Controllò il cellulare, ma lo aveva tenuto in tasca tutto il tempo. Se Alexander le avesse inviato un messaggio lo avrebbe sentito arrivare.

«Luciana ti terrà compagnia finché torno, okay?»

Letizia annuì, lo sguardo rivolto al giardino.

Dopo averle dato un bacio sulla guancia, Stella si alzò e tornò di sopra. Avrebbe utilizzato quell'attesa per iniziare la sua ricerca. Inviò un'e-mail a Marianna, comunicandole gli indirizzi che le aveva dato Flaminia. La donna le rispose quasi subito. Avrebbe controllato tra i loro elenchi per vedere se c'era una qualche corrispondenza. In passato, quando ancora era una ragazzina, qualcuno dei bambini, ormai cresciuti, era tornato in visita a Nonantola. Non aveva idea se ne fossero stati conservati i recapiti. L'istituto era relativamente giovane, prima di allora la documentazione sugli eventi accaduti ai bambini era stata conservata in diversi archivi, alcuni dei quali appartenenti anche a privati. Stella la ringraziò e proseguì. Prese a digitare ogni nome, ogni indirizzo. Mentre leggeva i risultati si rese conto dell'esiguità delle notizie che trovava. Alcune pagine erano in alfabeto ebraico, altre – più numerose – in inglese. Avrebbe potuto chiedere aiuto ad Alexander.

Ma che ore erano?

Era in ritardo di un'ora. Troppo. Mentre lo chiamava, pensò che forse aveva avuto qualche urgenza in ospedale. Doveva essersi dimenticato di avvertirla. Contò gli squilli ma non ci fu nessuna risposta. Allora gli inviò un messaggio.

Riportò l'attenzione sullo schermo del PC, e riprese le ricerche. Non c'era molto: se fossero stati giovani, avrebbe potuto cercarli sui social network, ma dubitava che persone tanto anziane frequentassero il web.

Ormai si era fatto tardi. Scese di sotto e pranzò con Luciana e la zia che, dopo averle rivolto un'occhiata interrogativa, tornò nel suo mondo fatto di silenzi e contemplazione.

Dopo aver riordinato la cucina, guardò per l'ennesima volta il cellulare. Alexander aveva visualizzato i messaggi. Allora perché non le aveva risposto?

Probabilmente si stava preparando. Lo chiamò ridendo tra sé. Non vedeva l'ora di raccontargli delle scoperte che aveva fatto.

Uno, due, tre. Cinque, dieci. Terminò di contare gli squilli e poi chiuse. Si premette il cellulare sulle labbra, accigliata. Poi scrisse un altro messaggio.

Stai bene?
Chiamami appena puoi.

Un filo di ansia iniziava a disturbarla, ma lei lo scacciò innervosita. Doveva avere fiducia. Doveva smetterla di pensare sempre al peggio. Barbara aveva ragione a dire che era troppo emotiva.

Anzi, visto che era qualche giorno che non si sentivano, l'avrebbe raggiunta. Uscì portandosi dietro Aristide, che si era stancato di stare sdraiato tutto il tempo.

«Andiamo pigrone, fai strada.»

Le fece piacere che tirasse, la divertiva, le impediva di pensare perché se non si fosse concentrata sull'andatura folle del carlino di certo sarebbe finita lunga distesa.

Il gruppo di muralisti che si era occupato di decorare le pareti del centro storico era alle prese con una nuova sfida. A metà della strada c'era un edificio fatiscente di cui si ignorava la proprietà.

«Non potete dipingere su una parete che non vi appartiene senza avere l'autorizzazione», precisò Alfio.

«Ma qui non si vede nessuno da decenni.» La replica seccata di Jennifer, tuttavia, non sortì nessun effetto sull'uomo se non quello di inasprire la discussione tra chi era propenso a decorare anche quella parte e chi invece era contrario.

Stella, che aveva seguito la polemica, ebbe un'idea. «Perché non dargli una semplice rinfrescata lasciandolo della stessa tinta? Così se il proprietario non fosse d'accordo non ci sarebbero problemi. Allo stesso tempo sistemare la parete attenuerebbe il contrasto con gli altri lavori. Se poi dovesse dare il consenso, il muro sarebbe già pronto per essere dipinto.»

Mentre tutti discutevano, Barbara le posò una mano sulla spalla. «Tutto bene?»

Guardò l'amica. Non lo sapeva. Da qualche parte aveva iniziato a serpeggiarle sotto la pelle come una strana sensazione, un disagio sottile. «Sì. A cosa stai lavorando? Posso darti una mano?»

«Aspetta, ti porto un camice.»

Lavorarono insieme fino a sera, fianco a fianco. Il frutto della loro immaginazione prese la forma di un albero color seppia. Mentre quello dalla parte di Barbara era composto da foglie che ondeggiavano al vento, la parte di Stella si librava nell'aria come un nugolo di lievi farfalle. Quando ebbero terminato, le persone intorno a loro trattenevano il fiato.

«È bellissimo, sembrano pensieri che si liberano e volano via.»

In quel momento Stella si rese conto che era proprio quello che aveva desiderato. Barbara l'abbracciò. «Mangiamo qualcosa insieme?»

«Perché no?»

Si ritrovarono tutti in pizzeria, chiassosi, divertiti, felici di condividere pensieri, immagini. Tutti a fare progetti, tutti a pensare al giorno seguente, al dipinto seguente. Eccetto lei, che stava solo fingendo. Aveva guardato il cellulare mille volte, chiamato Alexander ogni due ore.

Lui non le aveva mai risposto.

Quando tornò a casa era ormai notte fonda.

Si lasciò andare sul letto, gli occhi al soffitto, nella mente un milione di domande.

«Che diavolo ti è successo? Perché non mi hai chiamato?»

Fece per afferrare il cellulare, ubbidendo all'impulso. Poi lo lasciò cadere sul tappeto. «No, no...» mormorò. «Adesso basta.»

Durante la notte la sensazione di disagio divenne più fisica, come una sorta di mancanza, un vuoto.

Era accaduto qualcosa.

O forse era semplicemente terminato qualcosa.

Quello ancora non lo sapeva.

Aveva trascorso ore a ripercorrere le tappe della sua relazione con Alexander, da quando lo aveva conosciuto. Aveva esaminato ogni momento, ma non riusciva a capire.

Le aveva chiesto di fidarsi, le aveva detto che lui ci sarebbe sempre stato.

Lei gli aveva creduto.

Alexander aveva visualizzato i messaggi e non le aveva risposto. Aveva trovato le sue chiamate, e non le aveva ritelefonato. Le aveva dato buca. Che, detto così, faceva anche ridere, ma lei aveva solo voglia di piangere.

Si fece una doccia e, con la gola annodata e la rabbia che iniziava a ribollirle dentro, ancora in accappatoio, i capelli che le gocciolavano sul viso, afferrò una tela, la collocò sul cavalletto e, dopo aver disposto i colori sulla tavolozza, iniziò a dipingere e continuò per ore, senza sosta, persa in un mondo che era solo suo.

«Stella, posso entrare?»

Si voltò e batté le palpebre. «Sì certo, Luciana, vieni.»

La donna aprì la porta. Il viso tradiva la preoccupazione. «Tutto bene?»

Annuì. «Che ore sono?» Si era persa completamente nella realizzazione del dipinto. Ne era lieta, perché adesso che era tornata alla realtà provava nuovamente quell'intensa pena che, qualche ora prima, l'aveva spinta a rifugiarsi in quella che era sempre stata la sua unica certezza. «Scusami, ho dimenticato di preparare la colazione. La zia è già in piedi, immagino.»

«Sì. Sei sicura di stare bene? Hai un aspetto terribile.»

Si costrinse a sorridere anche se non ne aveva nessuna voglia. «Tutto bene. Scendo tra un po'.»

Più tardi, dopo aver fatto compagnia a Letizia, Stella lavorò qualche ora al PC. Non aveva ricevuto alcuna risposta e neanche Marianna aveva trovato delle corrispondenze certe. Le loro informazioni non andavano oltre qualche sporadica lettera di ringraziamento giunta più di trent'anni prima.

Poi tutto scomparve. Per quanto provasse a distrarsi, i suoi pensieri seguivano un'unica direzione. Che diavolo era successo? Perché Alexander non si faceva vivo?

Scese di sotto, non voleva trascorrere nemmeno un altro istante in quell'incertezza. Cercò Luciana e la trovò in giardino, mentre si occupava dell'orto. «Mi potresti prestare la macchina?»

Lei sollevò la testa, uno sbaffo di fango le colorava il viso arrossato dalla fatica. «Certo, le chiavi sono al solito posto.»

Annuì, ma prima di andare la guardò ancora. Lei sostenne il suo sguardo. Tornò indietro, chiuse la porta scorrevole.

Non mi sono voluta accontentare.

Scacciò il ricordo. Lei non aveva idea di cosa fosse accaduto ad Alexander. Doveva essere positiva. C'era sicuramente una buona ragione. Non c'era stata forse ogni volta quando si era trattato di lui? Sorrise e si impose di inspirare profondamente. Sarebbe andata a casa sua, gli avrebbe parlato e tutto si sarebbe risolto. I problemi d'altronde erano solo intoppi in cerca di una soluzione.

Era così bello il lungolago, pensò ammirata.

Mentre raggiungeva Sirmione, Stella gettava occhiate a quella massa liquida che sembrava respirare. Da azzurre le acque erano diventate di platino.

Immobili, sembravano accompagnare il suo viaggio.

Immobili e silenziose.

Era quello il significato del grigio, era un contenitore in cui riporre le proprie emozioni, e una volta recuperate le forze, era un punto di ripartenza.

Ma lei non lo voleva. Non le interessava né cambiare né ripartire.

Lei stava bene così.

Per la prima volta, da quando Alexander aveva smesso di risponderle, sentì il sapore amaro della paura. Svoltò diverse volte, poi parcheggiò in una piazza. Le tornò in mente la prima notte insieme, quando lei aveva desiderato di salire sulla giostra mentre lui la osservava divertito.

La casa di Alexander era proprio sul lungolago, in una zona in cui il transito era permesso solo alle macchine dei residenti. Camminò piano, costringendosi a trattenere i passi, anche se in realtà avrebbe voluto correre. All'improvviso lo vide. Era sul vialetto di casa, una valigia in mano, il portabagagli dell'auto aperto. Quando voltò la testa, scorgendola, si irrigidì.

Stella si fermò.

All'improvviso non aveva più voglia di parlargli.

Di guardarlo.

La sua espressione era stata più che eloquente. Gelida, irritata. Eppure, si costrinse a camminare nella sua direzione, mentre lui la fissava in silenzio.

«Parti?»

Alexander annuì. «Sì, torno in Inghilterra.»

Non aggiunse altro. Restò lì immobile, le mani chiuse a pugno, le labbra strette.

«È successo qualcosa?» Lo sperava, lo desiderò con tutte le sue forze. Gli sorrise persino, incoraggiandolo perché in quel caso avrebbe fatto di tutto per aiutarlo, per sostenerlo. Non voleva rinunciare a quell'uomo. Ai suoi silenzi, alla sua passione, al tocco della sua bocca. Lo supplicò nell'unico modo che conosceva, attraverso il suo sguardo, i propri occhi. Si aprì a lui, rivelandogli l'amore che provava, l'incontenibile amore che aveva tentato di tenere sotto controllo, come se fosse una cosa possibile.

«Niente di cui ti debba preoccupare.»

Fu come essere colpita. La stava respingendo. E non era la prima volta. Solo che prima di allora lei non aveva voluto vedere.

Indietreggiò.

Un passo alla volta.

L'aveva rifiutata ancora.

Questa volta definitivamente.

Era sul suo viso, nell'espressione dura della mascella, in quella gelida del suo sguardo.

«Non sono l'uomo che credi.»

La voce era lieve, vellutata. Con quell'accento che lei adorava. Chinò la testa e poi la sollevò. «No, hai ragione Alexander. Non lo sei.»

Un altro passo che la allontanava da lui.

In cosa aveva sbagliato questa volta? Stava per chiederglielo, ma ingoiò le parole.

No. Non aveva sbagliato.

O meglio aveva accettato il rischio.

Non lo facevano tutti quando si lanciavano in una storia d'amore, senza paracadute?

In fondo lei sapeva benissimo come sarebbe potuta andare.

«Ti auguro di trovare quello che cerchi», disse piano.

Girò sui tacchi e fuggì via.

Scappò prima che l'istinto avesse la meglio, facendole supplicare uno straccio di spiegazione, anche se una spiegazione non c'era, perché l'amore non segue alcuna regola, perché anche se lui avesse avuto compassione di lei e fosse rimasto, la loro relazione non avrebbe avuto alcun futuro.

I ricordi di come sua madre aveva supplicato suo padre erano impressi a fuoco nella sua memoria. Oh sì! Lei sapeva come sarebbe andata a finire se lui fosse rimasto.

Così accelerò il passo e quando sentì le imprecazioni soffocate di Alexander non si voltò.

Non voleva sentire altro, voleva solo… non lo sapeva. Ma in fondo quella era la storia della sua vita.

Come si usciva da un amore finito? Come guarire da un cuore spezzato? Fingendo. Sorridendo, cercando di non pensare a nulla. Stella mise un istante davanti all'altro, un piede davanti all'altro. La sera usciva con i nuovi amici, ballava, rideva, simulava. Era come vivere due vite diverse. Una era quella della ragazza di ventisei anni che amava la vita, l'altra quella che la metteva di fronte a sé stessa, oscura, ribollente, dolorosa. La vita che proiettava sulla tela. Aveva dipinto sei quadri. Erano nella lavanderia, la parte più calda della casa, ad asciugare.

Barbara era rimasta così colpita da averne parlato con un gallerista che conosceva bene. Gli aveva inviato le foto.

«Eccolo! Dev'essere lui.»

Barbara aveva insistito per essere presente. Stella le aveva detto che molto probabilmente sarebbe finita con un buco nell'acqua: c'erano migliaia di artisti talentuosi – non come lei, che aveva riaperto le porte all'arte solo di recente – che avrebbero dato il braccio destro per esporre alla galleria Mocenigo di Venezia.

«Poi non dire che non ti ho avvisato», borbottò andando ad aprire la porta.

Un uomo alto, capelli corti, elegantissimo, le sorrideva. Non c'era gentilezza in lui, solo una sorta di curiosità.

«Lei deve essere Stella.»

Ci mise un po' a riprendersi. Conosceva quell'uomo, lo aveva visto in più di una rivista. «È un onore», balbettò.

«Trovo che i formalismi siano un ostacolo, posso chiamarti Stella? Io sono Giovanni.»

«Certo. Prego, accomodati.»

Lui si guardò intorno ammirato. «Una casa stupenda. Barbara mi ha detto che la tua è una famiglia prestigiosa. In effetti ricordo di aver ammirato qualche opera di Marcovaldi in diverse collezioni private.»

Stella sorrise. «Sì. Può essere.» Giovanni non aggiunse altro su Alberto, e questo le fu di sollievo.

«Sono impaziente di vedere le opere. Mi fai strada?»

«Certo, seguimi.» Di sicuro non era un uomo timido, pensò. Lanciò un'occhiata a Barbara e a Luciana che spiavano la scena da dietro una porta. La zia era giusto dietro di loro. Erano volute restare in cucina, e forse era meglio così.

I quadri di Stella erano disposti in fila lungo la parete bianca del corridoio al piano di sopra. La luce li colpiva direttamente, creando notevoli giochi di luce. Quando li vide, il gallerista iniziò a camminare avanti e indietro, la testa inclinata ora in una posizione, ora in un'altra. I minuti passarono. Stella fremeva di impazienza. Poi lui le rivolse un'occhiata prima di ricominciare il suo esame.

«Sì.»

Fu l'unica parola che Stella sentì uscire dalla bocca di Giovanni Quintavalle per molto tempo.

Poi lui la guardò deciso.

«Li prendo tutti.»

Stella batté le palpebre. «Tutti?»

«Esattamente. Sono... inquietanti. Non provavo questo genere di emozione da tempo. Quali sono le tue richieste?»

Per un istante Stella restò senza parole. Istintivamente pensò di lasciare a lui la totale gestione della cosa, ma non lo fece. Si era già affidata troppo agli altri, ed era arrivato il momento che si interrogasse su ciò che voleva davvero.

«Desidero avere l'ultima parola.»

Giovanni la studiò per un lungo istante. Poi la sua espressione si aprì in un sorriso di ammirazione. «Sempre che io possa controbattere. Alla fine siamo soci, mi sembra giusto. Che ne dici di parlare dei dettagli a cena?»

Nuovamente il senso di rinuncia, la necessità di nascondersi. Alzò il mento.

«Perché no? Dove ci vediamo?»

«Passo a prenderti.»

«Preferisco arrivare con i miei mezzi.»

«Sei un'artista interessante, Stella Marcovaldi. Sono felice di aver fatto la tua conoscenza. Ti manderò l'indirizzo del ristorante sul cellulare.»

«A più tardi allora.»

Rientrò, incredula. Barbara, Luciana e persino la zia, la guardavano in trepidante attesa. «Allora?»

Allargò le braccia. «Li vuole tutti.»

«Evviva!»

Finalmente anche lei sorrise. «Già, incredibile.»

Letizia sorrideva soddisfatta. Luciana tirò fuori una bottiglia di prosecco, Barbara, ormai avanti con la gravidanza, optò per una spremuta. Ma alla fine fu un brindisi collettivo.

«Alla tua carriera, ai tuoi quadri, alla tua meravigliosa pittura.»

Emozionata, Stella si sentì circondata da affetto e amore. Adesso doveva solo imparare a farseli bastare.

Più tardi, mentre camminava con Barbara verso casa dell'amica, Stella non riuscì a tenere per sé le sue perplessità.

«Credi che il dolore possa trasformarsi in qualcos'altro?»

Barbara le accarezzò un braccio. «Sì, è possibile. Tutto lo è in questa vita. Noi facciamo quello che possiamo, ma alla fine dobbiamo per forza di cose affrontare mille problematiche. Se ci pensi, il nostro destino è determinato dalle nostre scelte.»

Qualcuno le aveva detto più o meno la stessa cosa, e non le era piaciuto. Ma era vero.

Ognuno sceglieva e quelle scelte avevano delle conseguenze. Affrontarle significava vivere.

21.

Pervinca. Tonalità di blu,
rappresenta l'affidabilità, l'ineluttabilità del destino,
il desiderio di essere fedeli a sé stessi.
È il colore della malinconia.

Stella scese i gradini della carrozza del treno, guardandosi intorno. Individuò Marianna, che l'attendeva accanto all'ingresso della stazione. Sorrise e agitò la mano.

La donna le rispose con lo stesso entusiasmo, avviandosi nella sua direzione.

Era davvero felice di rivederla, pensò Stella.

Il viaggio era stato lungo e noioso, ma almeno aveva avuto modo di riordinare i suoi appunti. Quello che era nato più che altro come uno slancio sentimentale si era trasformato in un progetto che le stava dando grande soddisfazione.

Sarebbe dovuta restare al paese per un paio di giorni, anche se lasciare la zia per così tanto tempo un po' la impensieriva.

L'ultima volta ci era andata con Alexander.

Il pensiero la rattristò. Non si erano più visti né sentiti.

Stella aveva avuto l'impressione di scorgerlo un paio di volte, mentre passeggiava da sola sul lungolago. Ma non aveva mai voluto verificare se si trattasse davvero di lui. Aveva proseguito con il cuore che le batteva un po' più forte, decisa a mettere più distanza possibile tra di loro.

Le sarebbe piaciuto essere una di quelle donne simpatiche e cortesi, capaci di intavolare quattro chiacchiere civili e fredde. Di quelle che la gente si scambiava per riempire i vuoti. Il suo, di vuoto, però, era ancora colmo di dolore, di rimpianto e di desiderio.

«Allora com'è andato il viaggio?»

Si presero a braccetto, felici di essersi ritrovate. Nei mesi trascorsi a lavorare insieme, la loro amicizia si era approfondita.

«Ho ricevuto le prime e-mail. Stento ancora a crederci, siamo arrivati a diciotto.»

«Così tanti?» Stella rise.

«Sì, ti rendi conto? Diciotto bambini sopravvissuti che sono cresciuti e hanno avuto figli e nipoti. E che si ricordano benissimo di Nonantola e dei giorni trascorsi alla villa. Qualcuno ha chiesto persino notizie di amici. Non hanno mai dimenticato, nonostante gli anni trascorsi. Noi avevamo l'indirizzo di chi è tornato, loro conoscevano qualcun altro, e così via...»

Stella si fermò ed estrasse dalla tasca un biglietto. «Ecco, ho scritto tutto ciò che vorrei fare per la mostra. Ero così emozionata che ho usato carta e penna piuttosto che il PC.»

Marianna esaminò gli appunti di Stella. «Ottimo, sarà un evento meraviglioso. E comunque si legge tutto perfettamente, non preoccuparti.»

«Pensi che sia possibile rintracciare anche le persone che furono coinvolte? Quelle di queste parti, intendo.»

Il sorriso di Marianna si spense.

«Temo che molti siano ormai deceduti, ma potremmo provarci. Ma dimmi, come sta tua zia? Sospetta qualcosa?»

Attraversarono la strada, costeggiando l'abbazia. «No, è sempre più chiusa nel suo mondo.» Sospirò. Era molto preoccupata. Spesso sorprendeva Letizia a parlare da sola. All'inizio credeva si rivolgesse ad Aristide, ma poi aveva scoperto che parlava con Orlando e dai discorsi che faceva sembrava convinta che lui le rispondesse. Gli aveva persino raccontato della galleria di Venezia e dei suoi quadri, che erano sempre più richiesti. A quanto pareva lo zio era perplesso. Letizia ci aveva discusso, perché invece lei era certa che fosse la scelta migliore.

Cosa ben più assurda, anche Stella aveva iniziato ad agire come se lo zio fosse ancora vivo. Per quanto ripetesse a sé stessa che assecondare Letizia non era poi così grave, sospettava che la sua vera motivazione ricadesse nel conforto che quella finzione le dava.

Il primo pensiero di Stella era corso ad Alexander, lui avrebbe potuto consigliarla su come affrontare la cosa dal punto di vista medico. Conosceva la situazione clinica della zia.

Ma non lo avrebbe chiamato.

Avrebbe trovato un'altra soluzione.

Poi chissà. Probabilmente lui era ancora a Londra. Magari ci si era trasferito in pianta stabile.

Ormai aveva imparato a gestire il dolore, a canalizzare la sua voglia di piangere. Quando non dipingeva, si concentrava sui colori. Li cercava uno dopo l'altro, scovandoli intorno a sé, nutrendosene persino. Azzurro, turchese, carminio. Tutte le tonalità possibili. Elencava i colori primari, separandoli dai secondari e terziari. Cercava i complementari, ammirava i contrasti inventando sfumature sempre diverse che poi riportava sui suoi quadri. Lentamente la tensione si allentava. Non che la tristezza l'abbandonasse del tutto, ma almeno riusciva a respirare.

«Spero che il nostro progetto vada in porto», disse sforzandosi di sorridere. Lo sperava con una forza e un ardore che non sapeva nemmeno lei come interpretare. Prima di allora, aveva avuto impegni, ma mai obiettivi. Da quando aveva ricevuto i regali dello zio la sua vita era cambiata. Accettandoli, aveva messo in moto un meccanismo: anello dopo anello, quella reazione a catena l'aveva condotta a Nonantola.

I regali dello zio l'avevano guidata alla verità: aveva scoperto ciò che era accaduto a Letizia, aveva fatto luce sul suo terribile rimpianto. Sul dolore che aveva pesato sulla sua intera esistenza.

I regali di Orlando avevano cambiato tutto.

Non rimpiangeva nulla, nemmeno di aver conosciuto Alexander, alla fine. In un certo senso, era stato la cifra della sua follia.

Si erano fermate in piazza, dove si era consumata la tragedia che aveva coinvolto il piccolo Elijah. In quell'occasione c'erano stati feriti, persone che, dopo essere state portate via, non avevano fatto più ritorno. Ogni volta che ci pensava, Stella provava uno sgomento profondo. Quello che era accaduto era la negazione stessa del concetto di umanità. Eppure un intero paese si era prodigato, aveva reagito mettendo a repentaglio la propria vita e quella dei propri cari, dando dimostrazione di un amore sconfinato per la giustizia.

«Vieni, andiamo. Non vedo l'ora di presentarti agli altri. Siamo tutti molto emozionati.»

❃ ❃

Letizia si era alzata di buon mattino. Si sentiva piena di energie. Quella notte aveva sognato Orlando, i giorni felici che avevano trascorso in giro per l'Europa dopo il loro matrimonio. Al suo risveglio si era accorta di conservare ancora un po' di quella dolcezza di un tempo sulle labbra. Ah, la gioventù! Come le mancava quell'uomo...

«Che programmi hai oggi?» le chiese Luciana.

Aveva la cesta dei panni tra le mani, intendeva stendere il bucato al sole nonostante l'asciugatrice. Ma chi era lei per farle notare l'assurdità? Così si limitò a una lunga occhiata di disapprovazione prima di risponderle.

«Voglio andare a vedere i murales. Ne parlano tutti e mi sono resa conto di aver visto a malapena quelli qui accanto.»

«Aspettami in giardino, finisco e ti accompagno.»

«Perché mai dovresti? So badare a me stessa.»

Luciana inarcò un sopracciglio. «Tua nipote mi ucciderà se ti accadrà qualcosa.»

Letizia scoppiò a ridere. «Ho quasi novantacinque anni, santo cielo. Che cosa credi mi possa accadere? Ogni giorno che mi sveglio su questa benedetta terra è un giorno regalato.» E francamente iniziava ad averne abbastanza. Era pronta ad andarsene. Ormai lo era da tempo. L'unica persona di cui le importava davvero era Stella. Alla fine, aveva avuto ragione su tutto. Provò una profonda gratitudine per quella ragazza. Non si era data per vinta, l'aveva blandita e poi sfidata, comunque fosse era riuscita a farsi raccontare di quei disegni. Sorrise tra sé. Da quando le aveva detto tutto, Letizia si sentiva meglio. Di certo era più serena. Era come se aver condiviso il dolore con lei ne avesse diminuito il peso.

Vedere l'intera questione con gli occhi di Stella l'aveva confortata. Forse avrebbe dovuto dare retta a Orlando. Ma era così raggomitolata intorno al suo dolore, al profondo senso di colpa, da aver perso il contatto con la realtà.

Zoppicò verso l'ingresso, accigliata.

Era già fuori dalla porta quando Luciana la chiamò.

«Se fossi in te ci ripenserei. Non avere poi così tanta fretta di passare al giro successivo, amica mia. Forse non te ne sei accorta, ma tua nipote ha bisogno di te più che mai. Suo padre è impegnato con il nuovo figlio, la madre si è appena risposata. Se non li avesse chiamati entrambi, nessuno dei due si sarebbe dato la pena di avvisarla. Lo so che è una donna adulta, ma sono cose che feriscono. E tu lo sai bene visto che hai presidiato lo spazio che gli altri avevano lasciato vuoto, facendole da madre e da padre. In lei c'è sempre stata una fragilità che adesso si è accentuata. Forse è per via della sua arte, fatto sta che è sempre più triste.»

Letizia aveva una mezz'idea di cosa affliggesse Stella, ma la tenne per sé, già discuteva con Orlando ogni santo giorno, ci mancava solo che si mettesse a litigare pure con Luciana. «Hai detto bene. Stella è una donna adulta, sta affrontando la sua vita come abbiamo fatto noi. Come fa ogni donna.»

Le voltò le spalle. Ogni parola le rimbombava nelle orecchie. «Maledizione, Orlando, ringrazia di essere morto o ti ucciderei io stessa. Mi chiedo cosa pensassi di ottenere sconvolgendo la bambina fino a questo punto.» Era innegabile che lei adesso si sentisse meglio, ma a quale prezzo aveva raggiunto quel sollievo? Se non fosse stato per i disegni, Stella sarebbe stata in giro per il mondo. Invece era lì, con il cuore spezzato.

Si sedette sulla panchina, Aristide al suo fianco. «Calmati, non è il caso di agitarsi tanto.»

Adesso che succedeva al cane? Continuava a uggiolare e a fissarla con i suoi grandi occhi liquidi. «Vuoi dire la tua anche tu? Bene, accomodati. Tanto manca solo la tua opinione. Gli altri si sono espressi fin troppo...» Inspirò profonde boccate d'aria. Aveva una fastidiosa sensazione, come se gli occhiali le si fossero appannati. Sbatté le palpebre. Lei non li aveva messi gli occhiali, quella mattina. Guardò verso l'ingresso, il portone era socchiuso. L'edera tagliata era garbatamente al suo posto lungo il vialetto. Ci aveva pensato Stella. Aveva sistemato il giardino, potato le piante, regolato le aiuole.

Lasciò vagare lo sguardo, la sensazione che tutto sfumasse intorno a lei diveniva sempre più intensa. Anche i suoni erano cambiati.

Fu allora che lo vide.

Un bambino biondo che le sorrideva da lontano, una manina che si agitava verso di lei.

«Dio del cielo!» mormorò. «Elijah, tesoro. Sei tu che mi accompagnerai dall'altra parte?» Scoppiò a ridere e si accorse di stare piangendo. «E io che ho sempre pensato che saresti stato tu, Orlando.» Si tirò su, facendo perno sul bastone; aveva fatto solo qualche passo, quando improvvisamente si fermò nonostante l'urgenza di raggiungere il ragazzino. «Queste stupide gambe», borbottò. Continuava a sentire Elijah, sapeva che era là, appena fuori dal cancello. Poi si irrigidì. No, non poteva farlo. Anche se moriva dalla voglia di raggiungerlo, non poteva. Non ancora.

«Mi sa che dovrete aspettare un altro po'.»

Il pensiero di Stella continuava a martellarle in testa. Come le parole di Luciana.

Fece qualche altro passo, la fatica che fluiva dentro di lei come una corrente calda. Chinò il capo.

«Lo so che ti ho supplicato di venire a prendermi, Orlando, ma che vuoi che ti dica, qui sembra che vada tutto a rotoli. Dal momento che sei stato tu a mettere in moto questo circo, bello mio, uno di noi dovrà restare per sistemare le cose, non credi?»

Sentì un rumore alle sue spalle. Possibile che fosse Elijah? Avrebbe dato qualsiasi cosa per rivederlo. Si voltò di scatto. Eccolo, il birbante. Sembrava davvero un angelo. Fu come se il tempo non fosse mai trascorso. Era lì, come allora. E lei era giovane, appena una ragazza, e si sentiva leggera e felice. Gli sorrise. «Perdonami tesoro», disse.

«Come dici, Letizia?»

Luciana, che era appena uscita all'esterno, la guardava perplessa.

Per un lungo momento Letizia non replicò, poi sollevò il viso al cielo. Era così blu. Così bello. Sorrise nuovamente, allargò le braccia intorno a sé. Il bastone le scivolò, ma lei parve non accorgersi.

Un istante dopo crollò sul prato.

L'ultima cosa che udì prima che il mondo diventasse nero fu la voce di Orlando.

❋ ❋

L'ospedale era sempre stato un porto sicuro. Anche se aveva immaginato di non tornarci più dopo quello che era successo, Alexander aveva capito che quella era l'unica cosa che dava un senso alla sua vita.

Il suo turno era appena iniziato, aveva un paio di interventi semplici, fissati dalla settimana precedente. Lo attendeva anche una medicazione, che avrebbe eseguito di persona. Non avrebbe più ripetuto l'errore, quello che aveva messo a repentaglio ogni cosa e gli era costato più di quanto osasse ammettere.

Le ultime settimane erano state molto difficili. Aveva messo da parte Stella. E lei non glielo aveva perdonato.

Si chiese cosa stesse facendo.

Conosceva le sue abitudini, magari se quella sera avesse terminato presto, sarebbe passato per il lungolago.

Forse era una di quelle serate fortunate.

Forse sarebbe riuscito a scorgerla, anche se da lontano.

Attraversò il corridoio, salutò due colleghi e attese che gli fosse consegnata la cartella che aveva richiesto.

Il paziente lo accolse con un sorriso. «Buongiorno, dottore, come sta?»

Ricambiò la stretta di mano. «Io benone, ma mi dica di lei. Sembra che non stia seguendo la sua dieta. Se continua così, signor Melis, dovrò farla ricoverare.»

L'uomo sospirò. «È per via di mia moglie sa? Lei mi prepara tanti manicaretti, non posso mica deluderla. Si offenderebbe.»

Alexander soffocò un sorriso. «Le propongo un patto.

Adesso preparerò una nuova dieta, e da questo momento in poi sarà lei a cucinare per sua moglie.»

L'uomo scoppiò a ridere, ma quando vide che il dottore era serissimo, iniziò ad agitarsi sulla sedia, nervosamente.

«Si rilassi, le farà un po' male, ma solo all'inizio.»

L'infermiere, che era appena entrato, iniziò a passargli gli strumenti. Mentre Alexander procedeva a sostituire le bende, spiegò al paziente a cosa sarebbe andato incontro se avesse continuato a ignorare le sue prescrizioni.

«Ecco, abbiamo finito.»

L'uomo sospirò. «Lei è davvero bravo.»

«Se non inizia la dieta, la prossima volta l'affiderò a Giulio.» Indicò l'infermiere che digrignò i denti nella sua direzione. «Faccia come ha ordinato il dottor Zoller o se la vedrà con me.»

Divertito, il paziente scosse la testa.

«Va bene, va bene, quante storie per un cannolo alla crema.»

«Un cannolo di troppo.»

Alexander scosse la testa e, dopo averlo salutato, si tolse i guanti infilandoli nel contenitore. Poi si sedette al tavolo e iniziò a compilare la cartella.

«Hai finito?» gli chiese una collega.

Sollevò gli occhi su di lei. «Quasi. Perché? Hai bisogno di qualcosa?»

«È per via della tua conoscente.»

Smise di scrivere, l'espressione interrogativa. «Conoscente?»

«Sì, la signora di Bardolino. Quella che si chiama come tua madre.»

«Letizia Marcovaldi?» chiese lentamente.

«Sì, proprio lei. La stanno visitando, è incosciente. Ho pensato di fartelo sapere.»

Alexander schizzò in piedi. «Chi c'è di turno?»

«Marco. Ma non è ancora arrivato.»

«Lo sostituisco io. Raduna l'équipe, li voglio operativi in cinque minuti. La cartella?»

«Eccola.»

L'afferrò e mentre leggeva dovette affidarsi a tutta la sua esperienza, fare appello al suo sangue freddo. Letizia era molto anziana, difficilmente sarebbe sopravvissuta a un intervento.

Si precipitò in pronto soccorso e, come ogni volta che doveva affrontare un caso, la sua mente si liberò.

C'era spazio solo per il paziente.

Qualche ora più tardi, mentre controllava per l'ennesima volta le condizioni di Letizia, era più sereno. Per fortuna quella donna aveva una fibra d'acciaio. Si permise di essere moderatamente fiducioso.

«Complimenti, sei stato molto abile, quando è arrivata sembrava molto grave, non avrei scommesso sulla sua vita.»

«No, nessuna scommessa.» Sapeva che il commento del collega che gli aveva appena dato una pacca sulla spalla voleva essere solo cordiale. Ma lui non riusciva a tollerare quella sorta di quotidianità che faceva della sofferenza una condizione normale. In questo aveva preso da suo nonno. Anche lui era stato refrattario all'abitudine, e tutti i suoi pazienti erano stati unici e speciali.

«C'è qualcuno per lei?» chiese.

«Sì. Prima ho dato loro notizie, ma stanno ancora aspettando.»

«Vado subito.»

Alexander iniziò a cambiarsi, gettò via gli indumenti monouso e si lavò le mani. Prima di uscire in sala d'attesa si fermò, inspirando a fondo. Non era così che aveva pensato di rivedere Stella. Non in quel modo. Gli tremavano le dita, dovette infilare le mani nelle tasche e respirare a fondo. Solo allora si decise a varcare la porta.

«Dottore! Come sta Letizia?»

Alexander ricacciò indietro la delusione quando vide Luciana corrergli incontro.

«Abbiamo scongiurato il peggio. Siamo riusciti a stabilizzarla.»

«Cosa le è successo?»

«Si è trattato di un attacco ischemico transitorio. Ha una situazione pregressa complicata.» Le sorrise incoraggiante. «L'abbiamo ricoverata in terapia intensiva.»

«Dio sia ringraziato. Devo dirlo a Stella, sarà fuori di sé.»
Alexander guardò dietro di lei. «Non è in ospedale?»
«No, al momento dell'incidente era... fuori città.»
«Capisco. Vada a casa, Luciana. Le condizioni di Letizia sono decisamente migliorate. Resterò io con lei, se ci saranno dei cambiamenti la chiamerò subito.»
«Me lo promette, dottore?»
Gli aveva afferrato la manica con entrambe le mani, lo sguardo supplichevole.
Alexander ebbe una vertigine. «Ha la mia parola.»
La guardò uscire e sparire tra la folla. Cercò una sedia e, dopo averla individuata, si mise a sedere, le mani serrate a pugno, l'espressione tesa. Gli sembrava che la storia si ripetesse: un altro paziente, un'altra donna disperata. Solo che l'altra volta era un uomo giovane. Anche ai suoi figli aveva promesso che sarebbe andato tutto bene. Invece, non era riuscito a salvarlo. In quel momento, lui che credeva di essere invincibile aveva visto il proprio fallimento, come medico e come uomo.
Il giorno in cui sarebbe dovuto partire per Venezia con Stella, aveva ricevuto una convocazione ufficiale. La commissione medica del St Mary Hospital di Londra, dove aveva lavorato fino all'anno precedente, si era riunita e aveva emesso un verdetto.
Avrebbe dovuto parlare con lei, avrebbe dovuto dirle tutto. Ma non era riuscito nemmeno ad affrontarne il pensiero. Ogni volta che lei gli scriveva, ogni volta che lo chiamava, ci provava. Ma non ci riusciva.
Così aveva prenotato un volo per Londra. Avrebbe raccontato tutto a Stella una volta saputo cosa lo aspettava.
In realtà, la sua, era solo una scusa per rimandare l'inevitabile: quando aveva visto Stella, lo aveva capito, ma troppo tardi. Non si era giustificato, non le aveva spiegato nulla. Era rimasto fermo a guardarla mentre ciò che c'era tra loro si sgretolava. Forse era giusto così, forse non era stato abbastanza per nessuno dei due.
Invece, contro ogni previsione, era stato assolto. Lo erano stati tutti: l'intera équipe era stata sollevata da ogni respon-

sabilità legale. Si trattava di uno di quei casi in cui la scienza non poteva nulla. Avrebbe potuto riprendere servizio a Londra quando avesse voluto. In quello erano stati chiari fin da subito. Il periodo di sostituzione del suo collega in ospedale lì in Italia era agli sgoccioli. Ma non aveva pensato al futuro, non aveva deciso ancora nulla.

Alexander si alzò e, dopo aver preso un caffè, chiamò sua sorella. Aveva bisogno di una voce amica, di una pausa. Fece una doccia e si cambiò. Il suo turno era finito da un pezzo, ma non riusciva a tornare a casa. Prese l'ascensore e salì in terapia intensiva.

«Come sta la paziente?» chiese all'infermiera del turno di notte che aveva appena preso servizio.

«È agitata. Stavo venendo da lei a questo proposito.»

«Ci penso io.»

Quando entrò in reparto, si accostò al letto di Letizia. Sembrava così fragile, così indifesa. A un tratto iniziò a pregare, e quello lo sorprese. Sospirò, si passò le dita sugli occhi, riportando l'attenzione sulla donna.

Qualcosa non andava: Letizia era agitata, anche se la macchina che monitorava le sue funzioni vitali continuava a emettere giusto qualche breve segnale. Non c'era nulla di preoccupante. Allora le prese una mano. «Sono qui Letizia. Stia tranquilla.»

Lei sembrò rasserenarsi e Alexander pensò al loro primo incontro. Suo malgrado sorrise. Se le fosse capitato qualcosa... non voleva nemmeno pensare a come avrebbe sofferto Stella.

Preparò un calmante e lo inserì nella flebo. Iniettò il farmaco, poi la sentì parlare.

«Elijah, Elijah. Dove sei, bambino mio?»

Si voltò verso di lei, accigliato. Gettò via la siringa, tirò fuori lo stetoscopio e auscultò il battito. Afferrò una sedia e la spostò accanto al letto. «Sono qui Letizia.»

Le prese nuovamente la mano. Era così lieve e magra, sotto la pelle trasparente le vene azzurrine palpitavano.

«Deve farsi forza, Stella ha bisogno di lei.»

Letizia sembrava scomparire tra le lenzuola, le avevano accomodato i capelli in una treccia, il profilo delicato mostrava la sua somiglianza con un'altra donna molto più giovane.

Gli mancava, pensò Alexander. Il suo sorriso, il modo sognante che aveva di guardarsi intorno, sempre un po' sperduta in quel suo mondo fatto di colori. Gli mancava il calore della sua pelle, il suo totale abbandono un istante prima di baciarlo. Non sapeva perché l'avesse respinta. Era stato troppo concentrato su sé stesso, sulla propria autocommiserazione. Non c'era stato spazio per altro.

Si coprì il viso con la mano, sospirò riportando l'attenzione su Letizia.

Chissà se le avevano detto qualcosa... chissà se adesso Stella era al corrente. Era fuori città, ma magari era già sulla via del ritorno. Chissà se aveva dato seguito al suo proposito di trasferirsi.

Gli parve di sentire un suono, una lieve vibrazione. Il suo sguardo corse al monitor, ma le funzioni vitali di Letizia erano tornate stabili. Ancora quel suono. Guardò verso la giacca che aveva poggiato all'ingresso. «Torno subito, lei stia buona qui», sussurrò a Letizia.

Quando prese il cellulare si accorse dei messaggi e delle chiamate. Deglutì, poi formò il numero. «Stella.»

«Alexander, mia zia...» La sua voce si spezzò.

«Stai tranquilla, ci sono io con lei. È stabile. La stiamo monitorando.»

«Si riprenderà?»

«Stella io... sì. Guarirà. Te lo prometto.» Chiuse gli occhi.

«Grazie.»

Attese finché lei chiuse la chiamata. Poi si strofinò la radice del naso. Tornò da Letizia e le si sedette accanto, la mano tra le sue.

«Elijah», sussurrò lei ancora.

«Sono qui.»

Poi accadde una cosa che non aveva nessun senso. Lei aprì gli occhi e lo fissò. «Alexander, era ora che tornassi.»

Lui sussultò, ma prima che potesse replicare, Letizia aveva chiuso nuovamente gli occhi.

22.

Platino. Gradazione di grigio,
indica la neutralità, il riposo, l'assenza di coinvolgimento.
È il colore dell'immobilità.

Non erano previste visite per i degenti della terapia intensiva, ma in quel momento, a parte Letizia, non c'erano altri pazienti, così Alexander riuscì a ottenere un permesso per Stella. Quando la mattina seguente si presentò in ospedale, la raggiunse per tranquillizzarla sulle condizioni della zia.

Lei era seduta in sala d'attesa, le mani strette l'una nell'altra. Appena lo vide si alzò.

«Mi hanno detto che l'hai seguita tu.»

«Ero di turno», mentì.

Lei annuì. «Grazie.»

«Resterà in terapia intensiva, una precauzione necessaria vista la sua età. Ma sta migliorando, questo te lo posso confermare. Presto la sposteremo in reparto. Se tutto va bene, in dieci giorni al massimo sarà a casa.»

«Posso vederla?»

«Ti accompagno.»

«Non è necessario.»

Ignorò la sua reazione, ignorò la fitta di dolore, la delusione, il dispiacere. «Seguimi, da questa parte.»

Restarono in silenzio tutto il tragitto, poi Alexander le indicò uno spogliatoio. «Indossa questi.» Le consegnò una busta e attese accanto alla porta che lei si cambiasse. Era dimagrita. Non lo aveva mai guardato in faccia per davvero nemmeno una volta. In fondo era già tanto che gli rivolgesse la parola.

Stella uscì dallo spogliatoio, il verde del camice accentuava il suo pallore. La esaminò con attenzione.

«Stai bene?»
«Benissimo.»
«Sei dimagrita.»
«Cosa?» esclamò incredula. «Ma come ti viene in mente... Voglio vedere mia zia, Alexander. Solo questo.»
Qualsiasi cosa avesse pensato di dirle, fu presto dimenticata.
«Certo. Aspetta, ti aiuto.»
Lei si tirò indietro prima che riuscisse a sfiorarla. Gli prese la mascherina dalle mani. «Faccio da sola», mormorò indossandola.
«Come preferisci.»
Alexander digitò il codice e attese che le porte si aprissero.
«È cosciente?»
Annuì. «Si è svegliata, ha chiesto di Elijah. È suo figlio?»
Stella sobbalzò. «No... era un bambino ebreo, uno di quelli che avevano realizzato i disegni.»
Non fu necessario specificare. Lui sapeva a cosa si stesse riferendo, ne avevano parlato molte volte.
«Il lascito di tuo zio.»
«Esatto.»
Annuì. «È un nome singolare», continuò, ma lei non lo ascoltava più. Aveva raggiunto Letizia e le stava davanti. La vecchia signora sembrò percepirne la presenza perché sollevò le palpebre e poi sorrise. «Piccola, sei già di ritorno?»
«Non posso lasciarti sola un momento che ti metti subito nei pasticci.»
«È stato solo un piccolo malore, niente di che. Alexander mi ha già rimesso in sesto.»
«Sicuro. Un po' di riposo e starà subito meglio.»
«Vedi?» disse a Stella.
Alexander indietreggiò. «Torno tra cinque minuti. A dopo.» Era l'unica cosa che potesse fare, lasciarle da sole. E comunque Stella non vedeva l'ora che lui se ne andasse. Ogni volta che si era avvicinato, lei si era ritratta.
Diede istruzioni all'infermiera affinché non le disturbasse e uscì in corridoio. Aveva altri pazienti da visitare. La vita andava avanti e lui aveva fatto una scelta. Eppure, mentre tornava al lavoro non riusciva a ignorare quel buco nel mezzo

del petto. Era come se tutto, intorno a lui, fosse monotono, dello stesso identico colore. Lo era perché nessuno gli mostrava più come potevano essere le giornate. Nessuno si vestiva di arcobaleni. No, non nessuno, ma lei.

Solo lei.

Il tempo era diventato un problema.

Stella lo capì il giorno in cui portò la zia a casa dall'ospedale. C'era come una luce differente nel suo sguardo. Sembrava ancora più fragile del solito. Sembrava avesse chiesto del tempo in prestito.

Alexander aveva mantenuto la sua promessa.

Aveva sentito le infermiere parlare dell'attaccamento che aveva dimostrato per Letizia. In molti pensavano che fosse una parente, ma Stella sapeva che lui era fatto così.

Peccato che quello non cambiasse le cose tra di loro. Ogni volta che Alexander la guardava, le parlava, sentiva che qualcosa in lei si scindeva. Il suo corpo riconosceva quello di Alexander, il suo respiro, il suo modo di muoversi. Lo bramava. Per lei, ignorarlo era sempre più difficile. Ma un'altra parte, quella raziocinante, dura e gelida, la spingeva ad allontanarsi e a distogliere lo sguardo. Aveva sbagliato una volta, e lo aveva fatto consapevole dei rischi. Ma era una che imparava dagli errori.

«Posso camminare, sai?»

Ignorò la voce seccata della zia.

«Sono le regole», replicò spingendo la carrozzina.

Letizia sbuffò. «Parlerò io ad Alexander. Che follia è mai questa, impedirmi di fare due passi in santa pace.»

«Dai, zia, goditi la passeggiata. Appena starai meglio potrai fare ciò che più ti aggrada, come hai sempre fatto d'altronde. Non c'è nessuno più di me che ti vuol vedere attiva e pimpante, credimi.»

Letizia sembrò considerare la cosa e poi sorrise.

«Affare fatto. E adesso dimmi di Barbara.»

«Stanca, irritabile. Ma ormai manca poco... mi chiedo come farà con tre bambini piccoli. La sola idea mi terrorizza.»

«Non saprei proprio, l'unica neonata che ho avuto tra le

mani sei tu. Ma visto che eri buonissima già da piccola non fai testo.»

Stella continuò a spingere la sedia a rotelle. Da lì si poteva vedere il lago. Quel giorno era agitato come i suoi pensieri. «La vita ci sorprende sempre, vero?»

Letizia coprì la mano che Stella le teneva sulla spalla. «Sempre. Poi noi scegliamo, e rinunciamo. E così via. In fondo è semplice.»

«È la rinuncia che non mi convince.»

Letizia scoppiò a ridere. «Quando ero molto giovane mi sono posta la stessa domanda.»

«Hai trovato una risposta?»

«Ho fatto ciò che dovevo e potevo senza badare troppo a una cosa e all'altra. E sì, se proprio lo vuoi sapere qualche volta ho barato.»

«Senti senti...» Stella era divertita. Ma presto il sorriso scomparve sostituito da un'espressione tesa. «Giovanni ha preso accordi con una galleria di New York. Questa estate esporrà le mie opere. Vorrebbero che andassi là per un periodo.»

«Ah!» Letizia fece una pausa. «E tu cosa vuoi?»

Stella sospirò. Si era posta questa domanda molte volte. «Io vorrei solo capire.»

«Questa è la mia ragazza.»

Si chinò e baciò la zia. «Torniamo, fa troppo freddo.»

«A proposito, e la mia sorpresa?»

Un sospiro poi una risatina. «Zia, si suppone che le sorprese siano sorprese.»

«A parte il fatto che non le amo particolarmente, so che stai combinando qualcosa, e visto che ci siamo, volevo dirti che sono fiera di te, piccolina.»

«Spero che continuerai a pensarla così anche dopo...»

«Dopo cosa?»

«Sorpresa!»

«Impudente.»

Risero insieme. Luciana le attendeva accanto al cancello, la mano posata sul pilastro, l'espressione allegra. Aristide abbaiava felice. Era tutto semplice, era tutto così bello.

Alla fine, fu deciso che sarebbe stata la villa a ospitare la mostra: era il luogo migliore, quello che aveva dato rifugio ai ragazzi e che li aveva protetti. C'era come una magia, una sensazione d'amore e di dolcezza che pervadeva l'atmosfera della dimora. Era difficile credere che fosse stata testimone di eventi tremendi come quelli legati al nazismo. Ma d'altronde tutti cercavano di non pensarci.

Il grande giorno era arrivato. Era tutto pronto.

Stella, emozionata, continuava a guardare da una parte all'altra mentre Marianna accoglieva gli ospiti e li guidava ai loro posti.

Al pianterreno, nel salone di rappresentanza, era stata allestita la zona accoglienza. Lì, si sarebbe tenuto il dibattito al quale avrebbe partecipato anche Stella. I disegni, invece, erano esposti nel giardino d'inverno, in modo che la luce potesse dare la giusta prospettiva a ogni opera. Tra le piante rigogliose dalle diverse sfumature verdi, i colori dei quadri sembravano ancora più vivaci. Ogni disegno raccontava una storia e mentre i visitatori si soffermavano davanti a ciascun quadro, si aveva come l'impressione che cercassero di scoprire quale fosse.

«Tutto bene, zia?»

Letizia era troppo emozionata per parlare, così si limitò ad annuire. Da quando era arrivata, la sera precedente, era travolta dai ricordi. I luoghi erano cambiati, certo, ma se si soffermava su qualche dettaglio che il tempo aveva risparmiato, le immagini affluivano nitide, restituendole le emozioni che vi erano legate.

Non c'era più nessuno dei suoi vecchi amici.

Era rimasta solo lei.

Mimma, la cara fiera Mimma che a modo suo le era stata amica; Giustino; persino la piccola Vanna che si era presa cura di Sara erano morti da tempo.

«È un problema», sussurrò.

«Come dici zia?»

«Niente, parlavo da sola. Lo sai che mi piace.»

Stella le accarezzò una spalla. «Sono contenta che alla fine tu abbia accettato di donare i disegni alla città.»

Lei si strinse nelle spalle. «Era ciò che avevo intenzione di fare da subito. Non ce n'è stato il tempo all'epoca.»

«Sembri contrariata.»

Lo era? si chiese Letizia. «Troppe persone mancano ancora all'appello. Troppe. Mi sembra sempre più palese che il mio posto è altrove. In tutti i sensi.»

Stella si chinò in modo che i loro occhi fossero alla stessa altezza. «Il tuo posto è qui.» Le mostrò i visitatori raggruppati davanti alle opere. «Guardali, sono entusiasti.»

«Bah! Tanta agitazione per niente! Io li volevo bruciare quei disegni, l'hai dimenticato?»

«Sciocchezze. Se lo avessi voluto fare per davvero, non sarebbero qui. Sapevi che lo zio li avrebbe conservati con cura.»

«Ma non sapevo che quello sciagurato avesse in mente di lasciarli a te!»

"E meno male", pensò Stella. Quello che era accaduto dopo, a parte Alexander, era stato come risvegliarsi. Anzi, no, era stato aprirsi, fare entrare i colori, la bellezza, tutta quella meraviglia che l'aveva sempre circondata a cui solo in parte aveva ceduto.

«Io sono contenta, invece.»

Restarono un istante in silenzio. Intorno a loro i visitatori sempre più numerosi avevano iniziato a prendere posto.

«Bel vestito», le disse Letizia con uno sguardo di approvazione.

Stella si lisciò la gonna, ricoperta di minuscoli fiori rossi. Le servivano coraggio e forza. Tanta forza per affrontare una giornata complicata, che le dava qualche pensiero. Per affrontare lui, che non aveva voluto sentire ragioni e le aveva accompagnate a Nonantola.

«Ti piace?»

«Molto. Tutta quella gente che veste di nero perché è comodo mi innervosisce. Manca di carattere, di fantasia», borbottò. Si guardò intorno, poi indicò Alexander che, elegantissimo nel suo abito formale, si aggirava solo per la sala.

«Perché non vai a fare compagnia al tuo dottore così mi lasci un po' tranquilla?»

«Non è il mio dottore.»

«E allora perché lo hai portato con noi?»

«Zia, ma che dici? Lo hai guardato bene? Alexander fa quello che vuole, non ci sarà mai nulla al mondo capace di convincerlo a fare qualcosa in cui non crede. Si è impuntato. Ha detto che senza di lui era fuori discussione lasciare Bardolino.»

Sciocca ragazza. Letizia si domandò se dovesse farle un disegnino per farle comprendere ciò che lui aveva in mente... Davvero credeva che quell'uomo fosse lì per una vecchia come lei? «Non mi pare molto felice», osservò.

Stella alzò lo sguardo su di lui, per poi distoglierlo subito dopo. «È una sua scelta, io... *noi* non possiamo farci nulla.»

«Parla per te, ragazzina. Nessuno sceglie di soffrire, nessuno sceglie di stare solo. Ci sono sempre dei motivi dietro tutte le cose. Bisogna capire se vale la pena di scoprire quali siano. Tu con me l'hai fatto, e lui ti ha aiutato.»

Silenzio, poi Stella indietreggiò. «Vado a vedere se Marianna ha bisogno di me. Se al mio ritorno non sarai qui, giuro che chiamerò i carabinieri.»

Letizia ridacchiò. Stella le somigliava ogni giorno di più. Sospirò mentre la seguiva con lo sguardo. Quando lo rivolse in direzione del dottore si accorse che anche lui la stava guardando. Attese che allo sguardo seguissero i fatti, invece, dopo un iniziale tentativo, lui tornò al suo posto.

Si posò una mano sul viso, rivolgendo gli occhi al cielo. Possibile che i giovani non avessero un briciolo di iniziativa?

«Non sanno più corteggiare una donna», brontolò. Il suo Orlando si sarebbe vergognato di assistere a una scena simile. Il punto era che la gente aveva paura di tutto. Paura di soffrire, paura di gioire, paura d'amare e, per la paura di mettersi in gioco, si perdeva l'essenza della vita. Spinse in avanti la leva della carrozzina e puntò verso Alexander. Lui la scorse e le andò incontro.

«Va tutto bene?»

«Ti sembra che stia male forse?»

«No, ma non mi convince tutto questo strapazzo. Lei è convalescente.»

Letizia si strinse nelle spalle. «È la festa di Stella.»

Lui scosse la testa. «È la vostra festa.»

«Ti avrei dato ragione, ma siamo settant'anni in ritardo. Sai come si dice: una volta che il treno è passato...»

«Lei ha fatto qualcosa di molto speciale, Letizia. Lei e tutte le persone che hanno salvato i ragazzi ebrei. Lo sono anch'io, sa? Non gliel'ho mai detto...»

Letizia inclinò la testa, studiandolo con attenzione. «Non ho mai avuto nessun alunno che si chiamasse Zoller, eppure ho la sensazione di conoscerti, ragazzo mio.»

Lui fece per aggiungere qualcosa, poi si irrigidì, lo sguardo su Stella che stava arrivando. Letizia se ne accorse subito, ma fece finta di nulla e sorrise. «Ecco la nostra ragazza. Prendiamo posto?»

Alexander e Letizia si spostarono verso la zona riservata al pubblico.

23.

Pesca. Tonalità di arancio,
il colore pesca evoca la morbidezza e l'allegria,
rappresenta il ritorno all'infanzia.
Induce al rilassamento.
È il colore della spontaneità.

Su ogni sedia era stato posizionato un cartellino con scritto il nome. Alexander si sedette accanto allo spazio vuoto riservato a Letizia. Stella, dalla parte opposta, sembrava incerta sul da farsi, finché la zia le sfiorò il braccio e lei sembrò quietarsi.

La sala si riempì in fretta, il brusio copriva il lieve sottofondo musicale. La *Csárdás* di Monti affiorava di tanto in tanto. Letizia si chiese se fosse stata Stella ad aver suggerito quel tocco. Amava quella musica, le ricordava la felicità. Le ricordava un ballo. Anzi più di uno.

Sbatté le palpebre.

Un'altra occhiata intorno.

Il sindaco rivolse ai presenti i saluti istituzionali e poi presentò il giovane sacerdote alla sua destra e il rabbino poco distante. L'uomo, che era molto anziano, si voltò nella direzione di Letizia inchinandosi e sorridendo.

Era davvero molto gentile, pensò lei. Lo ricambiò con un gesto della mano.

In un certo qual modo le ricordava Jakub.

Il sindaco iniziò a leggere una lettera, un ringraziamento da parte delle Comunità ebraiche italiane per ciò che gli abitanti di Nonantola avevano fatto nei difficili anni dell'occupazione nazista. Quando mostrò il disegno che uno dei pronipoti dell'autore della missiva aveva inviato, la commozione dilagò nella sala.

Letizia iniziò a tremare.

Una mano salda si chiuse sulla sua.

Si voltò verso Alexander che le sorrideva.

«Andrà tutto bene.»

Non gli rispose. Per un istante il pensiero tornò a Elijah. Se solo si fosse salvato. Avrebbe dato la vita per lui. Avrebbe dato ogni cosa.

Il rabbino invitò una donna a raggiungerlo sul palco, si chiamava Leah. Sul viso le tracce di una lunga vita. L'espressione era serena come il suo sorriso, che Letizia le invidiò. Si concentrò sul suo passo, lento e sicuro: era così che si raggiungevano le mete più distanti, con lentezza. Con determinazione.

Si chiese chi fosse, se l'avesse conosciuta. Cercò sul suo viso una traccia, un indizio che potesse tradire la sua identità. Quando iniziò a parlare, però, la sua attenzione fu completamente catturata dalla sua voce e il cuore prese a batterle forte.

«Eravamo troppi per viaggiare insieme, così ci divisero. La prima parte del viaggio avvenne in treno. Avevamo paura, ma ogni volta che incontravamo dei soldati, ci guardavano a malapena. Eppure, ci scoppiava il cuore. Se ci avessero catturati, sarebbe stata la fine. Eravamo piccoli, ma capivamo esattamente che cosa stava succedendo: i nostri ricordi ci mettevano in guardia. Una volta scesi dal treno, raggiungemmo il fiume Tresa, al confine con la Svizzera, dove incontrammo un gruppo di soldati inglesi sfuggiti a un campo di prigionia. Ricordo che il corso d'acqua era ingrossato dalle piogge, la corrente era spaventosa. Avevo paura, molti piangevano. Qualcuno attraversò a nuoto. Tesero una fune: non era molto, ma abbastanza. Ci aggrappammo alla corda con tutte le nostre forze. Faceva freddo, eravamo tutti bagnati. Ma eravamo al confine. La Svizzera, la salvezza, era a pochi passi.»

Dalla platea si levò più di un sospiro, qualcuno si asciugò una lacrima.

Letizia tratteneva il fiato, emozionata.

Orlando le aveva assicurato a suo tempo che tutti avevano varcato il confine, per poi raggiungere, anni dopo, la Palestina. Quello aveva lenito in parte la sua pena interiore, il suo tormento personale. Eppure, mentre ascoltava quelle parole, mentre immaginava le difficoltà che i ragazzi avevano affrontato, sentì riaffiorare l'antica rabbia.

Perché tutto quello non sarebbe mai dovuto accadere.

Continuò ad ascoltare, le dita che si inseguivano, instancabili e nervose, lisciando la coperta che Stella le aveva posato sulle ginocchia.

«Solo i più piccoli furono accettati. I bambini e Susan, che era incinta. Io... noi che eravamo più grandicelli, visto che avevamo più di sedici anni, fummo respinti.» Fece una pausa. Letizia sentì il suo respiro farsi più rapido. Qualcuno le offrì un bicchiere d'acqua e Leah, dopo qualche sorso, riprese a parlare. «Nessuno voleva tornare indietro. Avevamo già pagato i contrabbandieri, e non avevamo altri soldi. Allora scendemmo più a valle e decidemmo di provare ad attraversare il confine in un altro punto. Per un giorno e una notte ci nascondemmo nei boschi. Al crepuscolo ci abbracciavamo, senza sapere che cosa ci aspettasse. Di una cosa, però, eravamo certi: in un modo o nell'altro saremmo entrati in Svizzera.»

Il silenzio era interrotto dai sospiri, dalla stoffa degli abiti che sfregava sulle sedie, dalle dita che si cercavano mentre affioravano i ricordi.

«Quando giungemmo al reticolato, qualcuno si nascose nell'ombra. Ricordo che avevamo tutti molta paura, eravamo certi che ci avrebbero arrestati. Invece ci aiutarono a passare. Non so chi fosse quella gente. Non ci dissero i loro nomi. So solo che erano lì per aiutare. Sollevarono la rete, stesero dei sacchi sul terreno in modo che il filo spinato non potesse ferirci, e anche dopo, mentre ci strisciavamo sotto, continuarono a sostenerci e a spingerci avanti. Poi fummo condotti in una casa. Ci diedero da mangiare e trascorremmo la notte in un fienile. Era caldo e odorava di buono.» La voce si spezzò, il silenzio nella sala era totale. La donna deglutì e riprese il suo racconto. «La mattina seguente arrivò un camioncino. Ci lasciò alla stazione di Lugano. Il treno ci condusse a Zurigo. Eravamo salvi.» Fece un'altra pausa poi continuò. «Ho avuto cinque figli, la mia gioia. E i miei figli, a loro volta, hanno avuto i propri figli. Ognuno di loro è nato perché qualcuno, quella notte, ha sollevato il filo spinato per me.»

Leah era una dei bambini della villa, quasi non riusciva a crederci. Letizia si asciugò il viso.

Si guardò intorno, cercando tra i volti che la circondavano qualche corrispondenza con i propri ricordi.

Alexander ogni tanto le sfiorava una mano, o una spalla, o un braccio. Dalla parte opposta Stella faceva lo stesso.

Nella commozione più totale, un uomo raggiunse il palco. Anche lui era anziano, anche lui camminava a fatica, Letizia lo guardò e quando lui si voltò nella sua direzione salutandola con un gesto della mano, sentì un tuffo al cuore. Possibile che fosse Jakub? L'uomo iniziò a parlare. Letizia si concentrò sul suono della sua voce.

«Eravamo l'ultimo gruppo. Gli altri per fortuna erano già partiti, ma in quei giorni la situazione era precipitata. Non potevamo più restare. Le ragazze indossarono i cappotti. Erano eleganti, bellissime. Me lo ricordo molto, molto bene.»

Qualcuno rise, accompagnando il gesto dell'uomo. Poi la sua espressione tornò seria. «Arrivammo al punto di incontro in piccoli gruppi, nel mio eravamo più di quaranta. Il viaggio in treno fu difficile. Ogni volta che ci chiedevano i documenti, rischiavamo di essere scoperti. Noi non lo sapevamo, ma erano i disertori che cercavano. Per quello, immagino, non si occuparono di una scolaresca in gita. Era quella la nostra copertura.» Fece una pausa, come se cercasse di ricordare. «Quando giungemmo al fiume era così ingrossato dalle piogge da farci iniziare a piangere per la disperazione. Forse qualcuno di noi avrebbe anche potuto farcela. Ma i bambini? Loro non sarebbero mai riusciti a guadare il Tresa. Ma non si poteva lasciarli indietro. O tutti, o nessuno. Era questo che ci ripetevamo in quei momenti.»

Altro silenzio. Era come essere lì con lui, con loro, pensò Letizia.

«Decidemmo di creare una catena umana, due ragazzi, una ragazza, e così via fino a raggiungere l'altra sponda. I bambini si aggrapparono a noi. I bagagli, invece, li abbandonammo lì. Anch'io ho perso il mio. La corrispondenza, gli appunti, le fotografie. Ho pianto.» Fece una pausa.

Dal fondo della sala si levò un singhiozzo, e poi un altro.

«Era tutto ciò che mi restava...» Dopo un istante ricominciò a raccontare. «La situazione precipitò quando ci accorgemmo dei soldati. Era notte, apparvero dal nulla. Le uniformi nere, gli elmetti. Fui invaso dal terrore. Possibile che, dopo aver fatto tanta strada, dopo essere scampati a tanti pericoli, la nostra fine fosse decisa sulla linea del confine? Era come se ci aspettassero. E, in un certo senso, era proprio così. Ma non erano nazisti: le uniformi ci avevano tratto in inganno, gettandoci nella disperazione. In molti si stavano già rituffando nel fiume. I soldati svizzeri ebbero il loro bel daffare a convincerci a tornare la riva. Recuperarono i bambini che si erano sparpagliati in preda alla paura. Li tirarono fuori dai nascondigli, li liberarono dai grovigli di rami nei quali erano finiti. Una volta fatto l'appello, con mio grande sollievo, scoprii che c'eravamo tutti. Anche se avevamo perso i bagagli, eravamo lì, insieme. Fummo condotti in caserma, ma non era importante. Mi ricordo che pensavo proprio così: "Non è importante dove ci portano". Non eravamo prigionieri, anche se non potevamo allontanarci. Ci nutrirono, ci diedero dei vestiti più caldi, ma ci tenevano sempre sotto sorveglianza. Ci avevano preso i documenti, e i più piccoli furono portati via quasi subito. Ci fu detto che a prendersene cura erano delle famiglie di brava gente. Ci avrebbero detto i nomi, promisero. Furono giorni difficili, buona parte dei quali trascorsi a pregare. Poi il comandante ci radunò nel piazzale. Sapevamo che la Svizzera avrebbe potuto respingerci. Era già accaduto in passato, così eravamo pronti a tutto. Ma sapevo anche che non mi sarei fatto catturare; il mio problema erano i bambini, come avrei potuto ritrovarli se mi avessero respinto? Se mi fosse accaduto qualcosa?» Pausa, silenzio, commozione. «Il comandante iniziò il suo discorso, si capiva che non era contento. Era una persona ligia al dovere, che seguiva le regole. Anche noi lo eravamo un tempo. Sembrava che tutto fosse perduto, ero certo che ci avrebbero rispedito indietro. All'improvviso disse che potevamo restare. E io persi i sensi.»

Il pubblico ridacchiò, sembrava che molti conoscessero quella vicenda. Letizia commossa si asciugò il viso.

«Dio aveva grandi piani per i suoi figli», continuò l'uomo prima di lasciare il posto a un altro testimone. Ognuno raccontò la propria storia. I ragazzi erano diventati uomini e donne forti. Avevano trovato il proprio posto nel mondo, si erano sposati, avevano avuto una discendenza.

La storia fu custodita, la memoria tramandata.

Letizia sapeva che, da qualche parte in Israele, c'era un parco in cui era stato piantato un albero per ogni «giusto», per ogni persona non ebrea che aveva sacrificato la propria vita per salvare il popolo ebreo dal genocidio nazista. Era stato Orlando a dirglielo molti anni prima. Un albero per il parroco, uno per il dottore, uno per il rappresentante della DELASEM. Si chiese se ce ne fosse uno anche per Berenike. Un giorno era scomparsa insieme a suo marito. Era stata Teresa a raccontarglielo molti anni dopo, quando finalmente Letizia era riuscita a rintracciarla. Uno dei loro amici aveva invitato gli Hoffmann a un appuntamento e loro non erano più tornati. Quando Philip l'aveva incontrata a Zurigo dove lei frequentava ancora l'università, le aveva rivelato ogni cosa. Lui e suo fratello, insieme ai genitori, facevano parte della resistenza. Erano stati scoperti. Mentre Berenike e Friedrich erano scomparsi, certamente uccisi, loro due erano riusciti a sfuggire alla cattura. Avevano abbandonato la Germania per un soffio. Teresa le aveva anche detto che molti dei loro conoscenti erano stati torturati e uccisi solo perché sospettati, o in qualche modo imparentati, con qualcuno che aveva tradito la causa nazista.

Letizia e Teresa avevano pianto insieme per Berenike e Friedrich, per le persone care che avevano perduto. Per i loro sogni spezzati. Si erano lasciate con affetto e, di tanto in tanto, persino riviste. Ma l'amicizia che le aveva legate da bambine non era mai più tornata.

Anche di Fiammetta si erano perse le tracce.

La scuola era stata requisita dalle SS che vi avevano installato il loro quartier generale. Per una serie di motivi ancora avvolti nel mistero, le cariche di esplosivo che avrebbero dovuto demolire l'edificio prima che giungessero gli alleati detonarono prima, uccidendo l'intera divisione. Letizia si era chiesta se ci fosse lo zampino della superiora, nel qual caso avrebbe meritato ancora più rispetto di quello che già provava nei suoi confronti. Aveva sempre pensato che Fiammetta fosse speciale. L'aveva amata molto. Se c'era qualcuno con la forza di carattere necessaria a portare a termine un piano del genere era senza dubbio la suora. «Sono proprio una buona cristiana...» borbottò tra sé. «Non c'è che dire.» Ma non era una questione di essere caritatevoli o buoni, era una questione di giustizia.

Era questione di ricacciare i diavoli nell'inferno dal quale erano usciti.

Il rabbino continuò a raccontare l'esodo dei bambini. Avevano viaggiato per mezza Europa e si erano salvati grazie all'unione delle tante associazioni di soccorso ebraiche nate in quei terribili anni. E grazie a una donna che, dopo essere fuggita lei stessa dalla Germania, aveva organizzato l'emigrazione in Palestina di un gran numero di ebrei, soprattutto giovani.

Letizia si ricordava vagamente di averne sentito parlare. Non aveva mai saputo il suo nome, né Fiammetta né tantomeno Berenike le avevano mai detto chi fosse. Una grande donna certamente. Una di quelle di cui il mondo aveva sempre necessità, pensò. Si lasciò cullare dalla voce del rabbino mentre i ricordi affluivano lievi, e dolceamari.

Alexander le sfiorò il braccio. Che accidenti aveva da sorriderle a quel modo? Che stava accadendo, perché tutti si erano alzati in piedi? No, pensò Letizia. *Non tutti.*

«Karl Heiner, Rudolf Grossman, Sonja Hilb, Mala Beer...»

Quei nomi... lei li conosceva quei nomi.

«Non è possibile...» sussurrò.

Alexander le strinse la mano. Lei si voltò verso Stella. Perché stava piangendo quella benedetta ragazza?

«Albert Greets, Benno Halder, Kurt Lask...»

Era circondata, pensò Letizia: ovunque guardasse, intorno a lei, c'erano persone che si alzavano in piedi. Giovani, vecchi, persino ragazzi. Ognuno rispondeva a un nome. Il nome dei bambini della villa. Non era così sciocca da pensare che quelle persone fossero ringiovanite. Poi comprese: erano gli eredi, erano coloro che non sarebbero mai nati se un gruppo di persone non li avesse protetti e aiutati. I più anziani tra di loro erano i suoi bambini, ormai cresciuti e invecchiati.

«Non è possibile...» ripeté. «Non è possibile.»

Invece era vero.

Lo vide nei loro sguardi, in quei sorrisi che si rincorrevano, che si moltiplicavano.

Per quanto le sembrasse assurdo, lì, in quel salone, dopo tanti anni, si erano radunati i ragazzi della villa e i loro discendenti.

«Sono loro», sussurrò. «Orlando li vedi? Sono loro, amore mio.»

Non avrebbe dovuto piangere, pensò. Non era proprio il caso.

«Ciao, maestra.»

«Ciao.»

Uno dopo l'altro, decine di persone la salutarono: c'era chi la benediceva, chi le sorrideva, poi, proprio davanti a lei, si fermò una bambina. Tra le mani stringeva un fazzolettino. La stoffa, un tempo bianca, era ingiallita per gli anni trascorsi; un ricamo floreale spuntava tra le pieghe del lino.

«Sara», mormorò.

La bambina le sorrise indicando sé stessa. Poi iniziò a parlare in un inglese così rapido che era davvero molto difficile capirla. Fu Alexander a risponderle. Le faceva delle domande e traduceva per loro.

«Appartiene alla sua bisnonna. È il dono di un angelo. Una donna che raccontava le storie dell'Olimpo, quelle più belle. Lo prenda. È per lei. Ritorna alla legittima proprietaria.»

Letizia allungò una mano, non si curò di nasconderne il tremito, era troppo emozionata. «Grazie piccolina», rispose.

Lei la guardò come una vita prima aveva fatto un'altra bambina, ma gli occhi erano gli stessi, come lo era il sorriso.

«*Vielen Dank.* Mille grazie», disse piano.

La bambina lasciò il posto a un'altra donna, poi fu il turno di un arzillo vecchietto che parlava un italiano stentato, rispolverato in memoria dei bei tempi.

«*Ciao, bella mia!*»

Tutti le sorridevano, tutti avevano per lei parole di affetto e di ammirazione.

Poi fu la volta dell'ultimo nome. Il bambino che non era sopravvissuto, quello che Letizia si portava dentro il cuore. Il suo angelo.

«Elijah Cohen.»

«Cohen?» chiese stupito Alexander. «Era lui che chiamava in ospedale?»

Stella gli fece segno di tacere, ma Letizia le posò una mano sul braccio. «È giusto che lui sappia.»

«Cosa?»

«Elijah è morto. Era stato affidato a me. Ho fallito. Non sono riuscita a proteggerlo.»

«Zia, ti prego, sai benissimo che non è stata colpa tua. Le SS rastrellarono il paese, portarono via lui e altre persone.»

«Ma siete sicure di quello che dite?»

«Il suo nome era sulle liste dei caduti ad Auschwitz.»

Alexander si accigliò. Sembrava pensieroso, incerto. Poi sospirò. «Capisco», disse piano.

Le celebrazioni continuarono a lungo. Letizia pensò a ciò che era accaduto, ai giorni di disperazione che aveva trascorso con molte di quelle persone, ai pianti e alle risate. Pensò alla speranza e all'amore. Era tutto lì, il loro potere. Davanti a lei. Portava il nome di tutte quelle persone.

L'ultima a parlare fu Stella.

Lei e Marianna spiegarono da dove era nata l'idea della mostra, di come i disegni fossero stati ritrovati. Raccontarono ogni dettaglio.

«Ho pensato che fosse importante riprendere da dove tutto era stato interrotto. Chiudere un cerchio per poi ricominciare. Ho pensato che tutti avessero il diritto di guardare queste opere. L'arte unisce, emoziona, l'arte ci trova perché è bellezza, e noi ne abbiamo tanto bisogno perché ci conduce alla nostra anima, ai colori della nostra esistenza. Se guarderete quei disegni a fondo, con attenzione, potrete ascoltare la loro storia. Ricordare significa comprendere, sapere, significa imparare affinché mai più si ripeta ciò che è accaduto.»

Scrosciarono applausi, persino fischi pieni di entusiasmo. Letizia sentiva la mano di Alexander che avvolgeva la sua.

«Vale sempre la pena combattere sai?» gli sussurrò quando lui si chinò verso di lei.

«Anche quando una causa è persa?»

«Soprattutto.»

Lui annuì, gli occhi su Stella.

Non l'avevano mai abbandonata. Nemmeno per un momento.

«Sì, credo che lei abbia ragione.»

Letizia sospirò: certo che aveva ragione!

Adesso il rabbino era tornato sul palco, reggeva una pergamena.

«Oggi rendiamo onore a un paese e ai suoi abitanti. Molti di loro fanno già parte del giardino dei giusti. Oggi rendiamo onore a una donna, una ragazza, una maestra. Siamo qui per te, Letizia Marcovaldi.»

Un applauso si levò nella sala.

«Che succede?» chiese sbalordita.

«Con questa medaglia che porta il tuo nome sei insignita dell'onorificenza di Giusta tra le Nazioni.»

Il rabbino la raggiunse, fermandosi davanti a lei. Subito gli si affiancò un uomo molto anziano che, dopo averle sfiorato una mano con un bacio, le appuntò l'onorificenza.

«Jakub?» sussurrò Letizia speranzosa.

Lui le sorrise. «Sono suo fratello. Mi ha tanto parlato di te. Gli sarebbe piaciuto essere al mio posto. Mi aveva raccontato tutto, anche della sua promessa. Purtroppo, il suo cuore era molto provato, ci ha lasciato molti anni fa. Sono venuto io al suo posto.»

Letizia suo malgrado sorrise. «Abbiamo discusso, anche litigato. Voleva un ballo.»

«Lo so.» Le baciò nuovamente la mano, poi si chinò in segno di rispetto, e così fecero tutti gli altri.

Con gli occhi sulla medaglia, Letizia ne sfiorò i contorni.

Era trascorso così tanto tempo da allora. «Ha avuto una buona vita?» chiese con un filo di voce.

«Sì, è stato molto felice.»

Alla fine era quella la cosa più importante. La felicità.

«Grazie», mormorò.

Il fratello di Jakub scosse la testa. «Grazie a te.»

La serata si chiuse con un rinfresco a base di pietanze della cucina locale e di quella ebraica. Il profumo invitante aleggiava nella sala, insieme al brusio, alle risate. Alla vita che proseguiva il suo corso. Letizia pensò nuovamente alla donna che aveva organizzato la fuga dei ragazzi. C'erano eroi che restavano nell'ombra, tra le pieghe della storia. Ma ciò che avevano fatto non per questo era meno importante.

«Possiamo tornare a casa adesso?» chiese ad Alexander.

«Certo.»

Attesero che Stella li raggiungesse.

Lei sorrideva. Il viso arrossato dall'emozione. Alexander pensò che non fosse mai stata così bella.

Letizia sfiorò il viso della nipote che si era inchinata per abbracciarla.

«Avevi ragione, Stella, le tue sorprese sono davvero meravigliose.»

Lei le sfiorò la guancia con un bacio. «Grazie, zia.»

«Grazie a te, anima mia.»

Letizia si voltò verso Alexander. «Allora, che fai lì? Hai intenzione di farmi aspettare ancora a lungo?»

Come se solo in quel momento si fosse reso conto di ciò che accadeva intorno a lui, si avvicinò a Stella.

«Lascia, ci penso io.»

Lei si fece da parte.

«Come vuoi.»

Si guardarono un istante, poi Stella si allontanò.

24.

Rosso. Colore primario vivace, elegante, catalizzatore di energie.
Il colore rosso rappresenta le emozioni più intense.
Stimola l'energia sia fisica sia mentale.
È il colore della passione, dell'irruenza,
della forza incontenibile e travolgente.

Per *casa* Letizia intendeva la villa di Bardolino.

A nulla erano valse le proteste di Stella che avrebbe voluto trattenersi ancora qualche giorno a Nonantola. La vecchia signora si era dimostrata caparbia, irragionevole. Del tutto irremovibile.

Alexander non era intervenuto. Nemmeno quando Stella gli aveva rivolto uno sguardo supplichevole. Gli era costato ogni grammo della sua forza resisterle. Era in una disposizione d'animo che lo induceva a fare suo ogni desiderio della giovane, ma sentiva che Letizia era allo stremo. E lui era prima di tutto un medico.

«Mi siedo dietro con la zia.»

«Certo.» Sapere che non gli voleva nemmeno stare accanto era peggio di quanto pensasse.

Aveva già caricato i bagagli, così le aprì la portiera e l'aiutò a prendere posto. Letizia sembrava sonnecchiare tranquilla, anche se lui avrebbe giurato di sentirsi addosso il suo sguardo.

«Tieni», sussurrò porgendo a Stella una coperta. «Nel caso sentiste freddo.»

Lei restò immobile un istante, poi l'accettò.

Alexander chiuse la portiera e si mise al volante. Sarebbe stata una lunga notte.

Mentre guidava, le strade del paese si riempivano di vita. Guardò distrattamente la gente che passeggiava. Coppie che si tenevano per mano, qualcuno che scherzava. Si chiese cosa avrebbero fatto quegli uomini al suo posto. Si chiese perché non fosse stato capace di spiegarsi. Ma forse in fondo sapeva che raccontare a Stella ciò che lo aveva riportato a Londra era un po' come rivivere il suo incubo una seconda volta. E lui era uno che guardava avanti.

«Si è addormentata.»

Lo sorprese la sua voce. Non credeva avesse voglia di parlargli.

«Sicura?»

Si era dimenticato di quanto fosse dolce la sua risata. Un brivido lo attraversò e si sentì vivo come non gli accadeva da tempo. Arrossì e si vergognò dell'intenso piacere che provava. «Non si può mai sapere quando si tratta di tua zia.»

C'era una piazzola di sosta. Accostò e attese. Quando lei scese dalla vettura e lo raggiunse sul sedile anteriore, riprese a respirare. Non sapeva se avrebbe accettato di sedergli accanto. Non sapeva più nulla di ciò che la riguardava.

Ripartì, il cuore che gli batteva un po' più forte e uno sciocco sorriso sulle labbra.

«Mi dispiace», le sussurrò all'improvviso.

Si rese conto di aver trattenuto in bocca quelle parole, per un tempo infinito. Gli erano pesate come sassi.

Ogni secondo.

La sentì irrigidirsi, tendersi, spingersi contro il sedile. Ma non c'era nessuna via di fuga. Forse era stato quello a dargli il coraggio per pronunciarle.

Il silenzio calò su di loro.

«Anche a me.»

La risposta giunse dopo un po' cogliendolo di sorpresa. Credeva che sarebbe rimasta in silenzio.

«Lo so.» Era vero, lo sapeva. Lo aveva saputo da subito perché lei il dolore lo aveva portato scritto in faccia mentre lui se lo era spinto dentro, comprimendolo finché era diventato invisibile, ma non per quello meno feroce.

Stella si voltò verso di lui, la rabbia che le arrossava il viso. «Perché? Perché lo hai fatto? Come hai potuto mandare al diavolo tutto quanto così?»

Non le rispose. Non subito almeno. Forse se le avesse raccontato tutto la notte che si erano conosciuti, avrebbe avuto un senso. Ma ora ogni frase che avrebbe potuto dirle, ogni spiegazione gli sembravano misere scuse, pallide giustificazioni. Gli sembravano il tentativo disperato di convincerla a tornare con lui.

E non voleva farlo.

Ma non voleva nemmeno che lei potesse credere che non gli fosse costato.

Che non gli fosse costato tutto.

«Non ti è mai capitato di volerti nascondere anche da te stessa?»

Lei sussultò, lo sguardo sul parabrezza.

Aveva cominciato a piovere, grosse gocce di acqua sporca rigavano i cristalli.

«Hai detto che ti dispiace. Forse è così. O forse è solo un'altra delle tue frasi avvolte dal mistero. A ogni modo, io voglio sapere tutto. Me lo devi, Alexander.»

Era vero, glielo doveva. Ma si rese conto che c'era qualcosa che anche lei gli aveva nascosto. E allora iniziò a sperare. Perché non c'era nulla che favorisse il perdono quanto la consapevolezza di aver commesso a propria volta una mancanza.

«Ho ucciso un uomo...»

«*Cosa?*» gridò Stella sbalordita.

Sapeva che l'avrebbe sconvolta, ma sentire un tale sgomento nella sua voce, guardare la sua espressione inorridita, acuì la sua disperazione.

«Un paziente. O meglio, credevo di averlo fatto. Dio, scusa mi dispiace, non volevo. Sembra che tutto quello che riesco a fare sia dirti la cosa sbagliata.»

Stella agitò una mano, facendogli segno di tacere. «Dall'inizio, Alexander. E non omettere nulla.»

Non gli aveva mai parlato a quel modo. Non l'aveva mai vista così sicura di sé, così risoluta. Aveva sempre avuto il sentore della forza che le scorreva sotto gli abiti allegri, i colori, la sua apparente fragilità. Ma Stella era molto di più, viveva affrontando ogni istante, adattandosi senza mai perdere di vista la sua essenza.

Per questo si era innamorato di lei.

Per questo non era stato in grado di dirle cosa fosse accaduto realmente.

«Si chiamava Frank Berkeley. Aveva trentotto anni, una moglie, Margaret, e tre figli. Il maggiore, David, ha sette anni, il secondo si chiama Loran. La terza è una femmina, Ada. Va ancora alla scuola materna.»

Tacque, il tormento di quei giorni si era solo affievolito adesso che sapeva di non essere un assassino. Restava però la convinzione della propria inadeguatezza. Restava la sua impotenza.

«Vai avanti», lo pregò lei.

«L'équipe era già pronta quando arrivai. Era un intervento di routine, la sostituzione di una valvola cardiaca difettosa. Ero lì per caso, sai? Il cardiochirurgo che aveva in cura Frank si era slogato un ginocchio e io ero disponibile.» Era sempre disponibile. «L'intervento durò tre ore e venticinque minuti. Perfetto, come avrebbe dovuto essere. Ero orgoglioso, molto soddisfatto. Compiaciuto di me stesso, scherzai con sua moglie, le dissi che il giorno seguente avrebbe potuto vederlo. Ma non ci fu un giorno seguente. Morì quella notte.»

Lei gli sfiorò la mano, un contatto fugace, di cui forse si era già pentita. Ma lui lo apprezzò. Avrebbe voluto riprendere le sue dita, posarle sulle proprie. Avrebbe voluto baciarle. Invece continuò a guidare guardando la strada.

«Mi chiamarono a casa. Quando venni a saperlo corsi in ospedale e lui era lì, immobile nel letto, coperto da un lenzuolo. Freddo. Non c'era stato niente da fare.»

«Oddio, Alexander. Mi dispiace.»

La guardò un istante e dovette stringere il volante con tutte le sue forze per non accostare la macchina e abbracciarla.

«Non ricordo bene ciò che accadde dopo. Furono giorni difficili, concitati. L'inchiesta fu rigorosa. Margaret venne a cercarmi in ospedale. Voleva che le spiegassi cosa era accaduto. Ma io non lo sapevo, Stella. Non lo sapevo.»

Qualcosa in lui si tese e udì uno schiocco, ma quel suono secco era tutto nella sua mente. Intorno a lui c'era solo silenzio. Non si accorse di stare piangendo.

Non se ne rese conto finché lei gli posò una mano sulla spalla.

Le lacrime gli scendevano sul volto impigliandosi nella barba, lacrime scaturite dalla disperazione senza nome che aveva covato tutto quel tempo. Il respiro si fece sempre più corto. Poi lei lo toccò, e il mondo sembrò tornare sul suo asse.

«Perché non me lo hai detto?»

«Perché non potevo guardarti mentre scoprivi che razza di persona ero.»

La pioggia era diventata un temporale. Alexander ridusse la velocità. I fulmini illuminavano la notte, sembravano volerla tagliare di netto. L'acqua frustava la strada.

«È per quello che sei venuto in Italia?»

Annuì. «Non riuscivo più a entrare in ospedale. Accettai di sostituire un collega. Conoscevo la zona, parlavo benissimo la lingua. Ho trascorso le mie estati a Sirmione, era la mia seconda casa. Dopo Londra, qualsiasi altro luogo sarebbe andato bene. Volevo allontanarmi da tutto. Volevo un posto abbastanza lontano dove nascondermi, capire. Dove cercare una spiegazione se mai ce ne fosse una.»

«E c'era? Una spiegazione dico... sei riuscito a trovarla?»

Scosse la testa. «Ti insegnano a credere in te stesso, che a un sintomo corrisponde un rimedio. Che c'è sempre una soluzione. La verità è che i nostri sono solo dei tentativi.»

«Se così non fosse, saremmo delle divinità, Alexander, non credi?»

Doveva ignorare la sua dolcezza se voleva avere una qualsiasi possibilità di proseguire il suo racconto.

Così non la guardò, non si voltò.

«Il giorno in cui dovevamo partire per Venezia mi ha chiamato mia sorella. Ero stato convocato. La commissione medica aveva stabilito che Frank sarebbe morto a prescindere dalla buona riuscita dell'intervento.»

Stella si coprì la bocca, le tremavano le labbra. Poi lo guardò. «Io ti avrei capito.»

Non le rispose, si limitò a guidare. In lei c'era una determinazione che in un altro momento avrebbe ammirato.

«Non potevo rischiare.»

«Perché?»

Si voltò verso di lei. Possibile che non lo avesse ancora capito?

«Perché Alexander?» gli chiese nuovamente.

«Perché...» Non concluse la frase. Non ci riusciva. Tremava, una paura così profonda da seccargli la gola. «Davvero non riesci a capirlo? Io ti amo, Stella.»

Lei attese ancora un istante, poi si ritrasse. «Ti sbagli. L'amore è condivisione. L'amore è fiducia. Tra di noi non c'è mai stato niente di lontanamente simile. Oh, tu mi vuoi, e anch'io. Non lo nego. Ma questo non mi basta. Non è ciò che desidero. Mi dispiace molto.»

Lo aveva sussurrato, la voce bassa, vellutata.

La sua sentenza.

Alexander non replicò, non sarebbe servito.

La casa era calda.

Da quando i nonni erano morti, gli Zoller l'avevano sempre tenuta in ottime condizioni. Alexander si sbottonò la giacca e la lasciò cadere sul letto, poi fu la volta della cravatta e della camicia. Guardò verso la sala da pranzo, suo padre era un estimatore di brandy e cognac. Per un istante pensò di approfittarne, poi cambiò idea versandosene giusto due dita.

Lo avrebbe bevuto dopo, con piacere e non per bisogno.

Si fece una lunga doccia.

Gli restavano due giorni di ferie, non doveva andare nemmeno al lavoro.

Si sdraiò sul divano, la testa rovesciata all'indietro, gli occhi socchiusi verso il soffitto. Non sapeva cosa pensare. Da una parte era contento di essersi confidato con Stella, dall'altra si chiedeva che senso aveva averle rivelato ciò che provava per lei. La conosceva abbastanza da sapere qual era la sua opinione.

Non era servito dirglielo.

Lei non gli credeva.

Non gli credeva perché era diversa. Il suo modo d'amare lo era. Non lo avrebbe mai capito. Erano agli antipodi. Lui era l'oscurità, lei la luce. Non c'era possibilità che si incontrassero.

Sospirò.

Pensò alla serata a cui aveva assistito. Letizia Marcovaldi, una donna singolare.

Come sua nipote.

Non le aveva detto che si era innamorato di lei da subito. Oh, certo. Lo aveva capito solo quando era troppo tardi. Quando aveva avvertito un vuoto che nulla poteva colmare, una mancanza che toglieva il sapore, toglieva il colore, rendeva tutto ordinario mentre con lei era stato tutto il contrario.

Amore. Una parola che non rendeva pienamente il suo potere. Così lieve, così semplice. L'amore non interveniva su quegli eventi, né sulla vita.

Era tutto sempre uguale. Eppure era tutto diverso.

Si passò la mano sul viso. «Cosa devo fare con te, Stella?» mormorò. Era stanco, avvilito. Non riusciva a decidere se lasciarla andare o se insistere ancora. Aveva ancora un qualche potere su di lei, lo sapeva, sentiva il suo desiderio, lo riconosceva. Ma sapeva anche che Stella era determinata a proseguire la propria vita.

Anche lui avrebbe dovuto. E quando fosse accaduto, sarebbe stato definitivo.

Nel bene o nel male, con lei o senza.

La vita sarebbe andata avanti.

La vita di entrambi.

Gli si chiusero gli occhi e si lasciò scivolare in un dormiveglia che gli permise di ripercorrere tutti gli eventi della serata a Nonantola. Quelle persone, quei bambini, pensò. Letizia, che donna meravigliosa. Senza di lei il mondo sarebbe stato più povero. Non le restava molto da vivere, pensò, lui aveva solo messo un rammendo a una situazione molto compromessa, le aveva dato giusto un po' di tempo, ma la fine era inevitabile, e vicina. Lei aveva un unico rimpianto. Un dolore che non l'aveva mai lasciata.

«Elijah», sussurrò. «Elijah Cohen.»

Quel nome... non era riuscito a toglierselo dalla testa e continuava a ritornargli in mente da quando lo aveva sentito alla commemorazione.

Letizia e Stella gli avevano detto che il bambino risultava

tra i caduti di Auschwitz, eppure… possibile che si trattasse di un caso di omonimia?

All'improvviso si tirò su, si guardò intorno. Individuata la foto sul pianoforte, con due falcate la raggiunse. «Nonno», mormorò. Era appena un ragazzino, in quella foto. Biondo, capelli lunghi come un angelo. Era così che lei lo aveva chiamato.

«Il mio angelo…» mormorò. «Letizia…» Il nome di sua madre.

A un tratto si fece serio.

«Porca miseria!»

Corse in camera dei nonni, che sua madre aveva conservato com'era in passato. «Dove potrebbe essere?» si chiese. Spalancò le ante degli armadi, rovistò nei cassetti, finché notò la scatola su una delle mensole. «Eccola.» Dopo averla aperta, ne gettò il contenuto sul letto. Passò in rassegna rapidamente le fotografie e infine trovò quello che stava cercando. Sfogliò la documentazione. Certificato di matrimonio, quello di nascita. Finalmente vide ciò che stava cercando. «Elia Fabbri.» I suoi occhi correvano sul foglio. Si sentì invadere da un'ondata di gioia.

Suo nonno, prima di essere adottato, si chiamava Elijah Cohen. Il documento portava la data del 1946. Appena dopo la fine della seconda guerra mondiale. Troppe coincidenze tutte in una volta sola.

Iniziò a ridere, dapprima piano, poi sempre più forte. Afferrò il cellulare e le chiavi della macchina. Mentre saliva a bordo fece il numero di Stella.

«Alexander?»

Doveva averla svegliata. Ma non aveva nessuna importanza. «Elijah Cohen non è morto! Cioè è morto, ma non come crede Letizia.»

Silenzio, poi un sospiro. «Cosa significa?»

«Quello che ho appena detto. Tua zia è in piedi?»

«No, naturalmente. Sono le cinque del mattino, la gente normale dorme a quest'ora.»

«Sto arrivando, vieni ad aprire la porta.»

«Cosa?»

Non le rispose. Mise giù e allegro come non gli accadeva da tempo iniziò a fischiettare.

Stella avrebbe voluto chiedergli a che velocità avesse guidato, visto che era arrivato praticamente subito. "Se non vuoi sapere, meglio non chiedere", disse tra sé seguendolo in cucina. «Spero che sia davvero molto, molto importante.»

Lui inarcò un sopracciglio. Le ricordò il loro primo incontro, quando credeva che fosse una madre distratta. Quanto tempo era trascorso da allora.

«Non sarei qui se non lo fosse, non credi?»

«Credere?»

Lo guardò sbalordita, e poi scoppiò a ridere prima di coprirsi la bocca con entrambe le mani. «Io non credo più a niente.»

Lui si rabbuiò. La caffettiera iniziò a fischiare. Alexander la tolse dal fuoco, prese due tazzine dal lavello e versò la bevanda. La offrì a Stella e poi ne prese una tazza anche lui.

«Fai pure come a casa tua.» Ma non era seccata, era... cos'era? Non lo sapeva. Non sapeva più nulla. Da quando Alexander le aveva raccontato quella storia non aveva fatto che pensare a una frase che lui le aveva detto: «*Ti sei mai nascosta anche da te stessa?*». Sì, e, maledizione, non voleva provare per quell'uomo nessun genere di empatia. Non voleva comprenderlo. Era arrabbiata, offesa, stanca. Rivoleva indietro la sua vita.

«Leggi qui.» Le porse un foglio.

Stella lo esaminò. Era ingiallito dal tempo, ma scritto con cura, gli spazi vuoti compilati con una grafia elegante, d'altri tempi.

Dopo aver letto i nomi, socchiuse le labbra. Sollevò lo sguardo, poi lo riportò sul foglio. Il cuore aveva accelerato il suo battito. Le tremavano le dita. «Ma com'è possibile?»

Alexander le sorrise. «Mio nonno era ebreo. Si chiamava Elijah Cohen prima di diventare Elia Fabbri. I miei bisnonni lo adottarono.»

Stella batté le palpebre. «Ma risulta sulla lista delle vittime dei campi di concentramento.»

«Non posso spiegare quello che non so. Ma lui», disse indicando il foglio, «lui si è salvato. Pensa, Stella, se non fosse stato per loro, per Letizia, per tutti, io non sarei qui.»

Fu in quel momento, mentre quella semplice considerazione si consolidava nella sua mente, che Stella comprese. Era come un cerchio che si chiudeva. Letizia, Elijah, Alexander. Lui l'aveva salvata. Sua zia dormiva serena nella camera accanto perché una vita prima si era presa cura di un bambino, di molti bambini.

«Cosa pensi sia accaduto?» gli chiese.

«Pensi?» Le sorrise. «Oh, ma io so esattamente cosa è accaduto. Solo non ci avevo mai ragionato. È una di quelle conoscenze che restano circoscritte in un ambito specifico, perché fanno parte di un avvenimento preciso. Al di fuori di quello, semplicemente non esistono.»

«Potresti essere più chiaro per piacere?»

Alexander si allungò posando le sue mani su quelle di Stella. Poi la guardò. Stella restò dov'era, anche quando lui le accarezzò con delicatezza e poi le strinse. «Una mattina, i miei bisnonni scorsero un bambino lungo la strada. Era in pigiama, scalzo, febbricitante. Anche il mio bisnonno era un medico, così lo fece ricoverare immediatamente nell'ospedale in cui lavorava. Dopo qualche settimana, il piccolo paziente si riprese. Allora lo portò a casa con sé, facendolo passare per il figlio di un parente, un orfano di guerra. In seguito, dopo la fine del conflitto, scoprirono che era solo al mondo: genitori, zii, nonni, cugini... tutti trucidati nei campi di sterminio. Di loro non era rimasto altro che un appartamento vuoto, a Lipsia. Gli chiesero cosa volesse fare, erano disposti ad accompagnarlo ovunque desiderasse. Ma gli offrirono anche la possibilità di restare con loro. Di diventare il loro figlio.» Tacque, gli occhi lucidi. «Scusa, ma è una storia così toccante… Nonostante io l'abbia sentita mille volte mi colpisce sempre.»

«È comprensibile. Continua, ti prego.»

«Il mio bisnonno voleva che tutto fosse regolare, così lo adottò, ed Elijah Cohen divenne Elia Fabbri.»

«Potrebbe benissimo essere un caso di omonimia», disse Stella.

Alexander scosse la testa. «Mio nonno conosceva l'italiano perché glielo aveva insegnato una maestra. Mia madre si chiama Letizia come la maestra che lui non ha mai dimenticato.» Fece una pausa, gli occhi nei suoi. «Le date coincidono, i nomi sono gli stessi. Io credo molto nel rasoio di Occam.»

«*Lex parsimoniae*», sussurrò Stella. «La spiegazione più semplice è quasi sempre quella vera.» Lo guardò. «Elijah Cohen... lei lo ha pianto per oltre settant'anni. Com'è possibile che non si siano ritrovati?»

Alexander si strinse nelle spalle. «Lui era solo un bambino, se anche tornò a cercarla a Nonantola, è possibile che lei non ci fosse già più. Mi hai detto tu stessa che non era del posto, e che si era trasferita in questa casa. Molte delle persone coinvolte lasciarono l'Italia e so, per esperienza personale, che spesso la gente è restia a rivangare i vecchi ricordi, soprattutto se sono dolorosi.»

Lei ritirò le mani. Restarono un istante così, a guardarsi dalle due estremità opposte del tavolo. «E adesso? Cosa facciamo?»

Alexander si passò una mano sul viso. «Adesso glielo diciamo.»

E lo fecero.

Attesero che Letizia si alzasse. Fecero colazione con lei anche se avevano lo stomaco annodato, la mente piena di sentimenti contrastanti, di rimpianti. E quando lei perse la pazienza per tutte quelle attenzioni eccessive e minacciò di andare a fare una passeggiata sotto la pioggia, ovunque, pur di levarseli di torno, allora le consegnarono il certificato di adozione.

Letizia restò in silenzio.

Conosceva un certificato di adozione. Lo aveva visto molte volte nella sua vita professionale. Il nome era scritto in una grafia elegante e ripetuto più volte.

Si strofinò gli occhi, come se così facendo quella visione potesse rischiararsi.

«Non capisco», sussurrò.

«Io credo di sì», disse Alexander.

Poi lo guardò. «I tuoi occhi», mormorò.

«Sì, mia madre mi ha sempre detto che erano uguali ai suoi, a quelli del nonno.»

«Tua madre?»

«Si chiama Letizia. Lui le diede il nome di una donna che non aveva mai dimenticato. Era la sua maestra.»

Lentamente tutti i pezzi trovarono la loro collocazione. La sensazione di déjà-vu che aveva provato il giorno in cui aveva visto Alexander la prima volta, l'improvvisa simpatia che aveva sentito per il dottore, tutto trovò una spiegazione. Soprattutto le assurdità di Orlando.

Il suo Orlando.

Si chiese se i doni fatti a Stella, che avevano messo in moto ogni cosa, non fossero frutto di un'intuizione. Qualcosa a cui lei non aveva mai voluto credere, che aveva sempre respinto.

«Orlando aveva fatto delle ricerche sui ragazzi, dopo il nostro matrimonio. Mi aveva assicurato che *tutti* erano riusciti a raggiungere Israele. Era andato persino a Zurigo per raccogliere le prove. Aveva smesso di cercare notizie su Elijah solo quando avevo minacciato di andarmene. Ma ha sempre inseguito la verità. Se lo avessi lasciato fare, forse avrebbe ritrovato il bambino.»

Riportò lo sguardo sul certificato.

«Non c'era modo di sapere dove fosse», disse Alexander. «È stato un segreto ben custodito.»

Elijah non era morto, pensò Letizia. Era sopravvissuto in qualche modo, era diventato grande, un medico. Adesso suo nipote era lì davanti a lei.

«Raccontami di lui, ti prego.»

Alexander lo fece. Le disse ogni cosa.

E lei, finalmente, tornò a sorridere.

Più tardi, mentre Letizia riposava tranquilla, lui e Stella uscirono in giardino. Il cielo era ancora scuro di tempesta, ma aveva smesso di piovere.

«Adesso che farai?» le chiese.

Stella si strinse nelle spalle. «Immagino che sia arrivata l'ora di andare.»

«Dove, dove andrai?»
Lei si voltò, gli occhi nei suoi. «Ti rendi conto che mi hai già fatto questa domanda?»
«Non conoscevi la risposta nemmeno allora.»
«Sì, è vero. Ma sono cambiata.»
«Lo so. Tutti lo siamo.»
Lei gli sorrise. «Grazie di tutto.»
Lui si ritrasse. «Non voglio i tuoi dannati ringraziamenti!» le urlò contro all'improvviso, venendo meno al suo autocontrollo.
Stella, incredula, batté le palpebre. «E allora cosa diavolo vuoi da me?!»
Un istante dopo lui l'aveva abbracciata, la bocca sulla sua.
«Un bacio, cento, mille baci. È questo che voglio.»
Stella, ammutolita, si lasciò avvolgere dal suo calore, dall'intensità del suo sguardo, da quella risposta che non si aspettava. Che la lasciò senza fiato, incapace anche di pensare.
«Stella, amore...»
Poteva farlo, pensò lei. Poteva...
La sua mano si alzò come se vivesse di vita propria. Per un istante, seguì la linea che dall'attaccatura delle sopracciglia scendeva fino allo zigomo e poi raggiungeva le labbra. Indugiò su di esse e tremò.
Fu allora che Alexander la sentì distaccarsi, indietreggiare.
Fu allora che comprese.
Lei non si fidava. Non gli avrebbe concesso un'altra possibilità.
«Addio, ti auguro tutto il bene possibile.»
Non attese che lui le rispondesse.
Rientrò in casa chiudendosi la porta alle spalle.
Lui restò ancora un po' in silenzio, lo sguardo sull'acciottolato umido, poi andò via.

EPILOGO

«Lasciami, oh lasciami immergere l'anima nei colori;
lasciami ingoiare il tramonto e bere l'arcobaleno.»
Khalil Gibran

C'era qualcosa di speciale nei neonati.

Stella lo aveva pensato mentre guardava i gemelli di Barbara appena nati, ma adesso, mentre teneva in braccio suo fratello che la fissava con un paio di occhi identici ai suoi, ne era praticamente certa.

Era sicura che avrebbe fatto qualsiasi cosa per lui. Qualsiasi.

E quello aveva cambiato la sua percezione del mondo.

Suo fratello le era apparso da subito di un tenero verde con una punta di sole. Di una tonalità tutta sua, splendente di vita. Amava tutto di lui.

«Sono contento che ti senta a tuo agio con il bambino. Non sapevo come affrontare la questione con te. Quando eri piccola io non c'ero mai.»

Stella baciò il pugnetto chiuso di Claudio, stretto intorno a una ciocca dei suoi lunghi capelli.

«Se credi che io non sia gelosa mi dispiace deluderti, papà. Lo sono. Ma sono anche pazza di lui.» Sollevò lo sguardo e gli sorrise. «È come se sia valsa la pena di sopportare tutto per averlo. Non ti sembra assurdo?»

Alberto chiuse il giornale che stava leggendo e lo posò sul tavolo accanto. Aristide sonnecchiava con un piccolo peluche tra le zampe. Non faceva altro che rubare i giochi del bambino. In realtà, visto che lui non poteva arrivare alla culla, sembrava che fosse il piccolo a lanciarglieli. Era uno dei tanti misteri legati alla villa. Come, per esempio, le conversazioni che Letizia continuava a intrattenere con il suo defunto marito. O i regali che Orlando aveva lasciato per Stella, che lei aveva trovato in giro per la villa, e che l'avevano condotta ad Alexander, alla spiegazione che solo lui avrebbe potuto dare, rivelando la verità su Elijah. Il cerchio si era chiuso.

«È strano, ma spesso comprendiamo le cose solo dopo che sono accadute. O meglio, i risultati diventano accettabili sulla lunga distanza. Se non proprio soddisfacenti. Credo sia un modo che le persone hanno per dare senso a ciò che invece non ne avrebbe affatto.»

Stella rise, poi posò le labbra sulla pancia del fratello e soffiò forte. Mentre lui rideva deliziato, lei pensò che l'amore fosse davvero semplice.

«Non c'è proprio nulla che possa dire o fare per farti cambiare idea, piccola?» aggiunse Alberto.

«No papà, ne abbiamo già parlato. Anche Giovanni è d'accordo. È ora che io inizi il mio tour.»

Lui la raggiunse e si sedette accanto a lei. «Ho parlato con quell'uomo... Giovanni Quintavalle.»

«E... c'è qualcosa che mi vuoi dire?»

«Sono d'accordo su come vuole impostare la tua carriera, si vede che è competente. Brava, sono davvero orgoglioso di te. Sei una grande artista, tesoro. La tua anima risplende all'interno dei tuoi quadri.»

Emozionata, Stella si rese conto che era la prima volta che suo padre le diceva una cosa simile. Ma non come genitore: lì, in quelle parole, c'era il riconoscimento professionale di un collega, di un suo pari.

Alberto prese il bambino dalle sue braccia, e quando il piccolo iniziò a protestare, scosse la testa. «Iniziate già a coalizzarvi contro di me», borbottò.

«E non hai ancora visto nulla», aggiunse Stella lisciandosi le pieghe dell'abito, con il cuore che le batteva ancora forte. «Lascia che compia tre anni, gli insegnerò delle frasi davvero molto utili!»

«Meno male che sembri così carina e dolce...»

Vestita di turchese e rosa, era pronta per uscire.

«Posso almeno accompagnarti alla stazione?»

«Preferisco arrivarci da sola.»

Aveva già salutato tutti. La zia aveva fatto un po' di storie ma lei le aveva promesso di tornare per Natale. Letizia glielo aveva fatto giurare, ma alla fine erano riuscite a trovare un accomodamento, anche perché per quel periodo anche Flaminia aveva già programmato un'altra vacanza alla villa.

«Hai bisogno di qualcosa?»

Stella abbracciò il padre e gli diede un bacio sulla guancia.

«No, papà, te l'ho già detto. Hai già fatto abbastanza. Sei stato un tesoro, grazie.»

Lo pensava davvero. Stella aveva ammirato il suo gesto di riconciliazione nei confronti di Roberta. Il regalo di nozze che aveva inviato a sua madre era bellissimo. Un dipinto stupendo. Uno dei suoi più belli. Da allora si erano sentiti almeno una volta al mese. Finalmente i suoi genitori erano riusciti ad avere un rapporto se non proprio amichevole, almeno civile.

«Chiama appena arrivi. Me lo prometti?»

«Promesso.»

Era sulla porta quando si voltò. «Papà?»

«Sì.»

«Ti voglio bene.»

«Anch'io, Stellina mia. Sono orgoglioso di te. Sei davvero una grande artista, in fondo credo di essere anche un po' geloso. Ma visto che sei mia figlia, sopporterò l'affronto.»

Rise, e lei si unì a quella risata spontanea.

Lo abbracciò un'altra volta e con gli occhi lucidi si tirò dietro il trolley. Adesso che la pittura era tornata nella sua vita, lo comprendeva un po' di più quel suo padre distratto e distante. E si sentiva legata a lui come non lo era mai stata.

Attraversò il cortile e una volta in strada lanciò uno sguardo alla villa. I murales che aveva realizzato insieme agli altri amici avevano cambiato l'aspetto del paese. Barbara, Alfio e Jennifer avevano fondato un'associazione che si occupava di abbellire la città. Organizzavano corsi di pittura, mostre e seminari. Stella aveva trascorso le serate più divertenti e folli con i suoi amici.

Quanto tempo era trascorso da quando era arrivata? Mesi che sembravano anni.

Era accaduto di tutto, nella sua vita.

Era arrivata a Bardolino con un blocco di fogli bianchi, una scatola di colori e un mucchio di problemi. Adesso su quei fogli aveva dipinto il proprio futuro.

I suoi quadri erano esposti in importanti gallerie in tutta Europa, e secondo Giovanni presto avrebbe potuto aspirare a ben altro.

Ma se all'inizio il successo aveva soddisfatto una parte di lei, presto si era resa conto che erano altre le cose che avrebbe voluto. Cose che portavano i suoi pensieri in un'unica direzione.

Il lungolago le apparve in tutta la sua bellezza. Il sole si rifletteva sulle acque che adesso erano di un blu abbacinante. Amava il blu.

Era diventato il suo colore preferito.

Continuò a camminare. Dopo la mostra dei disegni a Nonantola la zia aveva cominciato a migliorare. Alexander, che la vedeva regolarmente per i suoi controlli mensili, una mattina l'aveva messa in guardia. Letizia sarebbe potuta peggiorare all'improvviso. Ma Stella era ottimista. E poi adesso che c'era il bambino alla villa, era certa che pur di dire la sua Letizia Marcovaldi avrebbe attinto a quella speciale riserva di forze che le donne avevano sempre avuto nascosta da qualche parte. Era pronta a scommettere che avesse già riesumato il suo libro di miti greci. Li avrebbe letti a Claudio come aveva fatto con lei quando era piccola.

Sorrise.

Lei e la zia avevano discusso di recente.

«Sai di che colore è il rimpianto?» le aveva chiesto.

«Nero?»

Lei aveva sbuffato. «Il nero è un colore. Il rimpianto è un vuoto incolmabile perché nasce dalla volontà. Non ha nessun colore, capisci?»

Non aveva replicato. In parte perché lei aveva ragione, in parte perché sapeva dove l'avrebbe portata il suo discorso. E quello per lei era un tasto dolente.

Sospirò. Era davvero il profumo del mosto quello che percepiva? Era incredibile che fosse trascorso un anno da quando era arrivata. Un anno in cui era accaduto di tutto. Ripensò a ciò che le aveva detto suo padre. Era orgoglioso di lei. Guardò avanti, immaginò il suo futuro e sorrise.

La sua prossima meta era Venezia.

Era una vacanza speciale in una città che amava profondamente.

Era qualcosa che aveva progettato a lungo e che, comunque fosse andata, voleva provare a portare a termine.

Lo zio le aveva fatto avere un altro dono.

Naturalmente Stella sapeva che la questione era più complessa di così. Luciana le aveva riferito che sua zia l'aveva spedita ad acquistare un biglietto del treno e che aveva prenotato per lei una settimana in uno degli alberghi più belli di Venezia.

Quando Letizia le aveva consegnato la busta contenente i regali, Stella aveva finto di stare al gioco.

«E questo che significa?» le aveva chiesto.

«Cosa posso saperne io? È tutta una trovata di tuo zio. Prova a chiedere a lui.»

Se all'inizio quel tentativo di manipolazione l'aveva divertita, dopo un po' aveva iniziato a riflettere sull'intera faccenda. Era come se Orlando non se ne fosse mai andato per davvero. Aveva cambiato le vite di ognuno di loro, compresa la sua.

Adesso Stella aveva tutto. Successo, amici, stima e considerazione. Era diventata una persona di riferimento, la gente parlava di lei. Rilasciava persino interviste. Eppure...

Quando scese dal treno, si guardò intorno.

La piccola stazione intermedia sulla linea per Venezia era esattamente come l'ultima volta che l'aveva vista. Anche la luce era la stessa. Guardò verso l'atrio, dove aveva scorto i genitori di Karim. Chissà dov'era finito. Trovò la stessa panchina che, come un anno prima, era libera. Si sedette, il telefono tra le dita.

Compose il numero che conosceva a memoria e attese.

«Stella.»

«Ciao, Alexander.»

«Sei già in treno?»

Sorrise. «Vedo che mia zia ti ha messo al corrente.»

«Non te la prendere con lei.»
Sospirò. «Come se fosse possibile.»
«Venezia è bella in questo periodo.»
«Lo so.» Avevano progettato di andarci insieme proprio per quello. Avevano immaginato le passeggiate al tramonto, le gite in barca, le opere d'arte che non vedevano l'ora di ammirare insieme perché sarebbe diventato un ricordo condiviso.
«Tornerai?»
Lo avrebbe fatto? «Non lo so.»
Questa volta fu lui a sospirare. «Perché mi hai chiamato?»
Stella si accarezzò la gonna. Dio, quanto coraggio ci voleva per essere sinceri. «Una volta mi hai chiesto se mi fossi mai nascosta da me stessa.»
Lui restò un istante in silenzio. «E...?»
«La risposta è sì. L'ho fatto quando non riuscivo a tollerare la presenza di me stessa.»
Alexander si schiarì la voce. Stella percepì la sua emozione. Le tremarono le labbra, ma si riprese costringendosi a sorridere.
«Perché me lo stai dicendo adesso?»
Lei deglutì, gli occhi chiusi. «Perché c'è voluto del tempo, ma alla fine l'ho capito. Solo per questo. Vedi, possiamo essere adulti anagraficamente, ma non per questo lo siamo per davvero. Mi portavo dietro... cose. Un disegno, un'immagine della perfezione, di quello che volevo per me. Una cosa che però non c'entrava nulla con la vita, né con me.»
«Capisco.»
Non aggiunse altro.
Stella sorrise tristemente. Non si era aspettata molto, ma forse una parola in più avrebbe aiutato. Un nodo le si formò in gola. «A ogni modo grazie ancora di tutto.»
«Te l'ho già detto, non voglio la tua gratitudine.»
No, lui voleva i suoi baci. Stella si inumidì le labbra. «Io... avrei voluto che le cose fossero andate diversamente», sussurrò.
«Sei sicura? Dimmi, Stella, davvero vorresti che le cose fos-

sero andate in un'altra maniera? Non è solo un modo di dire, il tuo?»

Scosse la testa. «Adesso non ha più importanza, non credi?»

«Invece ne ha. Ha tutta l'importanza del mondo.»

Stella sollevò gli occhi. «Ma come...» sussurrò.

Lui era là, davanti a lei.

Posò in grembo la mano che teneva il cellulare, gli occhi su di lui. «Cosa ci fai qui?» balbettò sorpresa.

Non le rispose.

Invece si sedette accanto a lei. Gli occhi sul gruppo di persone scese dal treno. Si voltò dalla sua parte, serio come non lo aveva mai visto.

«Abbiamo perso un'occasione, ma siamo qui. Io e te. Forse questa volta saremo più fortunati», disse. «Dipende da noi.»

Stella non riusciva a distogliere lo sguardo. «Sì, forse sì.»

Lui sorrise e poi si alzò. Un treno stava partendo. Alexander guardò il suo orologio. «Temo che per questa notte non ci siano altri treni.»

Stella spalancò gli occhi, poi scoppiò a ridere. «Un'altra volta?»

«Finché sarà necessario.»

Adesso non sorrideva più, la guardava intensamente, in attesa.

Lei si avvicinò e lasciò cadere la borsa per terra. Lui le prese il viso tra le mani.

«Sì», disse piano.

Alexander le sfiorò le labbra. «Sarà una lunga notte.»

«Meglio. Ci sono tante cose che devo dirti, e che voglio sentire.»

Uscirono dalla stazione, mano nella mano. Una leggera pioggerellina aveva preso a cadere e lui la strinse a sé, mentre Stella gli posava la testa sul petto.

Non era semplice, ma avrebbero trovato il modo di continuare a camminare.

L'importante era stare insieme.

Il resto lo avrebbero aggiustato strada facendo.

Sono un'ottimista e, anche quando mi imbatto nelle peggiori notizie, spero sempre di trovarvi un raggio di luce. Non ho mai confidato in ciò che sembra assoluto. Credo che, per una sorta di sublime compensazione, di fronte al naufragare di ogni speranza, chi possiede una profonda umanità sia capace di concepire grandi meraviglie.

La ragazza dei colori nasce da uno di questi straordinari episodi.

Era un'altra la storia che pensavo di scrivere. Altri gli argomenti che immaginavo di trattare. Eppure, mentre facevo le ricerche preliminari per il romanzo, ho scoperto una vicenda travolgente, e da quel momento non sono più riuscita a pensare ad altro.

C'è un paese, in Emilia-Romagna, che si chiama Nonantola; un paese ricco di storia e da sempre attento al bene dei suoi abitanti, anche attraverso la pratica della partecipanza agraria – un'antica forma di proprietà collettiva dei terreni agricoli. Nei primi anni Quaranta, un gruppo di bambini ebrei vi giunse dopo un lunghissimo ed estenuante viaggio: esuli, alcuni orfani, avevano dovuto lasciare le loro case, gli affetti, la scuola e gli amici per sfuggire a un destino di morte, viaggiando per l'Europa in cerca di un rifugio. In questo piccolo borgo della provincia di Modena trovarono ospitalità e protezione, perché gli abitanti di Nonantola, a discapito della propria sicurezza, offrirono loro assistenza e, dopo averli nascosti tra i loro figli, li aiutarono a fuggire in Svizzera. Quei bambini sono cresciuti e hanno avuto figli; alcuni sono anche tornati in Italia per visitare Nonantola e Villa Emma, la casa nella quale vissero per qualche anno.

Come non farsi incantare da tanta grandezza morale, dalla profonda generosità d'animo di queste persone? Da quel momento non ho pensato ad altro. Io questa storia la dovevo raccontare. Ho confidato tutto a Elisabetta Migliavada, direttrice della narrativa Garzanti; le ho detto quanto fossi coinvolta dalla vicenda di questi bambini, quanta ammirazione provassi per le persone che avevano compiuto un gesto tanto nobile. Come sempre, lei mi ha spronato a seguire il mio cuore. Così ho ricominciato tutto da capo.

Una nuova storia, nuovi personaggi, luoghi diversi. Lago di Garda, Bardolino, Genova, Nonantola, Venezia. Ho attinto a piene mani dalla storia documentata, ma essendo un'autrice di romanzi la mia immaginazione ha prevalso. *La ragazza dei colori*, dunque, è liberamente ispirato agli avvenimenti storici che accaddero in Emilia-Romagna, ma i personaggi che animano le sue pagine sono frutto della mia fantasia e vivono unicamente dentro di me. Mi sono dunque avvalsa dei meccanismi tipici della finzione letteraria, per cui tutti gli avvenimenti relativi a Stella Marcovaldi, alla sua prozia Letizia, alla loro bella casa di Bardolino e ai doni di Orlando Morosini, a Elijah e Alexander Zoller, sono inventati. Va da sé che non è mai avvenuta la cerimonia di premiazione di Letizia, che è Giusta tra le Nazioni solo nella fantasia di questa storia, né sono veri i nomi citati in quell'occasione; le testimonianze dei ragazzi diventati adulti, invece, sono realistiche. Vorrei tanto che anche il campo di concentramento di Terezín non fosse mai esistito, invece è il contrario, e lo stesso vale per i cinquemila disegni dei piccoli prigionieri ebrei ritrovati in alcune valigie. Anche in quel frangente, l'arte fu un vettore di bellezza e di libertà, perché grazie ai colori e alla rappresentazione grafica l'anima trova consolazione e nutrimento. Un merito che va riconosciuto a Friedl Dicker-Brandeis (1898-1944), artista e insegnante austriaca di origine ebraica, a sua volta vittima dell'Olocausto.

L'esodo dei bambini di Villa Emma è stato raccontato dal loro eccezionale maestro Josef Indig Ithai in un diario in seguito pubblicato con il titolo *Anni in fuga. I ragazzi di Villa Emma a Nonantola* (Giunti, Firenze 2004). Altra pregevole opera di cui mi sono avvalsa per la documentazione storica è il bellissimo saggio di Mirella Serri *Bambini in fuga. I giovanissimi ebrei braccati da nazisti e fondamentalisti islamici e gli eroi italiani che li salvarono* (Longanesi, Milano 2017).

La DELASEM (Delegazione per l'assistenza degli emigranti ebrei) era un'istituzione di aiuto e resistenza che operò in Italia tra il 1939 e il 1947; Goffredo Pacifici, uno dei suoi funzionari più attivi, si adoperò per organizzare la fuga dei bambini, accompagnandoli al confine con la Svizzera senza riuscire a mettersi in salvo. Grazie a lui, altri gruppi di ebrei varcarono il confine. Fu arrestato a Ponte Tresa e deportato ad Auschwitz nell'agosto del 1944. Non è sopravvissuto alla Shoah. Recha Freier (1892-1984), fondatrice della Aliyah Hano'ar (Gioventù Aliyah), salvò migliaia di giovani ebrei, agevolandone la fuga dall'Europa, come raccontato nello stupendo saggio di Klaus Voigt, *Villa Emma, Ragazzi ebrei in fuga, 1940-1945* (Nuova Italia, Scandicci 2002).

Salomon Papo, uno dei ragazzi di Villa Emma, fu ricoverato a causa delle sue condizioni di salute presso il sanatorio di Gaiato di Pavullo; arrestato, morì ad Auschwitz all'età di diciassette anni. Per lui ho desiderato un altro destino: il personaggio di Elijah Cohen, il piccolo allievo di Letizia Marcovaldi, è nato da questo mio desiderio.

Don Arrigo Beccari (1909-2005) e il dottor Giuseppe Moreali (1895-1980), che si adoperarono con ogni mezzo per assistere, curare e proteggere i ragazzi di Villa Emma, furono insigniti dallo Yad Vashem dell'onorificenza di Giusti tra le Nazioni il 18 febbraio 1964. Al primo è dedicato il libro di Enrico Ferri, *La vita libera. Biografia di don Arrigo Beccari* (Mucchi, Modena 1997), mentre il secondo è autore di numerosi scritti dedicati alla bellezza della propria terra.

Cercando accuratamente tra le pieghe della storia, si possono trovare molti avvenimenti spesso caduti nell'oblio. Penso, per esempio, al gran numero di oppositori di molte nazionalità, tra cui moltissimi tedeschi e austriaci, che combatterono con ogni mezzo contro il nazismo, sacrificando la propria vita e quella dei loro familiari. Numerosi saggi riportano le loro gesta eroiche, tra i quali consiglio Michael Baigent e Richard Leigh, *Operazione Valchiria. Stauffenberg e la mistica crociata contro Hitler* (L'età dell'Acquario, Torino 2009); Annette Dumbach e Jud Newborn, *Storia di Sophie Scholl e della Rosa bianca* (Lindau, Torino 2008); *Partigiani della Wehrmacht. Disertori tedeschi nella resistenza italiana*, a cura di Mirco Carattieri e Iara Meloni (Le piccole pagine, Calendasco 2021).

Villa Emma è un meraviglioso edificio aperto alle visite. L'omonima Fondazione, con sede a Nonantola – trovate tutte le informazioni relative sul sito internet https://fondazionevillaemma.org – patrocina innumerevoli iniziative affinché la memoria di quanto accaduto venga conservata e valorizzata; io stessa nel documentarmi ho potuto visionare video, pubblicazioni e testimonianze, tra le quali la storia di alcune straordinarie sarte del paese che confezionarono i cappotti utilizzati dai ragazzi nella fuga verso la Svizzera.

L'arte è sempre stata per me luce nell'ombra, gioia dell'esistenza. Sono cresciuta a San Sperate, un paese nell'entroterra cagliaritano, con una forte vocazione artistica. Le pareti esterne di molte case sono coperte da murales e io stessa da bambina ho partecipato e assistito a diverse realizzazioni che hanno trasformato i muri di fango in opere d'arte. Se volete regalarvi un'esperienza unica, soggiornatevi e visitatelo. Scoprirete meraviglie nascoste: le opere di Pinuccio Sciola, un uomo speciale, un genio, uno dei padri del muralismo sardo; i murales di Angioletto Pilloni e Raffaele Muscas, artisti straordinari, e Paola Piras, che mi ha insegnato a comprendere la pittura e i colori.

L'arte guarisce l'anima, i colori ne fanno parte in modo così profondo da essere inscindibile. I colori sono la vita, ne siamo circondati e influenzati, anche se spesso nemmeno ce ne rendiamo conto. È una consapevolezza che cambia ogni cosa e che ci permette di assaporare le nostre emozioni: provate a scrivere su un foglio i colori che vedete in una sola ora della giornata e il risultato vi sorprenderà.

La stazione di scambio dove si incontrano Stella e Alexander è un luogo che esiste solo nella mia immaginazione, e i treni ci passano quando le ragioni del romanzo lo richiedono. Allo stesso modo vivono nella mia immaginazione il quartiere di Bardolino dove sorge Villa Marcovaldi e i murales realizzati da Barbara, Jennifer e dai loro amici artisti.

Romanzare una storia realmente accaduta non è stato facile. Il mio intento è stato quello di rendere omaggio al coraggio di un intero paese, divulgando a modo mio la storia dei ragazzi di Villa Emma e di Nonantola. Spero di esserci riuscita.

RINGRAZIAMENTI

«GRAZIE è una parola rara, preziosa, una parola di assoluta bellezza che basta a sé stessa.»
Lucy Dillon, *Quando nascono i desideri*

Amo il momento dei ringraziamenti. Il libro è finito, i pensieri sono rivolti a chi mi è stato accanto, alla mia famiglia che mi ha sopportato, aiutato, amato e sopportato. A chi ha collaborato anche solo con una parola, a chi si è prodigato in ogni modo e con tutte le proprie possibilità con suggerimenti, consigli, fazzolettini per asciugare le lacrime e parole gentili per risollevare lo spirito. Il momento dei ringraziamenti è pieno di gioia, riconoscenza e consapevolezza. Ci sono davvero tante persone speciali nel mondo e io sono fortunata perché ne ho incontrato moltissime.

Il mio primo grazie, come sempre, va alla mia famiglia. A mio marito Roberto che continua a portare una ventata di vitalità nella mia esistenza. La tua follia nutre la mia immaginazione, resta come sei. Ai miei figli Davide, Aurora e Margherita che mi fanno sentire amata anche se non sono certamente la mamma dell'anno. A Erika e Luca, vi voglio bene. A mia madre Marisa e mia zia Paoletta, le mie prime preziose lettrici, severe e tremende, ma giuste, che auguro a chiunque di avere nelle loro vite. Alla mia famiglia che c'è sempre. Grazie Alessia Gazzola, tu sai perché. Grazie Francesco Abate, Matteo Porru, Ilenia Zedda e Valeria Usala. Grazie Enrico Galiano, Francesca Spanu, Mirko Zilahy, Rosa Ventrella, Daniela Sacerdoti, Sara Rattaro, Valentina Cebeni e Silvia Zucca. Le nostre chiacchierate letterarie mi riempiono di gioia. Grazie a Paolo Lusci per esserci sempre e a Emanuela Katia Pilloni per la vicinanza e il supporto. Grazie a Giuditta Sireus e Andrea Fulgheri che hanno fatto delle mie presentazioni dei veri avvenimenti. Grazie Andreina, Lory, Ele, le amiche di sempre. Grazie Anna Ersilia Pavani per tutto ciò che fai e sei. Grazie a Linda Kent, il mio rifugio e la mia forza. Sei la sorella del mio cuore.

Grazie a Cristina Batteta: non c'è libro che tu non riesca a trovare, sei il mio mito. Grazie a Susanna Zanda, amante dei libri, profonda conoscitrice della letteratura, bibliotecaria instancabile e amica come poche.

Grazie a Elisabetta Migliavada, otto romanzi fa non immaginavo tanta bellezza e amicizia. Grazie a Stefano Mauri e Cristina Foschini per la fiducia, il supporto e la stima. Un grazie di cuore va a tutto lo staff Garzanti, attenti, premurosi, pazienti. Rosanna Paradiso, Giulia Marzetti, la mia bussola, Adriana Salvatori e Alessandro Mola, senza di voi che rendete tutto più facile e bello non saprei che fare. Grazie alle care Elena Campominosi, Graziella Cerutti, Monica Tavazzani e Barbara Carafa.

Grazie ai librai che propongono i miei libri, grazie ai miei lettori che mi permettono di fare ciò che mi piace di più, ossia scrivere.

Grazie all'avvocato Pompeo Polito che mi ha seguito con affetto e pazienza in questa nuova avventura. Grazie a Laura Ceccacci, agente e amica, per i consigli e la pazienza e grazie e a tutto lo staff dell'agenzia. Grazie di cuore al comune di Nonantola, nella persona del sindaco Federica Nannetti, e alla Fondazione Villa Emma per la collaborazione e l'amicizia dimostrate.

Un ringraziamento particolare a tutte le persone che mi hanno scritto, raccontato le loro storie, sostenuto e rallegrato. Siete la mia forza. Se volete contattarmi mi trovate sui social, vi risponderò.

Instagram: Cristina Caboni

Facebook: Cristina Caboni autrice